LandLebenLiebe

Dr. Gerd Friederich, aufgewachsen im hohenlohischen Langenburg und schwäbischen Bietigheim an der Enz, studierte in Würzburg fürs Lehramt (Deutsch, Kunst, Geschichte, Geografie) und berufsbegleitend noch zweimal, zunächst in Tübingen (Pädagogik, Philosophie, Psychologie, Landeskunde) und viele Jahre später in Nürnberg (Malerei). Er arbeitete als Lehrer, Heimerzieher, Personalreferent, Schulrat, Lehrerausbilder und veröffentlichte viel Fachliteratur. Jetzt lebt er im Taubertal, schreibt Romane und malt Porträts und Landschaften.

GERD FRIEDERICH

LandLebenLiebe

Dorfgeschichten

Bibliografische Information der Deutschen Nationalbibliothek
Die Deutsche Nationalbibliothek verzeichnet diese Publikation
in der Deutschen Nationalbibliografie; detaillierte bibliografische
Daten sind im Internet über http://dnb.d-nb.de abrufbar.

Umschlagdesign, Satz, Herstellung und Verlag:
BoD - Books on Demand, Norderstedt, Germany

ISBN 978-3-7504-9582-1

Inhalt

Die Erde erfroren,
die Blumen gestorben,
tief alles verschneit,
der Himmel betrübt;
es ist ein Leid.

Geht alles vorüber,
nichts ist verloren,
denn aus dem Tode
wird neues Leben
und wieder Freude geboren.

(Karl Stirner)

1945

Sonnenfurt an der Neide ist ein altes Pfarrdorf. Es liegt in Hohenlohe, dem ehemaligen Herrschaftsgebiet um Kocher, Jagst und Tauber. Der Mittelpunkt des Dorfes ist die Kirche aus dem Jahr 1454, in der rund hundert Jahre später die erste evangelische Predigt gehalten wurde. Das Rathaus, 1596 errichtet, dient heute auch als Zehntscheune, Spritzenhaus und Ortsarrest. Zwischen beiden Gebäuden steht das Pfarrhaus. Und vor Kirche, Rathaus und Pfarrhaus ist der Kirchplatz, im Sommer beschattet von einer mächtigen Linde.

1627 wütete im höher gelegenen Ortsteil ein Feuer, das zwölf Häuser zerstörte. Die Einwohner standen zusammen und halfen den Geschädigten beim Wiederaufbau. Seitdem wuchs die Gemeinde, langsam, aber stetig. Und als die alte, einklassige Volksschule zu klein wurde, bauten die Sonnenfurter 1887 in Fronarbeit ein neues Schulhaus.

Man braucht Zeit, das Gesicht dieses Landstrichs zu enträtseln. Geht die Sonne über dem Dorf auf und lichten sich die Schleier über der Neide, enthüllen sie eine friedliche, geruhsame Landschaft von pastellfarbener Schönheit. Jedes Fleckchen Erde ist bebaut. Noch im kleinsten Garten sieht man, dass die Bewohner im Einklang mit der Natur und den Jahreszeiten leben. Erwärmen die ersten Frühlingsstrahlen die Gemüter, gleich steigt bei den Sonnenfurtern die gute Laune. Es zieht sie aus dem Haus, als dürsteten sie nach Licht. Stolz schreiten sie über ihre Äcker und Wiesen, nehmen eine

Handvoll Erde auf und werfen sie prüfend in den Wind. Sie streifen durch die Wälder rings um den Ort, atmen tief ein und aus. Und bei Nacht hat es den Anschein, als zwinkerten die Sterne ihnen zu. Sie beginnen mit der Feldarbeit und werkeln von früh bis spät, nur alle Sonntage nicht. Sogar im Winter gönnen sie sich keine Ruhe.

Sonnenfurt ist eine Bauernnation mit einem selbstständigen, selbstbewussten Volk, schaffig, wortkarg und zurückhaltend, fest verwurzelt seit tausend Jahren, nie von fremden Horden verwüstet, kein Haus im Krieg jemals beschädigt, die Bewohner zu keiner Zeit gezwungen, andere Sitten anzunehmen, weshalb sich von Generation zu Generation eine ungestörte Tradition im Jahreslauf entwickelt hat, an der zäh festgehalten wird. Man spürt die Gelassenheit von Natur und Mensch, an die sich anpassen muss, wer hier nicht untergehen will.

Das Dorf lebt von der Landwirtschaft, der Viehzucht und dem Holzeinschlag. Der Weinbau erlosch gegen Ende des 19. Jahrhunderts, weil die Peronospora sämtliche Rebstöcke befiel. Damals gab es noch kein Mittel gegen diese Blattkrankheit. Am Mühlkanal der Neide rattert seit rund zweihundert Jahren eine Getreide- und Ölmühle, mit Wasserkraft betrieben, zu der auch ein Sägewerk gehört. Der Besitzer Gustav Bäuerle baute 1901 eine Wasserturbine in den Mühlkanal und schloss mit den Hausbesitzern Stromlieferverträge. Bei Niedrigwasser produziert ein Dampflokomobil die Elektrizität.

Auch im letzten Krieg wurde Sonnenfurt verschont. Und so blieb die überkommene Ausstattung des Dorfes bis zur Kapitulation 1945 erhalten. Zwei Gasthäuser, die Linde und das Rössle. Eine Bäckerei mit kleinem

Angebot an Lebensmitteln und Obst. Und das Lädle, ein Tante-Emma-Laden für alles, was die Landbevölkerung braucht. Von und mit den Landwirten lebten ein Schmid, ein Maurer, ein Schreiner, ein Schuster und ein Viehhändler. Eine Metzgerei wurde nicht vermisst, denn die meisten Bauern schlachteten zweimal im Jahr und waren gern bereit, Fleisch und Wurst zu verkaufen. Damit war das Leben autark. Starb jemand, mussten die Angehörigen den Toten selbst einsargen und vom Bürgermeister bescheinigen lassen, dass alle Vorschriften eingehalten wurden.

*

Karl Balbach ist seit kurzem Bürgermeister. Die alten Leute nennen ihn Schulz, was so viel wie Schultheiß bedeutet. Die Amerikaner haben ihn dazu gemacht, gegen seinen Willen. Er ist ein angesehener Bauer, ein großer, muskulöser Mann mit grünen Augen, meist heiterer Miene und vielen Flausen im Kopf. Eigentlich wollte er gar nicht ackern, sähen, ernten, melken, misten und sich rund um die Uhr schinden, ohne einen freien Tag in der Woche, im Monat, im Jahr. Viel lieber wäre er auf die höhere Schule gegangen, wie sein Lehrer vorgeschlagen hatte. Als er das beim Vespern am Abend seinem Vater erzählte, lachte der bloß und meinte: »Auf einen Pädagogenfurz kann man kein Haus bauen.« Damit war die Sache ein für alle Mal vom Tisch. Widerstand duldete sein Vater nicht. Auch den Zweitwunsch vermasselte er ihm. Allerdings ungewollt. Wenn schon nicht höhere Schule, dann wollte Karl wenigstens Schreiner werden, weil Werken sein liebstes Schulfach war. Und den Hof wollte er erst übernehmen, wenn er die Eltern im Ausgeding wusste. So war's nach viel Streit und zähem Ringen abgemacht. Doch ein Vierteljahr vor Konfirmation und Schulentlassung verunglückte der Vater tödlich, erschlagen von einer Eiche beim Holzmachen im eigenen Wald.

Die Mutter drohte, flehte, weinte und überredete schließlich ihren Sohn, mit ihr zusammen den Hof weiterzuführen. Sie lockte ihn mit der Zusage, er dürfe sich eine Werkstatt einrichten und die Posaune blasen, so oft er wolle. Denn dem Vater war dieses »Gehupe«, wie er verächtlich sagte, gewaltig auf die Nerven gegangen. »Mach nicht so viel Krach!«, brüllte Bauer Balbach, kaum war der erste Ton verklungen. Darum musste Karl im Pfarrhaus üben, spielte er doch für sein Leben gern im Posaunenchor und half in der Blaskapelle aus, wenn es an Bläsern mangelte. Sommers, nach getaner Arbeit, musizierte er nun nach Vaters Tod in seinem Zimmer. Und winters, wenn ihm mehr freie Zeit blieb, verbrachte er viele Stunden in seiner Werkstatt mit Sägen, Fräsen, Hobeln, Schleifen und Schnitzen. Sogar in den Sarg der Mutter, die vor sieben Jahren an einer Blutvergiftung starb, hatte er eigenhändig Margeriten geschnitzt, die Lieblingsblumen der Verstorbenen.

*

Jetzt, Mitte Mai 1945, lebt Karl Balbach mit Elfriede, einziger Tochter des hiesigen Bäckermeisters, und den Kindern Hans und Sophie mitten in Sonnenfurt. Jedem, der die Hauptstraße auch nur einigermaßen kennt, wird das zweigeschossige, über hundert Jahre alte Haus auf der rechten Seite schon aufgefallen sein. Es hat eine vornehme Fassade, die Wände weiß verputzt, alle Fenster und die Haustüre mit gelblichem Sandstein umrahmt, der mit Bänder- und Blumenmotiven reich ziseliert ist.

Das Familienleben der Balbachs spielt sich, wie im Dorf üblich, meist in der Küche ab. Auf den Fensterbänken werden frostempfindliche Setzlinge fürs Freibeet aufgepäppelt. Der kleine Hans sitzt gern auf dem karmesinrot gefliesten Boden und bestaunt den Sparherd, an dem schon die Urgroßmutter gestanden hat. Der Herd ist weiß emailliert und wird heiß, sehr heiß, wenn die Mutter kocht. Darum darf sich Hans nur bis zum weißen Strich auf dem Fußboden nähern. Mutter und Vater haben es ihm eingeschärft, unter Androhung von Strafen wie großes Aua, Fingerchen verbrühen und lange im Bett liegen müssen. Bisher hat Hans seine Finger gerettet, weil er die Hände auf dem Rücken verschränkt, wenn er zuschaut, wie Holzscheite und Briketts im Herd verschwinden. Tabu sind für ihn auch die drei Griffe am Herd. Einer für den Backofen, der zweite für den Kasten mit heißem Wasser und der dritte für den Wärmeschrank.

Rechts daneben steht noch ein Herd, auch er mit einem weißen Strich zur Verbotszone erklärt. Die Großmutter wollte ihn, weil er so praktisch ist. Darauf bereitete sie die kleinen, schnellen Gerichte zu. Die Mutter hat Hans das ulkige Wort, das auf der Herdklappe steht, langsam und deutlich vorgelesen: Graetzor.

Auch der Graetzor ist weiß, hat vier lange Beine und frisst weder Holz noch Kohle, sondern braucht elektrischen Strom. Hans stellt sich winzig kleine Männchen vor, die in der dicken, bräunlichen Schnur hin und her flitzen.

Auf einem Hängeregal hoch über dem Graetzor hockt ein rundes, schwarzes Ding, die Brat- und Backröhre. Sie heißt Siemens und hat auch eine solche Schnur und keine Klappe fürs Brennmaterial.

Der marmorierte Spültisch ist Elfriede Balbachs ganzer Stolz. Den hat sie sich von ihrem Vater zur Hochzeit gewünscht. Bäckermeister Otto Hölzle hat sich nicht lumpen lassen. Das beste und teuerste Modell hat er gekauft, eines mit einem großen Behälter über der Spüle, einem Zapfen unten dran und einem Hebel an der Seite. Pumpt man am Hebel, dann rauscht Wasser in den Behälter, zum Kochen, zum Geschirrspülen, zum Gesicht- und Händewaschen und Rasieren, denn die Häuser in Sonnenfurt haben noch kein fließendes Wasser. Neben dem Behälter hängt ein kleiner Spiegel, in den der Vater morgens mit aufgeblasenen Backen und Schaum im Gesicht schaut.

Auf der anderen Seite der Küche ist die Eckbank, davor der große Esstisch mit drei Stühlen. Hier wird gegessen, hier malt Sophie gern mit Buntstiften, hier schaut Hans Bilderbücher an, wenn die Mutter kocht oder bäckt. Gleich neben der Bank ist eine verglaste Türe. Durch die erreicht man den großen Innenhof schneller als über die breite Einfahrt links am Haus entlang. Im Hof, auf drei Seiten von Wohnhaus, Scheune und Stallungen begrenzt, auf der vierten mit einem Holzzaun, steht ein gewaltiger Nussbaum. Unter ihm plätschert ein Laufbrunnen. Das Wasser fließt in einen bemoosten steinernen

14

Trog, von dort in den kleinen Bach, der eingedolt ist und zweihundert Meter weiter in die Neide mündet. Oder es gurgelt in den Behälter über dem Küchenherd, wenn man den Hebel betätigt hat. Neben dem Küchenbüffet ist noch eine Türe. Sie bleibt für Hans und Sophie bis auf Weiteres verschlossen. Nur wenn die Mutter sie öffnet, dürfen die Kinder in die fensterlose Speisekammer spicken, in der die unverderblichen Lebensmittel lagern. Die verderblichen sind im tiefen, kalten Keller.

Auch die Wohnstube ist Hans und Sophie verwehrt, es sei denn, Besuch ist da, oder es gibt etwas zu feiern. Dann sitzt Hans mit größtem Vergnügen neben seiner Schwester auf dem breiten Sofa in der guten Stube und schaut sich alles genau an. Die Fenster, an den übrigen Tagen des Jahres hinter dicken Vorhängen verborgen, spiegeln sich auf dem blitzblank gebohnerten Dielenboden. Die dunkle Holzdecke, die beiden sepiabraunen Landschaftsbilder an der Wand, das gewaltige Büffet, die große Standuhr mit dem goldenen Pendel hinter der Glasscheibe, der Ohrlehnsessel, der dem Vater vorbehalten ist, und das Tischchen neben dem Sessel mit rosa Lampenschirm auf vergoldetem Fuß – das alles imponiert den Kindern, verleiht es dem Raum doch etwas Geheimnisvolles. Und überall Zierdeckchen, geklöppelt oder gehäkelt. Sie anzufassen, ist ihnen verboten. Hans betrachtet gern den Kachelofen neben sich, auf dem Pferde und Kühe, Schafe, Gänse und Hühner modelliert sind, während Sophie sich ein reich besticktes Kissen auf den Schoß legt und die Fleißarbeit ihrer Mutter bewundert.

An Mutters oder Vaters Hand darf Hans in den oberen

Stock hinaufsteigen. Allein hinaufkrabbeln oder hinunterrutschen hat ihm die Mutter streng untersagt, ist er doch erst neulich die ganze Treppe hinabgepurzelt. Zum Glück hat der rosa Läufer, der auf jeder Stufe mit einer Messingstange befestigt ist, den Sturz etwas gemildert. Dort oben, neben dem elterlichen Schlafzimmer, ist sein Zimmer, das er sich mit Sophie teilt. Wenn sie in die Schule kommt, soll sie in die leere Kammer umziehen, in der früher die Großmutter schlief und die jetzt leer steht. Neben dem Zimmer der Kinder ist ein kleiner Raum, spärlich möbliert mit halbhohem Schränkchen, Waschschüssel und gusseiserner Badewanne. Und gleich daneben, welch ein Luxus, ist eine zweite Toilette im Haus, die man hier Abtritt nennt, auch sie mit Spülung aus der weiß emaillierten Kanne.

*

Der kleine Hans sitzt am liebsten auf der obersten Stufe der Haustreppe, beobachtet aufmerksam, was auf der Hauptstraße und in der Nachbarschaft vor sich geht, und lacht. Frohsinn und Lebensfreude stehen ihm ins Gesicht geschrieben. Den Leuten, die vorübergehen, gefällt es, dass dieser kleine Junge ihnen zuwinkt und so froh und munter ist. Manche bleiben sogar stehen und fragen ihn aus. Ob der Vater auf dem Feld, in der Werkstatt oder im Rathaus ist. Was die Mutter in der Küche kocht oder bäckt. Und ob ihm vom vielen Schauen nicht langweilig wird.

Leider hat sein Vater seit ein paar Wochen nicht mehr so viel Zeit, weil er oft im Rathaus amten muss. Deshalb sagt er häufig, wenn seine Frau ihn um etwas bittet: »Keine Zeit!« Hans hat sich das gemerkt. Und wenn nun jemand mal wieder stehen bleibt, den er partout nicht mag, dann sagt auch er: »Keine Zeit! Keine Zeit!«

Auf der anderen Straßenseite spielt sich selten Interessantes ab. Dort wohnt Wilhelm Wagner, der reichste Bauer im Ort. Er ist schon über siebzig und nicht mehr so umtriebig. Lieber sitzt er im Wirtshaus und kommentiert die hohe Politik und alles, was im Dorf geschieht. Hört er etwas, das ihm gegen den Strich geht, wirft er die Hände in die Luft und empört sich: »Es ist zum Haareraufen!« Dabei glänzt sein blanker Schädel wie ein polierter Kürbis.

Seine Tochter Paula, eine mittelgroße Frau mit fein geschnittenen Gesichtszügen, kennt Hans natürlich, auch wenn sie sich selten auf der Straße blicken lässt. Sie rennt nicht durchs Dorf, tratscht nicht herum, nein, sie sitzt lieber in der Küche und liest. Hans hat es selbst gesehen. Ihre Handschrift sei wie gemalt und zeuge von guter Bildung, hat die Mama neulich gesagt. Sieht Paula den kleinen Hans vor seinem Haus sitzen, geht sie zu ihm hin, hält ein kleines Schwätzchen oder schenkt ihm etwas. Mal ein paar Bonbons, mal eine Handvoll Walnusskerne, zuweilen sogar eine Kreide, wie sie die Lehrer in der Schule haben, oder einen Buntstift. Hans mag Paula, und Paula mag Hans.

Der alte Wagner und seine Paula bewohnen ein zweistöckiges Haus, bis zur ersten Geschossdecke aus Sandsteinen gemauert, darüber aus Backsteinen, verputzt und grün gestrichen. Haus, Scheune und Stallungen umschließen ein Viereck, in dessen einer Ecke ein Backhäuschen steht, überragt von einem mächtigen Kastanienbaum. Vor dem Krieg hatte Wagner Knechte und Mägde, jetzt lebt er mit seiner Tochter in dem großen Haus allein. Neulich durfte Hans an Paulas Hand auf den Dachboden hinaufsteigen und sich aus einer Truhe Bilderbücher aussuchen, die Paula in ihrer Kindheit genossen hatte.

Schaut Hans nach links, dann blickt er zur wundersamsten Schaubühne, die jahrhundertelang Kirchplatz und dann, zwölf Jahre lang, Adolf-Hitler-Platz hieß. Dort spielt sich oft etwas ab, das es zu bestaunen gilt. Mal wird Fangerles von Mädchen aufgeführt, mal Töpfelschlagen von den Buben. Wenn die Kreisel surren, hält Hans es nicht mehr. Er rennt los, verfolgt von Sophie, die ihren kleinen Bruder bewacht wie ein Hütehund. Hans geht in die Hocke, klatscht vor Freude in die Hände und beobachtet ganz genau. Es ist noch gar nicht so lange her, da wackelte er auf seinen kurzen Beinchen den Kreiseln hinterher, wie den Hühnern, Enten und Tauben auch, bis ihm die Mutter klar gemacht hat, dass die anderen Kinder das gar nicht mögen.

Inzwischen weiß Hans ganz genau, wie man den Kreisel zum Schnurren bringt. Man wickelt die Peitschenschnur um den Kreisel, zieht kräftig und ruckartig die Schnur weg, und schon surrt er. Damit er nicht umfällt, muss man ihn mit wohl dosierten Peitschenhieben in Schwung halten. Hans beneidet die großen Buben, die den gedrechselten Töpfel, wie dieser Holzkreisel in Sonnenfurt heißt, gekonnt über den ganzen Platz treiben und auf einem vorher vereinbarten Punkt austrudeln lassen. Die besten Töpfel, das weiß sogar

Hans, haben eine Spitze aus Eisen und tanzen besonders schnell und lang.

Nach einem Weilchen setzt sich Hans wieder auf seine Haustreppe und schaut die Hauptstraße hinauf und hinunter. Vor ihm scharren sich Wagners Hühner in den Sand am Straßenrand ein und dösen vor sich hin. Oder ein Fuhrwerk rumpelt über die Neidebrücke und zuckelt an Hans vorbei die Straße hinauf. Oder der einarmige Dorfbüttel hat eine Besorgung zu machen, bleibt vor Hans stehen und plaudert mit ihm. Mitunter schlurft ein altes Mütterchen in die Kirche, die, wie viele Häuser im Dorf, ganz aus Sandsteinen errichtet wurde. Manchmal bimmelt jemand am zweigeschossigen Pfarrhaus. Gleich steht Pfarrer Krüger unter der Haustür und bittet den Gast herein. Immer wieder verschwindet irgendwer im Rathaus und kommt nach einer Weile wieder heraus, mal fidel, mal mürrisch. Gegen Abend, noch bevor Hans ins Bett muss, schlendern junge und alte Männer, den Hut ins Gesicht gedrückt oder keck ins Genick geschoben, zum Gasthaus Linde, das, von der ausladenden Sommerlinde halb verdeckt, den Dorfplatz zu Wagners Gehöft hin begrenzt. Und früh morgens, Hans hat längst ausgeschlafen, liefern Bauersleute unter Aufsicht des Molkereiwärters ihre Zwanzig-Liter-Milchkannen am Milchhäuschen ab und halten nebenher ein Schwätzchen. Der Molkereiwärter, ein Kleinbauer aus dem Ziegelgässle, den die Sonnenfurter nur den Molker nennen, wiegt die Milch, schreibt sie dem betreffenden Bauern gut und wartet, bis der Milchwagen eintrifft. Dann lädt er zusammen mit dem Kutscher die schweren Kannen auf den Wagen, den Pferde zur Molke in

Öschelhain ziehen. Samstags entrahmt der Molker die angelieferte Vollmilch sofort und gibt die Magermilch gleich zurück. Wenig später kommt ein dreirädriges Lieferwägelchen und bringt den Rahm zum Butterwerk in die Kreisstadt.

*

Montagabend. Hans sitzt auf dem Fensterbrett des elterlichen Schlafzimmers im ersten Stock. Wenn er will, dann spricht er schöne, lange Sätze. Heute jedoch kaspert er herum und plappert unverständliches Zeug.

»Magst einen Keks?«, fragt die Mutter und hält ihren Sohn fest, damit er nicht herunterfällt.

Hans liebt Kekse. Besonders Haferkekse, denn die backt Opa Hölzle. Das Wort »Großvater« hat sich der Opa verbeten, weil er es nicht leiden kann. Und beim mundartlichen »Ehne« geht er in die Luft, weil er seinen eigenen Großvater so nennen musste, obwohl der ein arger Hallodri und Tunichtgut gewesen sei und für seine Enkel nichts übrig gehabt habe. »Opa« und »Oma«, hatte der Hölzle eines Tages Tochter und Schwiegersohn belehrt, das klinge gut und sei kurz und damit von kleinen Kindern schnell zu erlernen.

Opa Hölzle hat eine innere Uhr. Sie weckt ihn jeden Werktag um Viertel nach zwei. Leise wälzt sich der Sechzigjährige aus dem Bett, damit seine Frau nicht aufwacht, kocht Kaffee in der Küche und trinkt zwei Tassen im Stehen, heimlich. Niemand im Ort soll wissen, dass die Hölzles noch echten Bohnenkaffee haben.

Frisch gestärkt steigt Otto Hölzle hinunter in seine

Backstube im Untergeschoss, heizt den Backofen ein und verarbeitet den Teig, den er tags zuvor angesetzt hat. Dazu singt er: »Der Teig ist aufgegangen …« Irgendwann wird er das Lied zu Ende dichten, irgendwann, doch bis dahin summt er die fehlenden Zeilen nach der Melodie »Der Mond ist aufgegangen«.

Der Hölzle-Bäck, wie ihn die Sonnenfurter nennen, knetet den Teig, portioniert ihn zu Brotlaiben, schiebt ihn in den Ofen, formt Brezeln und Brötchen und stellt sie beiseite. Kaum ist das Brot knusprig gebacken, schon entfalten sich die Brezeln und Brötchen in der Glut. Sind auch sie knackig und resch, tüftelt er mittwochs und samstags, so er noch Mehl hat, Kuchen und süße Stückchen aus den wenigen Zutaten, die ihm verblieben sind. Vor allem Schneckennudeln, Apfeltaschen, Mohn- und Streuselgebäck.

Um sechs schließt seine Frau die Bäckerei auf, an die ein kleiner Lebensmittelladen angebaut ist. Im Dorf nennt man die stets heitere Bäckermeisterin nur »Stöpsel«, weil sie kurz und dick ist wie ein Flaschenkorken.

Kaum ist der Laden geöffnet, gleich bildet sich eine Schlange vor dem Eckhaus an der Hauptstraße zum Schmiedgässle. Und das von Montag bis Samstag. Weil Mangel an vielem herrscht, muss man zeitig auf den Beinen sein. Backwaren und Lebensmittel gibt es nämlich nur, solange der Vorrat reicht, und ausschließlich auf Lebensmittelkarten.

Die Arbeit am Samstagmorgen lässt Bäckermeister Hölzle mit einem lieb gewordenen Ritual ausklingen. Für seine Enkelkinder Hans und Sophie backt er Haferkekse und kleine Brezelchen, die er anschließend selbst den Kindern überbringt. Die warten schon sehnsüchtig auf Opa Otto. Dann wird im Hause Balbach ausgiebig gefrühstückt, während Oma Gertrud bis ein Uhr im Laden ausharren muss. An und für sich könnte sie ihr Geschäft schon um neun zusperren, denn bis dahin ist alles, was man auf Lebensmittelmarken kriegen kann, längst ausverkauft. Aber manchmal will jemand etwas, das nicht rationiert ist. Schnürsenkel zum Beispiel, oder Schuhcreme, Nähnadeln, Stopf- und Häkelgarn und Wolle. Oder jemand holt seine Arznei ab, die der Apotheker hier deponiert. Oder Kinder stürmen den Laden, weil er für sie das Paradies ist, gibt es hier doch allerlei Schleckereien: Himbeerbonbons, Lakritzschnecken, Brausestangen oder Pulverbrause im Tütchen, wahlweise Himbeer-, Waldmeister- oder Zitronengeschmack.

Also sitzt Oma Gertrud in ihrer geblümten Kittelschürze auf einem Holzstuhl und wartet auf große und kleine Kundschaft. Nebenher klebt sie mit der nach Mandeln duftenden Paste die abgeschnittenen Lebensmittelmarken auf Zeitungspapier, das sie als Nachweis beim Landratsamt abliefern muss. Dort wird genau kontrolliert, ob die Zahl der Marken mit den zugeteilten Warenmengen übereinstimmt. Ist die Klebearbeit fertig, flickt die fleißige Bäckersfrau ihre Wäsche, bestickt Sofakissen oder häkelt Tischdeckchen. »Fehlt bloß noch, dass du für den Klodeckel auch einen Überzieher häkelst«, lästerte neulich ihr Otto.

Eigentlich hatte Doktor Waller die Idee mit den Haferkeksen, gebacken aus grobem Hafermehl, etwas Honig, damit der Teig nicht so bröckelig ist, und fein gemahlenem Anis. Hans leidet immer mal wieder unter Blähungen, weshalb Waller auch Körnlestee verordnet hat, wie man in Sonnenfurt sagt, eine Mischung aus Anis, Fenchel und Kümmel.

Der alte Landarzt hat seine Praxis in der Kreisstadt. Doch zweimal in der Woche macht er Hausbesuche, auch und gerade in den Dörfern ringsum. Knattert er auf seiner klapprigen Horex über die steinerne Neidebrücke, weiß jeder in Sonnenfurt, gleich ist der Doktor da. Wer dringend ein Rezept braucht, aber keine Zeit für einen Arztbesuch hat, der rennt auf die Straße und passt die stinkende und dröhnende Höllenmaschine ab. Die Bremsen quietschen, die Reifen knautschen, und schon hört Doktor Georg Waller zu, zieht vielleicht ein Stethoskop, womöglich einen Blutdruckmesser aus der Innentasche seiner Lederjacke, ohne vom tuckernden Zweirad abzusteigen oder gar die Motorradbrille abzunehmen, lässt den Bittsteller die Zunge herausstrecken, zweimal tief ein- und ausatmen und füllt das Rezept auf dem Tank seiner Maschine aus. Das nimmt er gleich mit und bringt es dem Apotheker, der direkt neben seiner Praxis in Öschelhain residiert. Dafür packt man dem Doktor mal ein paar Eier, mal einen Hefezopf, mal eine Wurst oder ein Stück Fleisch in seine Packtaschen. So erspart sich der Patient den weiten Weg in die Praxis, und der Doktor füllt seine Speisekammer, was in Notzeiten wichtiger ist als ein sattes Plus auf dem Konto bei der Bank.

Am nächsten Abend rumpelt der Apotheker in seinem alten DKW mit Holzvergaser durchs Dorf und bringt den reichen Bauern die Medikamente. Auch er nimmt lieber Naturalien als Geld. Und wenn er schon einmal da ist, wirft er noch einen kurzen Blick in den Stall, kennt er sich doch mit den wichtigsten Tierkrankheiten aus und hat meist ein passendes Präparat dabei. Die Arzneimittel für die Habenichtse liefert er in der Bäckerei ab, wo man sie abholen kann. Dafür besorgt der Apotheker, eine Hand wäscht die andere, dem Hölzle allerlei Backzutaten, die kaum noch zu haben sind.

*

Hans und Sophie rekeln sich auf dem Bett ihrer Eltern. Während Sophie mit Buntstiften malt, schaut Hans ein Bilderbuch an. Interessiert betrachtet er einen Löwen.

»Mag der Löwe auch Kekse?«, fragt er seine Mutter. Sophie lacht.

»Nein«, sagt die Mutter.

»Warum?«

»Weil er Fleisch frisst.«

»Warum?«

»Weil er Hunger hat.«

»Warum keine Brezelchen von Opa Otto?«

Sophie kringelt sich vor Lachen. »Der ist aber dumm!«

Die Mutter überhört Sophies Einwurf. »Weil Opa Otto nur für die Menschen Brezelchen backt und am liebsten für Sophie und für dich.«

»Warum nicht für Löwen?«

»Weil er nicht genug Mehl hat.«

»Warum hat er nicht genug Mehl?«

»Weil nicht genug Getreide gewachsen ist. Du weißt doch, dass das Getreide zu Mehl gemahlen wird.«

Hans legt das Bilderbuch zur Seite, erbettelt sich noch

einen von Opas Keksen und will wieder aufs Fensterbrett.

Zufrieden knabbert er seinen Keks und betrachtet interessiert, was drunten auf der Straße und auf dem großen
Platz vor der Kirche passiert.

Eben hat er seinen Vater entdeckt. »Papa! Papa!« Er
klopft an die Scheibe und winkt.

Karl Balbach steht auf der Hauptstraße, hört das Klop-
fen, blickt suchend an seinem Haus hinauf und lacht
seinem Jüngsten zu.

Elfriede Balbach, dreißig, brünette und schlank, muss
ihren Sohn mit beiden Händen festhalten, sonst fällt er
vom Fensterbrett.

»Was macht Papa?«

»Papa schreibt auf, wer Flüchtlinge aufnehmen
muss.«

»Was ist das?«

»Flüchtlinge sind arme Menschen, die von zuhause
fliehen mussten und jetzt nicht wissen, wo sie schlafen
können.«

»Auch Kinder, Mama?«

»Ganz bestimmt.«

»Warum?«

»Weil Krieg war.«

»Warum?«

»Ach Kind …«

»Was ist Krieg, Mama?«

»Wenn du größer bist, mein Schatz, erkläre ich es dir.«

*

Elfriede Balbach ist jeden Tag von Herzen froh, dass der Krieg ihr Dorf verschont hat. Sie bewundert immer noch den Mut ihres Mannes, der Mitte April an der Seite von Pfarrer Krüger, eine weiße Fahne schwenkend, den anrückenden Amerikanern entgegen gegangen war. Die fremden Soldaten lagen angriffsbereit im Buchenwäldle oberhalb des Dorfes in Deckung. Ein amerikanischer Offizier trat ihnen in den Weg, den Revolver auf die beiden Zivilisten gerichtet. Pfarrer Krüger bat ihn auf Englisch, er möge Sonnenfurt schonen. Das Dorf werde sich kampflos der US-Armee ergeben.

Daraufhin rasselte ein Panzer die Hauptstraße hinab bis zum Adolf-Hitler-Platz, der schon bald wieder Kirchplatz heißen wird, und hielt vor dem Gasthof Linde direkt unter der mächtigen Sommerlinde. Als kein Schuss fiel und immer mehr weiße Tücher aus den Fenstern flatterten, folgte ein zweiter Panzer, hinter dem drei, bis an die Zähne bewaffnete GIs gebückt Deckung suchten, die Maschinenpistolen im Anschlag.

Wieder blieb alles ruhig. Zwei Jeeps rollten ins Dorf, jeder besetzt mit vier Soldaten. Der eine hielt direkt vor dem Rathaus, der andere neben der Friedhofsmauer. Die Soldaten positionierten sich so geschickt, dass sie ganz Sonnenfurt im Blick hatten. Kurz darauf näherten sich Infanteristen. Sie machten sich sofort daran, das Dorf zu durchkämmen.

Ein Haus nach dem anderen inspizierten sie, vom Keller bis zum Dachboden, fahndeten nach Wehrmachtssoldaten, ließen Stroh- und Rübenhaufen umschichten, Bretterverschläge beseitigen und Regale zur Seite rücken. Konzentriert und trotzdem lässig taten sie ohne erkennbaren Hass ihre Pflicht, aber misstrauten allem und jedem. Und vor jedem Haus fragten sie die Bewohner: »No SS? No Nazi?« Zum Schluss schraubten sie das Schild »Adolf-Hitler-Platz« ab und rissen das Spruchband »Wer gäb dem Bauern Stolz und Ehr, wenn nicht der Adolf Hitler wär« herunter, das über die Neidebrücke gespannt war.

Balbach und Krüger kannten das Risiko, von umherstreifenden SS-Einheiten als Vaterlandsverräter gerichtet zu werden. Darum versteckten sie sich noch in derselben Nacht in einer für Nichteingeweihte unzugänglichen Kammer im Kirchturm. Balbach machte, als er das Haus verließ, seiner Frau weis, Pfarrer Krüger und er müssten mit den Amerikanern mitkommen; spätestens bei Kriegsende seien sie wieder da. Frau Krüger hingegen wusste Bescheid. Allabendlich stieg sie im Schutz der Dunkelheit durchs Flurfenster im Erdgeschoss und versorgte die beiden, die ihr Versteck erst am Tag nach der Kapitulation der deutschen Wehrmacht verließen.

*

Elfriede Balbach fasst ihren Hans unter den Armen, stellt ihn auf den Boden und steigt mit ihm und Sophie ins Erdgeschoss hinab.

Der Himmel ist noch hell, etwas gelb, dazu reichlich rot und, knapp eine Handbreit über dem Horizont, ein bisschen silbrig, als Mutter und Sohn auf die Straße treten. Die Schwalben kuscheln bereits in ihren Nestern unterm Dachvorsprung oder schlafen schon.

»Hustine«, sagt Hans und lacht. In der Scheune gegenüber stottert die Häckselmaschine.

»Ja, Hustenmaschine«, bestätigt die Mutter.

Man hört einen Hammerschlag, dann läuft sie wieder rund und spuckt maulgerechtes Futter für die Kühe und Pferde aus.

Wagner, reichster Bauer im Ort, kommt aus seiner Scheune und stellt sich ins Abendlicht. »'n Abend, Elfriede«, ruft er über die Straße. »Die Wasserturbine am Mühlenkanal liefert schon den achten Tag Strom. Der Bäuerle ist ein Teufelskerl. Nur wir in Sonnenfurt haben Strom, von früh morgens bis spät abends.«

»Da hast du wohl recht«, sagt Elfriede und wendet sich ihrem Mann zu.

»Jetzt hoff' ich bloß, dass uns der Wilhelm heute Abend keinen Ärger macht.« Karl Balbach spricht leise, damit Nachbar Wagner ihn nicht hören kann.

»Du hast ihm schon zweimal ins Gewissen geredet. Mehr kannst du nicht tun.«

Balbach lacht seinen Nachbarn an. Zugleich raunt er seiner Frau zu: »Der Wilhelm ist ein Dickschädel. Ob sich der von den Amerikanern etwas befehlen lässt? Ich habe da meine Zweifel.«

*

Hildegard Krüger kniet zur selben Zeit in der Waschküche und schrubbt die grauen Steinfliesen mit Seifenlauge. In Gedanken ist sie bei ihrem Kurt, von dem sie seit Februar noch kein Lebenszeichen hat. Jeden Morgen deckt sie den Tisch auch für ihn, weil sie sich Mut machen will und hofft, ihn bald wieder in die Arme schließen zu dürfen. Jeden Abend betet sie für ihn. Jede

Nacht liegt sie lange wach und bangt um ihren Sohn. Nur schwer kann sie ihre Wut auf die Nazis im Allgemeinen und Ortsgruppenleiter Diesche im Besonderen zügeln, der sich an ihrem Mann rächen wollte, der treues Mitglied der Bekennenden Kirche war und bleiben wird. Diesche hatte veranlasst, dass ihr Kurt von einer Stunde auf die andere von der Schulbank weg zur Flak musste. Sie kann es immer noch nicht fassen, wie diese Strolche in nur sechs Jahren an der Macht einen Krieg vorbereiten und in weiteren sechs Jahren die ganze Welt in Brand setzen konnten. Darum hat sie ihrem Mann zugeraten, mit der weißen Fahne den Amerikanern entgegenzugehen und um Schonung des Dorfes zu bitten. Darum ist sie Nachbar Balbach dankbar, dass er ihren Mann begleitet hat. Darum ist sie klaglos Abend für Abend aus dem Flurfenster geklettert, trotz ihrer Rückenschmerzen, hat sich im Schutz der Dunkelheit durch die Mesnertür in den Kirchturm geschlichen und die beiden Männer versorgt.

Ächzend steht sie auf. Sie ist zwar erst sechsundvierzig, aber leidet seit Monaten unter den Folgen eines Bandscheibenvorfalls. Nachdenklich stelzt sie in die Küche und setzt Wasser auf. Möglicherweise kommt auf sie und ihren Mann heute noch viel Arbeit zu. Darum will sie ihm vorher einen Kräutertee ins Büro bringen.

Beim Aufbrühen fällt ihr der amerikanische Offizier ein, der vor zwei Wochen wie aus heiterem Himmel neben ihr stand, als sie die Blumen vor dem Pfarrhaus goss. Er war in Begleitung von zwei baumlangen Militärpolizisten. Sie erschrak so, dass sie nur noch stammeln konnte: »My … my … husband … is …«

Weiter kam sie nicht, denn der blutjunge Mann lachte und stellte sich in perfektem Deutsch vor: »Ich bin Leutnant Brown. Machen Sie sich bitte keine Sorgen. Alles in Ordnung. Ich müsste nur etwas mit dem Herrn Pfarrer besprechen.«

»Mein Mann macht gerade einen Krankenbesuch«, murmelte sie ein wenig verlegen. »Er muss jeden Augenblick da sein. Darf ich Sie ins Pfarrbüro einladen?«

Leutnant Brown nickte, hieß seine Begleiter im Jeep warten und ließ sich in das helle Zimmer im Erdgeschoss bringen, in dem er sich suchend umsah: ein Schreibtisch, eine kleine Sitzgruppe, ein mächtiger Schrank und viele Regale voller Bücher.

Ob sie Tee servieren dürfe, fragte sie den glattrasierten Offizier mit den kurzen, braunen Haaren und den lebhaften Augen. Allerdings könne sie nur einen Kräutertee anbieten. Echter Bohnenkaffee und schwarzer Tee seien derzeit weder erhältlich, noch erschwinglich.

Leutnant Brown dankte und setzte sich in einen Sessel, während sie sich beeilte, einen Kräutertee aufzubrühen.

Als sie das Tablett ins Pfarrbüro trug, war ihr Mann schon mit dem Offizier ins Gespräch vertieft. Beim Tischdecken hörte sie, wie der Amerikaner ihrem Mann für seinen beherzten Einsatz und das unblutige Ende des Krieges in Sonnenfurt dankte.

»Sie haben großen Mut bewiesen«, lobte Leutnant Brown. »Andernorts haben Leute, die von sich aus den Krieg beenden wollten, dafür mit dem Leben bezahlt. Sie hingegen haben Ihrer Gemeinde und höchstwahrscheinlich auch unseren Soldaten viel Leid und Blutvergießen erspart. Ich danke Ihnen, Herr Pfarrer.«

Brown stand auf und schüttelte erst ihrem Mann, dann ihr feierlich die Hand.

Kaum hatte sie das Zimmer verlassen, wollte Brown alles über Sonnenfurt zur Nazizeit wissen. Auf wiederholte Nachfrage habe er einräumen müssen, berichtete ihr Mann später, dass das Dorf bis Kriegsende zerstritten war, nicht zuletzt deshalb, weil er als bekennender Christ die deutsche Politik kritisch gesehen, sich aber keine Blöße gegeben habe. Ortsgruppenleiter Diesche, ein miesepetriger Mann, habe nur darauf gelauert, ihn anzeigen zu können. Diesche sei ein scharfer Nationalsozialist gewesen, der in den Ort eingeheiratet und als Ortsfremder die Sonnenfurter drangsaliert und kujoniert habe, unterstützt von ein paar hiesigen Gesinnungsgenossen. Ein Einheimischer wäre in einer so kleinen Gemeinde mit Sicherheit vorsichtiger aufgetreten. Nach dem Einmarsch der Sowjetarmee in Berlin habe Diesche Reißaus genommen. Dabei habe er noch im Februar verkündet: »Und wenn heute der Ami hier einmarschieren sollte, wäre ich der Erste, der ihm in Uniform entgegengehen würde.« Doch als es ernst wurde, sei er nicht mehr gesehen worden. In der Nähe von Ulm habe er sich seiner Festnahme durch Selbstmord entzogen, wie er von Diesches Frau wisse. Die wohne mit vier unmündigen Kindern und ihrer Mutter hier in der Sonnenhalde. Sie wage sich allerdings kaum noch unter die Leute.

Dann fragte der Offizier nach jenem aufrechten Mann, der Krüger zu den anrückenden US-Truppen begleitet und die weiße Fahne getragen habe.

»Das war mein Nachbar über die Straße.« Krüger deutete zum Fenster hinaus. »Karl Balbach.«

»Was ist das für ein Mensch?«

»Ein schlauer Kopf, ein Bastler, ein Tüftler, ein exzellenter Handwerker und ein umsichtiger Bauer. Er tut viel für unsere Gemeinde und probiert ständig Neues aus.«

»Zum Beispiel?«

»Er hat ganz in der Nähe seines Hauses eine eingezäunte Weide mit Schutzhütte und Wasserstelle errichtet. So können sich seine Puten, Schafe, Schweine und Ziegen weitgehend selbst versorgen.«

»Kein Nazi?«

»Nein, nein, ein christlich gesinnter Mann.«

»Was wissen Sie sonst noch über ihn?«

Krüger dachte nach. »Ich glaube, er wird demnächst vierunddreißig oder fünfunddreißig. Er ist verheiratet und hat zwei kleine Kinder, einen Jungen und ein Mädchen.« Krüger blickte kurz zur Decke und dann dem Offizier wieder in die Augen. »Ach ja, er spielt Posaune und dirigiert den hiesigen Posaunenchor.«

»Zuverlässig?«

»Ja.«

»Besonnen?«

»Aber ja.«

»Ich habe Ihr Ehrenwort?«

»Sie können sich darauf verlassen, Herr Leutnant, dass Karl Balbach nichts getan hat und auch künftig nichts tun wird, was gegen sein Gewissen und gegen die Interessen seiner Mitbürger verstößt.«

»Dann ist er unser Mann.«

»Wozu, Herr Leutnant, wenn ich fragen darf?«

»Wir müssen die Verwaltung wieder in Gang bringen. Viele Menschen irren verzweifelt durchs Land. Ausgebombte, Flüchtlinge, Fremdarbeiter, auch Juden, die das Inferno überlebt haben. Die alle müssen wir unterbringen und versorgen. Das geht nicht ohne ein paar gutwillige Deutsche.«

»Und wie kann Karl Balbach dabei behilflich sein?«

»Ich will ihm das Amt des Bürgermeisters übertragen.«

»Sie wissen aber, Herr Leutnant, dass Sigismund Lange seit zwölf Jahren unser Bürgermeister ist.«

»Wir arbeiten nicht mit Nazis zusammen. Wer von 1933 bis heute ein Amt inne hatte, ob er nun Parteimitglied war oder nicht, ist für uns nicht glaubwürdig. Oder trauen Sie diesem Herrn Balbach das Amt etwa nicht zu?«

»Doch, doch! Jederzeit!«

Leutnant Brown ließ sich den Weg zu Lange beschreiben. Dann eilte er zum Jeep, gab Befehl, zur Eichwaldgasse hinaufzufahren, hieß Lange einsteigen und teilte ihm auf der kurzen Fahrt zum Rathaus mit, er sei seines Amtes enthoben.

Balbach war nicht zuhause. Seine Frau sagte dem amerikanischen Offizier, dass er gerade Löcher zuschaufelt, die Wildschweine hinterlassen haben, und Maulwurfshügel einebnet. Sie beschrieb ihm, wie man dorthin kommt. Der Jeep holperte über die Feldwege. Dann eröffnete Leutnant Brown dem verdutzten Landwirt in wenigen Sätzen, er wolle ihn zum Bürgermeister ernennen, und bat ihn einzusteigen.

Im Amtszimmer des Bürgermeisters musste Lange, ein feister, selbstherrlicher Mann, die Gemeindekasse und alle Schlüssel an Balbach übergeben. Auf Langes Einwand, nur er wisse in der Gemeinde Bescheid, fuhr ihm der Offizier über den Mund. Mit seinesgleichen mache die Armee kurzen Prozess. Jedes offene oder versteckte Widerwort werde umgehend bestraft. Ab sofort dürfe Lange das Rathaus nicht mehr betreten. Auch werde er sich demnächst vor Gericht verantworten müssen. Also solle er künftig besser den Mund halten.

Und so wurde Karl Balbach in Arbeitskleidung, den blauen Schurz umgebunden, von einer Sekunde auf die nächste der erste Mann in Sonnenfurt. Viele Einheimische fanden das gut, schätzten sie doch Balbach als höflichen, hilfsbereiten, lebensbejahenden Menschen.

*

Wilhelm Schubert, Tagelöhner, seit Ende des Ersten Weltkriegs zugleich Dorfbüttel in Sonnenfurt, wurde bei Verdun schwer verwundet. Im Lazarett musste man ihm den linken Arm amputieren. Trotzdem ist er nach wie vor ein treuer Anhänger des letzten deutschen Kaisers. Dass der ein Kriegstreiber gewesen sei, will er nicht gelten lassen. Zum Zeichen für Kaisertreue und Vaterlandsliebe trägt er einen Schnurrbart wie Kaiser Wilhelm. Ist er im Dienst, setzt er die amtliche blaue Mütze auf und hängt sich die Schultertasche um. Darin verwahrt er die Rathauspost, die er austragen muss, oder die neuesten Bekanntmachungen. So wie neulich.

Schubert schnappte sich die Handschelle aus Messing, zog durchs Dorf und verkündete an den vom Gemeinderat vor hundert Jahren festgelegten Plätzen, was ihm der Bürgermeister aufgetragen hatte. Breitbeinig stellte er sich hin und schellte. »Bekanntmachung!« Er schellte erneut und wartete, bis die Leute zusammenliefen. Dann wiederholte er: »Bekanntmachung!« Als es still war, räusperte er sich und las mit lauter Stimme vor: »Alle Personen im besetzten Gebiet haben unverzüglich und widerspruchslos alle Befehle und Veröffentlichungen der Militärregierung zu befolgen. Gerichte der Militärregierung werden eingesetzt, Rechtsbrecher zu verurteilen. Widerstand gegen die Besatzungstruppen wird unnachsichtig gebrochen. Strafbare Handlungen werden schärfstens geahndet. Das ist ein Befehl von General Dwight D. Eisenhower, Oberster Befehlshaber der Alliierten Streitkräfte.«

Wenig später gingen Leutnant Brown und Bürgermeister Balbach, begleitet von zwei Militärpolizisten, von Haus zu Haus. Jedem im Dorf fiel sofort auf, dass Brown bemerkenswert gut Deutsch sprach, akzentfrei sogar, meinten einige. Andere wiesen darauf hin, die Familie des jüdischen Viehhändlers Braun aus dem Nachbarort sei 1937 über Nacht verschwunden. Ob da wohl ein Zusammenhang bestünde?

Brown notierte Zahl und ungefähre Größe der Räume, während Balbach sämtliche Hausbewohner auf einer Liste erfassen musste. Ein Bauer in der Langen Gasse hatte den Zugang zu einem Zimmer mit einem Kleiderschrank verstellt. Er wollte die Soldaten hinters Licht führen, doch die nahmen ihn auf Weisung von Leutnant Brown sofort fest, obwohl Balbach um Schonung bat, und brachten ihn am Abend ins Gefängnis der Kreisstadt. Wilhelm Wagner führte die Amerikaner zwar anstandslos durch sein großes Haus, vom Keller bis auf den Dachboden, aber die Weisung des Offiziers, demnächst

Flüchtlinge aufzunehmen, belächelte er hochnäsig. Balbach beobachtete, dass sich der Offizier eine Notiz machte.

In den folgenden Tagen requirierten die Amerikaner Kleider und Wäsche für die bald eintreffenden Flüchtlinge und richteten im Rathaus eine Kleiderkammer ein.

Ende Mai installierten zwei GIs ein Radio in Balbachs Dienstzimmer im Rathaus, damit der Bürgermeister die Anweisungen der Amerikaner per Funk hören könne. Bevor sie wieder ihren Jeep bestiegen, hinterließen sie einen Brief, in dem Balbach angewiesen wurde, am 3. Juni um halb zwölf Uhr selbst Radio zu hören und die ganze Gemeinde eindringlich auf diesen Termin hinzuweisen.

Wieder musste Büttel Schubert seines Amtes walten. Zur Sicherheit schellte er an drei Abenden hintereinander die Nachricht aus. Also saßen die meisten Sonnenfurter, die noch einen Volksempfänger besaßen, sich ein Radio gebastelt hatten oder von Nachbarn zum Zuhören eingeladen waren, zur angegebenen Zeit vor den Apparaten: »Hier ist Radio Stuttgart, ein Sender der Militärregierung. Wir senden täglich von 11.30 Uhr bis 14.00 Uhr und von 18.30 Uhr bis 22.00 Uhr.« Außerhalb dieser Zeiten, so der Sprecher weiter, übernehme der Sender bis auf weiteres das deutsche Programm von Radio Luxemburg.

In der Woche darauf erhielt Balbach einen Schnellbrief: Am nächsten Montag träfen gegen acht Uhr abends, über die Autobahn von Stuttgart kommend, etwa hundert Obdachlose und Flüchtlinge in Sonnenfurt ein. Der Bürgermeister müsse bis dahin für Unterkunft und Verpflegung sorgen. Eine namentliche Liste mit Altersangaben war beigefügt, darauf handschriftlich in Rot der Vermerk: »Landwirt Wagner hat zwei Familien aufzunehmen.«

Balbach studierte die Liste und war enttäuscht. Er hatte auf junge Männer gehofft, die in der Landwirtschaft mithelfen könnten, denn seit Jahren gab es in Sonnenfurt keine Knechte und Mägde mehr. Die Männer hatten bei den Soldaten dienen, die Frauen in kriegswichtigen Betrieben schuften müssen. Kriegsgefangene durfte man als Helfer beschäftigen, doch das war jetzt vorbei. Nur Mütter mit Kindern und ein paar alte Leutchen würden am nächsten Montag hier eintreffen.

*

Karl Balbach ist ein sachlicher und zupackender Mann. Jammern liegt ihm nicht, und die Hände in den Schoß legen ist nicht seine Art. Schon nach wenigen Tagen im Amt versteht er es meisterhaft, die Mühsal in der Landwirtschaft mit der Büroarbeit im Rathaus zu verzahnen. Er hat erkannt, dass er als Bürgermeister viel dazu beitragen kann, das Miteinander im Dorf zu fördern und die abseits Stehenden ins Gemeindeleben einzubinden. Dabei wendet er ein ganz einfaches Rezept an: Da sein, wo's brennt, und mit den Leuten reden, wenn's klemmt. Und so nehmen die Sonnenfurter ihren neuen Bürgermeister als engagierten Mann fürs Gemeinwohl wahr.

Die Kirchturmuhr schlägt halb acht. Balbach bittet seine Frau, die Kinder ins Bett zu bringen. »Dann kannst du dich ganz den Niemanns widmen«, sagt er. »Die al-

ten Leutchen werden müde sein und Hilfe brauchen.«
Sie nickt. Die Niemanns, ein ausgebombtes Ehepaar aus
Stuttgart, sind die neuen Untermieter. Sie sollen unter
den hundert Obdachlosen und Flüchtlingen sein.

Balbach verlässt sein Haus, geht über die Straße und
holt die Krügers ab. Zu dritt eilen sie zum Schulhaus,
von vielen Augen verfolgt. Alle im Dorf wissen: Gleich
ist es soweit.

»Als wir mit der weißen Fahne die Hauptstraße hin-
aufgegangen sind, war's mir bloß mulmig«, sagt Balbach.
»Heute, Herr Pfarrer, habe ich weiche Knie.«

Pfarrer Krüger wirft seinem Nachbarn einen nach-
denklichen Blick zu: »Ja, was wir heute tun, ist von
einer ganz anderen Qualität. Mitte April haben wir mit
der weißen Fahne *gegen* machttrunkene Fanatiker, *gegen*
Rechthaberei, Rassenwahn, Gewalt und Krieg protes-
tiert. Heute wollen wir ein Zeichen setzen *für* Hilfsbe-
reitschaft und *für* Barmherzigkeit.«

»Alles, was mein Mann sagt, klingt oft wie eine Predigt.« Elke Krüger lächelt Balbach zu. »Man kann es
auch schlicht sagen: Wir kümmern uns um Menschen,
die Hilfe brauchen.«

Balbach ergänzt: »Und doch wird das eine Feuertaufe
für unser Dorf. Wir müssen jetzt zeigen, dass wir nicht
nur Krieg führen können, sondern auch für Menschen in
Not etwas übrighaben. Eigentlich sind wir alle in nächster Zeit gefordert. Aber ich habe Angst, es könnten zu
viele abseits stehen. Das wird man mir als Bürgermeister
ankreiden, nicht denen, die sich nirgendwo einbringen.«

»Sie sind nicht allein, Herr Bürgermeister. Meine Frau
und ich stehen fest an Ihrer Seite, und andere gewiss auch.«

Sie erreichen den Schulhof und begrüßen acht Frauen des Kirchenchors, die ihre Hilfe angeboten haben.

Keine zwanzig Minuten später schaukeln vier amerikanische Armeelastwagen, begleitet von einem vorausfahrenden und einem nachfolgenden Jeep mit Militärpolizisten, langsam über die steinerne Neidebrücke. Vorbei an Bäuerles Getreidemühle samt Sägewerk und Wasserturbine, vorbei an Rathaus und Kirche und Balbachs und Wagners Hof. Die Menschen auf den Ladeflächen, von der langen Fahrt ermattet, heben müde die Köpfe und sehen stumm auf die Sonnenfurter, die sich vor ihren Häusern oder hinter ihren Fenstern versammelt haben und mit steinernen Gesichtern den Konvoi mustern. Im ersten Gang tuckern die Laster die Hauptstraße hinauf, denn Sonnenfurt liegt an einem sanften Hügel. Auf halber Höhe springt ein Militärpolizist vom vorausfahrenden Jeep ab und winkt die Fahrzeuge in den Schulweg hinein und auf den Schulhof.

Überwiegend jüngere Frauen mit Kindern und ein paar ältere Ehepaare helfen sich gegenseitig beim Absteigen. Dann stellt sich Balbach auf die oberste Stufe der Treppe zum Schulhaus und bittet um Ruhe.

»Mein Name ist Karl Balbach. Als Bürgermeister von Sonnenfurt heiße ich Sie herzlich willkommen. Ich weiß, Sie sind müde und hungrig. Dennoch bitte ich Sie einen Moment um Ihre Aufmerksamkeit. Ich rufe Sie jetzt namentlich auf und gebe Ihnen einen Zettel. Auf dem steht, wo und bei wem Sie untergebracht werden. In kleinen Gruppen werden Sie von Frauen unseres Kirchenchors zu Ihrer neuen Bleibe begleitet. Bitte stellen Sie ihr Gepäck nur ab und gehen gleich weiter in das Gasthaus, das Ihnen Ihre Begleiterin zeigen wird. Dort steht ein bescheidenes Abendessen für Sie bereit.«

Balbach hat sich viele Gedanken gemacht und auch Pfarrer Krüger um Rat gefragt. Welche Neuankömmlinge könnten in welches Haus und zu welchen Ortsansässigen passen? Die wenigen Informationen, die er der Liste entnehmen konnte, hat er sorgfältig abgewogen. Als Einheimischer kennt er alle Sonnenfurter und weiß um die Befindlichkeiten der Bewohner.

Die Liste ist rasch abgearbeitet, die Gruppen sind schnell gebildet. Pfarrer Krüger spricht den Abendsegen und wünscht den neuen Bewohnern guten Appetit und eine friedvolle Nacht. Nach wenigen Minuten liegt der Schulhof verlassen da.

Pfarrer Krügers Frau hat zwei Großfamilien ins Schulhaus gebeten: eine Mittdreißigerin mit ihren sieben Kindern und eine Witwe mit sechs Kindern und der eigenen Mutter. Für diese sechzehn Personen haben die Chorfrauen am Vormittag die beiden Klassenzimmer mit Matratzen, Turnmatten und Strohsäcken sowie Tischen, Stühlen und Schränken ausgestattet. Jetzt servieren zwei Mitstreiterinnen Milchsuppe und Pellkartoffeln mit Karottengemüse, zubereitet auf den beiden Elektroherden der Schulküche.

Genau diese Speisen werden zur selben Zeit auch den anderen Neuankömmlingen in der Linde und im Rössle, der zweiten Gaststätte im Ort, aufgetischt. Für die ganz Kleinen gibt es Milch und Milchbrei.

*

Pfarrer Krüger und Bürgermeister Balbach schleppen einen alten Pappkoffer und eine große Tasche. Das Gepäck gehört den beiden Frauen, die im Pfarrhaus wohnen sollen.

»So, so, bis von Westpreußen kommen Sie zu uns nach Sonnenfurt.« Krüger ist fassungslos und schüttelt den Kopf. »Der Krieg hat Menschen und Schicksale völlig durcheinandergewirbelt.«

»Der Krieg ist ein Verbrechen!«, antwortet die Jüngere. Sie sagt es energisch und steckt beide Hände unter die Trageriemen ihres Rucksacks.

Krüger ist verblüfft und betrachtet sie aufmerksam von der Seite. Wie mutig sie ihre Meinung vertritt. »Darf ich fragen, worauf Sie Ihr Urteil stützen?«

»Das hat Peter Rosegger 1918 in einem Gedicht geschrieben.«

»Und Sie selbst, wie denken Sie darüber?«

Die Frau bleibt stehen und mustert ihre Begleiter. »Wollen Sie eine ehrliche Antwort?«

Balbach nickt. Krüger staunt und schaut verwundert auf die Fremde.

»Wenn Schwerverbrecher, Sittenstrolche und Vollidioten ein Volk regieren, kommt das heraus, was wir jetzt erleben. Oder sind Sie etwa anderer Meinung?«

»Aber nein«, beeilt sich Balbach.

»Ich stimme Ihnen vorbehaltlos zu«, sagt der Pfarrer, »nur sind wir offene Worte nicht mehr gewöhnt.«

»Wissen Sie«, bricht die Ältere ihr Schweigen, »meine Tochter war Lehrerin mit Leib und Seele. Aber dann hat sie selbst erlebt, wie man die jüdischen Kinder aus ihrer Schule entfernte. Als sie sich beim Schulrat beschwerte, wurde sie prompt aus dem Dienst entlassen.«

»Die Parteibonzen«, ergänzt das Fräulein bitter, »haben ständig in meiner Schule herumgeschnüffelt. Bei jeder Gelegenheit mussten die Kinder zum Fahnenappell im Schulhof antreten. Stellen Sie sich das vor: Achtjährige stehen wie die Soldaten in Reih und Glied und schwören einem schnauzbärtigen Schreihals unerschütterliche Treue. Hakenkreuzfahnen vor dem Schulhaus, Hakenkreuzfahnen im Schulhof, Papierfähnchen mit Hakenkreuz bei jedem Lerngang und bei jedem Schulausflug. Geht's noch schlimmer und noch dümmer?« Sie macht eine wegwerfende Geste. »Ich hasse jede Regierung, bei der man sitzen muss, wenn man nicht hinter ihr steht.«

Balbach lacht. »Dann herzlich willkommen, Fräulein Ledlein.« Er hält es für einen Wink des Schicksals, dass eine neue Lehrerin hier wohnen wird, sind doch die ortsansässigen Pädagogen nach derzeitigem Kenntnisstand im Krieg geblieben.

Leutnant Brown hatte angeordnet, dass Kirche, Pfarrhaus und Rathaus nicht mit Flüchtlingen belegt werden. Aber Pfarrer Krüger und vor allem seine Frau wollten sich unbedingt an der Hilfsaktion beteiligen.

»Wie kann ich meiner Gemeinde Nächstenliebe predigen und selbst kein Opfer bringen?«, hatte Krüger Balbach entgegnet, als der ihm Browns Anweisung weitergab. Jetzt beglückwünscht sich Krüger, freut er sich doch auf viele muntere Gespräche mit der Lehrerin und ihrer Mutter.

Eine Frage muss er allerdings noch loswerden: »Und womit haben Sie Ihren Unterhalt nach der Entlassung bestritten?«

»Wir haben in unserer Wohnung eine Nähstube eingerichtet und für Privatleute genäht. Auch für eine Firma haben wir in Heimarbeit gestrickt, gehäkelt und gestickt.«

Jemand schreit, eine Frauenstimme kreischt. Vor Wagners Haus laufen Leute zusammen.

Balbach packt der Zorn. »Der Sturkopf!« Er rennt los und will schlichten.

Zu spät. Zwei Militärpolizisten führen gerade den alten Wagner ab, ein Sergeant stößt ihn unsanft in einen Jeep. Seine Tochter Paula zetert und jammert. Ihr Vater schnauzt sie an: »Es reicht, wenn sie mich verhaften! Denk ans Vieh! Also halt's Maul!«

Eine Frau, einen kleinen Jungen an der Hand und ein Mädchen im Arm, steht entnervt vor dem Haus. Etwas abseits wartet ein älteres Ehepaar mit zwei erwachsenen Töchtern. Paula wirft den Flüchtlingen wütende Blicke zu und keift: »Drecksbande!« Die beiden Polizisten verscheuchen die Zeternde. Wütend verschwindet sie im Stall.

Krüger redet Englisch mit dem Sergeanten, während Balbach die Mutter mit den beiden kleinen Kindern beruhigt.

Sie sei aus Pommern geflüchtet, berichtet Martha Merker eingeschüchtert und verängstigt. Und jetzt das! Sie wolle und sie könne nicht mehr. In den letzten drei Jahren habe sie ihren eigenen Hof allein, unterstützt von zwei Fremdarbeitern, bewirtschaften müssen, denn ihr Mann sei an der Ostfront gewesen. Seit Wochen habe sie nichts mehr von ihm gehört. Sie sei am Ende ihrer Kräfte.

Balbach führt die drei ins Erdgeschoss und zeigt ihnen

das von den Amerikanern vorgesehene Zimmer, einen hellen, großen Raum mit zwei Fenstern zur Straße hin, zwei Betten, einem Schrank und einem Ofen. Toilette und Küche befänden sich auf demselben Stock, die Küche könne allerdings erst in Absprache mit der Hausherrin benützt werden.

Dann, Balbach muss zweimal hinsehen, packt ihn die Wut. Matratzen und Bettzeug fehlen, obwohl die Chorfrauen jedes Haus, in das Flüchtlinge einquartiert werden sollen, damit versorgt hatten.

Frau Merker schlägt die Hände vors Gesicht und schüttelt den Kopf. Ursula, etwa sechs Jahre alt, und Walter, zwei bis drei Jahre jünger, hängen sich an ihre Mutter. Die muss sich ein Weilchen besinnen, lächelt dann tapfer ihren Kindern zu. »Alles wird gut«, sagt sie zu ihnen und sieht Balbach bittend an.

Balbach schaut in das schmale Gesicht der grazilen Schönheit. Er schätzt sie auf fünfunddreißig Jahre. Unter ihrem zerknitterten hellen Übermantel, in dem sie wohl geschlafen hat, schauen lange Hosen hervor, etwas Unerhörtes in Sonnenfurt. Sie streckt Balbach ihre Hand entgegen, die einen überraschend kräftigen Druck ausübt, als sei sie im Baumfällen geübt.

»Solange Sie in der Linde nebenan zu Abend essen«, verspricht Balbach, »wird gebracht, was noch fehlt. Auch rede ich gleich mit der Hausherrin. Machen Sie sich bitte keine Sorgen.«

Balbach eilt zur vierköpfigen Familie. Er geht mit ihnen zur Rückseite des Hauses und steigt die fünf Stufen in den Souterrain hinab. In Gedanken geht er die Liste durch und erinnert sich: Das müssen die Zellers sein. Er

weist ihnen zwei Räume zu, die ehemaligen Gesinde-
stuben. Beide haben ebenerdige Fenster, einen eisernen
Ofen, Wasserhahn und Kochstelle im Flur sowie einen
eigenen, wenn auch eher rustikalen Abtritt. Auch hier
fehlen Matratzen und Bettzeug.

Also kein Versehen. Wagner und seine Paula wollten
offensichtlich provozieren.

August Zeller, mittelgroß, geschätzt Mitte fünfzig,
dünnes, graues Haar und Schnauzbart, rückt seine dicke
Hornbrille zurecht und stellt ironisch fest: »Hier kann
man dem Hausdrachen wenigstens aus dem Weg gehen.«
Er lacht höhnisch. Seine Stimme ist sehr tief. Er komme
aus Oberschlesien und sei Gutsverwalter gewesen. Dort
habe er gelernt, auf blankem Bettrost zu schlafen. Er stellt
seine Familie vor, merkwürdigerweise die Töchter zuerst.
Elsa, sechzehn, offenbar sein ganzer Stolz, hat ein wei-
ches, hübsches Gesicht und eine Gretchenfrisur. Die ältere
Alma, zwanzig, trägt ihr glattes Haar kinnlang. Ihr Mund
ist wohlgeformt. Im letzten Jahr habe sie am Lyzeum das
Abitur bestanden. Zellers Frau, eine attraktive Blondine
um die vierzig, steht abseits und verzieht keine Miene,
taxiert Balbach jedoch mit großen Augen. Sie heiße Veronika, sagt ihr Mann, nenne sich selbst aber Vroni, was er
hasse, denn das sei so undeutsch. Sie nimmt es schweigend
hin, während ein feines Lächeln ihren Mund umspielt.
Die vier haben wohl schon bessere Zeiten gesehen, wie
ihre teure, allerdings etwas angeschmutzte und zerknit-
terte Kleidung verrät. Vermutlich waren sie lange auf der
Flucht und mussten oft in ihren Kleidern schlafen.

*

Balbach findet Paula im Stall. Mit geschlossenen Augen sitzt sie vornübergebeugt auf einer Bank, vor sich eine große weiße Kanne mit frisch gemolkener Milch.

»Und jetzt?« Balbach setzt sich neben sie.

»Steckst du mit denen unter einer Decke?«

»Nein«, sagt er ruhig und seufzt, »ich sorge nur dafür, dass alle ein Dach über dem Kopf haben und etwas zu essen kriegen.«

»Du?« Sie mustert ihn mit großen Augen.

»Die Menschen, die heute zu uns gekommen sind, haben alles verloren und nur ihr nacktes Leben gerettet. Irgendwo müssen sie ja hin.«

»Warum gerade zu uns?«

»Warum nicht? Zwar haben wir fünf Gefallene zu beklagen, aber im Ort ist alles heil geblieben. Uns fehlt's doch an nichts.«

Sie schweigt.

Er sieht sie lange an, zum ersten Mal seit vielen Jahren. »Wie soll es deiner Meinung nach weitergehen, Paula? Sag's mir bitte.«

»Paula!« Seit damals, als sie dieselbe Schulklasse besuchten und ineinander verliebt waren, hat er nicht mehr ihren Vornamen in den Mund genommen. Lange hat sie darauf gewartet. Sie wirft ihm einen scheuen Blick zu, lehnt sich zurück und schließt die Augen. »Vor drei Jahren«, sagt sie leise mit geschlossenen Lidern, »hat mein Vater einen Kriegsgefangenen als Helfer beantragt. So kam, wie du ja weißt, Serge auf unseren Hof.«

Richtig! Dass er nicht selbst darauf gekommen ist. Balbach hätte sich ohrfeigen können.

Der französische Kriegsgefangene war ein Glücksfall für Wagner und vor allem für Paula. Jeder im Dorf wusste, Paula war in den gleichaltrigen Franzosen verschossen und wartete nur darauf, dass der Krieg zu Ende ging. Serge arbeitete völlig selbstständig, striegelte die Pferde, ackerte, säte, erntete, als wäre es sein eigener Hof, und saß mit am Esstisch, obwohl das den Kriegsgefangenen verboten war. Ortsgruppenleiter Diesche hatte mit Anzeige gedroht, aber Paula hatte ihn ausgelacht. Das solle er mal wagen, aber dann werde sie über ihn auspacken. So blieb es bei der Drohung. Das Internationale Rote Kreuz beschenkte Serge regelmäßig mit Keksen, Kakao und Schokolade. Doch von jetzt auf gleich musste er kurz vor Kriegsende den Hof und Sonnenfurt verlassen.

»Und dann kamen die Amis und haben alles kaputt gemacht.« Paula sagt es mit belegter Stimme. Tränen kullern ihr übers Gesicht. Sie weint leise vor sich hin.

Balbach hat endlich verstanden. Paulas Wut richtet sich nicht gegen die Neuankömmlinge. Sie macht die Amerikaner für den Verlust ihrer großen Liebe verantwortlich.

Er legt den Arm um sie und sagt: »Wir werden deinen Serge ausfindig machen. Aber jetzt musst du mit anpacken, Paula.«

Sie sieht ihm direkt in die Augen, und er weiß sofort, dass da noch viel Zärtlichkeit ist.

»Übrigens ist Frau Merker auch Bäuerin«, sagt er mit trockener Stimme. Er räuspert sich. »Sie hatte einen großen Hof in Pommern, den sie mit zwei Fremdarbeitern bewirtschaftet hat, genau wie du mit deinem Serge. Ihr Mann ist vermutlich im Krieg geblieben.«

»Kann ich etwas dafür?«

»Natürlich nicht. Aber ihre beiden Kinder erst recht nicht. Sie wollen leben! Paula, ich bitte dich!«

Sie besinnt sich ein Weilchen, »Na dann«, sagt sie und steht entschlossen auf. »Mögen kleine Kinder eigentlich warmen Kakao? Serge hat mir seinen großen Vorrat an Kakaopulver hinterlassen.«

»Damit machst du den Kleinen eine große Freude, und ihrer Mutter auch.« Balbach hilft Paula, drei Flaschen Milch aus der großen Kanne abzufüllen. Dann verabschiedet er sich: »Die Merker hilft dir bestimmt bei der Arbeit. Musst sie nur fragen.«

*

Die Sonne lacht. Zarte Wölkchen hängen am azurblauen Himmel. Die Luft liegt bleischwer über den saftgrünen Wiesen und Feldern. Träge schleppt sich die Neide dahin. Da und dort ein Glitzern, wenn ein Fisch aus dem Wasser springt und nach einer Fliege schnappt. Hinter dem Wehr stelzen Fischreiher durch das Wasser.

Ein paar GIs wollen den herrlichen Sommertag genießen. Sie haben den Platz oberhalb des Mühlwehrkanals nach weggeworfenen Waffen und entsorgter Munition abgesucht. Jetzt tummeln sie sich in der Neide. Sie schwimmen um die Wette, tauchen nach Krebsen, Muscheln und Kieseln, hechten Fischen hinterher, lassen sich im gleißenden Licht auf dem Rücken treiben, balancieren auf dem Wehr, das vor der alten Neidebrücke das Wasser staut, kraulen zurück, spritzen sich gegenseitig nass und tollen herum.

Schon bald stehen die ersten Kinder am Ufer und schauen vergnügt dem munteren Treiben zu. Das bringt die Soldaten auf eine neue Idee. Sie tragen Steine zusammen und bauen für die Kleinen nahe dem Ufer einen seichten Tümpel zum Planschen. Für die erwachsenen Badegäste legen sie Trittsteine zur Flussmitte hin, wo das Wasser bis zur Brust geht. Bevor sie in ihre Jeeps steigen und winkend davonfahren, verteilen sie Kaugummi und Schokolade, denn Naschwerk und Spielzeug zu verschenken ist ihnen neuerdings erlaubt. General Dwight D. Eisenhower hat das Fraternisierungsverbot für seine Soldaten gegenüber deutschen Kindern aufgehoben.

Am späten Nachmittag ist ganz Sonnenfurt stolz auf das schönste Freibad weit und breit. Viele Kinder des Dorfes, einheimische wie zugezogene, vergnügen sich auf der Auwiese und in der Neide.

Kinder sind schnell zu begeistern. In der Gemeinschaft fühlen sie sich sofort wohl. Die Kleinen tapsen ins seichte Wasser, jauchzen, weichen zurück, stürmen jubelnd wieder ein paar Schritte vor. Werden die Knie nass, verlässt sie der Mut. Sie lassen sich in den seichten Tümpel plumpsen und plantschen. Unbefangen spielen sie mit anderen Kindern, einheimischen wie fremden.

Anders die über Zehnjährigen. Sie sind reservierter, haben die fiesen Sprüche und die unterkühlte, oft ablehnende Haltung ihrer Eltern, Verwandten und Bekannten verinnerlicht und sondern sich eher ab. Die in Sonnenfurt aufgewachsenen Jungen und Mädchen verteidigen ihr vermeintliches Revier, rekeln sich dicht am Ufer im Gras und bleiben unter sich. Sie fürchten den Spott ihrer Alterskameraden, falls sie mit einem Flüchtlingsmädchen anbandeln oder mit einem Flüchtlingsjungen gesehen würden. Sie machen sich einen Spaß daraus, einer Hübschen aus Pommern zu pfeifen, wenn sie vorübergeht, oder einen Schlaks aus Schlesien zu verhöhnen, wenn er ins Wasser steigt.

Die zugezogenen Jugendlichen lagern weiter weg. Natürlich kennen sie mittlerweile die Dorfbewohner vom Sehen. Sie wissen, wem jeder Hund, jede Katze, jede Kuh und jedes Schaf gehören. Auch die Wege und Stege rund ums Dorf sind ihnen schon vertraut. Und doch zögern sie, auf die einheimischen Jungen und Mädchen zuzugehen. Sie fühlen sich unterlegen, schämen sich, weil sie bettelarm sind und sich in geliehenen Badesachen oder eingefärbten Unterhosen präsentieren müssen. Auch fürchten sie, zurückgewiesen zu werden, sollten sie einen Hiesigen ansprechen. Darum warten sie auf ein ermunterndes Wort oder ein deutliches Zeichen, bevor sie sich jemandem nähern.

Seit der Zwangseinquartierung ist Sonnenfurt gespalten. Das Dorf blieb zwar von der Flutwelle der Flüchtlinge aus Ostpreußen verschont, die seit dem Spätherbst 1944 der anrückenden Sowjetarmee vorauslief und auf abenteuerliche Weise in Norddeutschland strandete. Aber die Menschen der ehemals deutschen Gebiete in Pommern, Schlesien, Westpreußen und dem sogenannten Warthegau flüchteten in Güterwagen nach Westen und Südwesten, wo die Amerikaner sie gleichmäßig auf alle Regionen ihrer Besatzungszone verteilten und keinen Widerstand duldeten.

Die Sonnenfurter wissen sehr wohl, dass ihr Dorf einen Beitrag zur Bewältigung dieser Völkerwanderung leisten muss. Darum öffnen etliche bereitwillig ihre Häuser und Herzen für die Obdachlosen und die arg gebeutelten Landsleute aus dem Osten und wollen sie zügig ins Dorfleben integrieren. Andere sehen in den Ankömmlingen nur Fremde und fürchten um ihr Dorf. Sie betonen die Unterschiede, verweisen auf den katholischen Glauben vieler Flüchtlinge, ist Sonnenfurt doch, wie ganz Württemberg, seit der Reformation evangelisch. Auch sprächen die heimatlos Gewordenen anders, bevorzugten seltsame Speisen und pflegten gewöhnungsbedürftige Sitten und Gebräuche. Angst vor Überfremdung befällt nicht wenige Sonnenfurter, obwohl die eigenen Vorfahren einst auch aus der Fremde kamen und hier siedelten.

*

Paula Wagner geht müde, aber heiter gestimmt von der Feldarbeit nach Hause. Sie zieht ein Leiterwägelchen hinter sich her, in dem der kleine Walter sitzt, ein putzmunteres Kerlchen, hat er doch unterm Birnbaum am Ackerrand ein ausgiebiges Mittagsschläfchen gemacht. Sie hingegen ist erschöpft. Sie hat zusammen mit Walters Mutter Rüben verzogen, eine schwere Arbeit, die ins Kreuz geht, wie die Bauern sagen. Dennoch ist sie sehr zufrieden. Dank Martha Merkers Hilfe hat sie den ganzen Rübenacker an einem Tag geschafft, wozu sie in den letzten Jahren oft bis zu drei Tage lang schuften musste.

Gleich nach Karl Balbachs sanfter Ermahnung hat sie ihren Stolz überwunden und die neue Mitbewohnerin gefragt, ob sie ihr helfen würde, im Stall und auf den Feldern. Der Not gehorchend hat sie gefragt, denn sie ist seit Kriegsende mit ihrem alten Vater allein auf dem Hof, und der sitzt hinter Schloss und Riegel. Martha Merker hat sofort eingewilligt. Ein Glücksfall, gesteht sich Paula inzwischen unumwunden ein. Die Frau aus Pommern kennt sich bestens in der Landwirtschaft aus. Und sie kann zupacken. Sie fordert nichts und fragt nicht viel. Überhaupt redet sie wenig, murrt nie, erledigt jede Arbeit, schneidet mit der Sichel so gut wie mit der Sense, belädt das Fuhrwerk wie ein erfahrener Bauer und spaltet Holz mit der langstieligen Axt wie ein Knecht. Alle Achtung, die Zierliche schafft was weg am Tag. Und sie trägt bei der Arbeit kein Kopftuch, wie die anderen Frauen im Ort. Ihre kurzen Haare, die sie zweimal in der Woche wäscht, sind im Nu gebürstet.

»Durst?«, fragt Paula den Kleinen und schaut liebevoll auf ihn hinab. Sie kann es immer noch nicht fassen, dass ihr dieser Junge in so kurzer Zeit ans Herz gewachsen ist, als wäre er ihr eigener Sohn. Letzte Nacht hat sie doch wahrhaftig von Serge geträumt. Nachbar Balbach hatte gestern berichtet, er habe in Erfahrung bringen können, dass Serge wieder in seinem Heimatdorf eingetroffen ist, aber nicht schreiben kann. Post ins Feindesland sei verboten. Noch. In der nächtlichen Illusion saß sie mit Serge am Ufer der Neide und schwärmte ihm von Walter vor. Die Realität heute Morgen war weniger schmerzhaft als nach früheren Träumen, denn Walter stand tatsächlich an ihrem Bett, als sie aufschreckte. »Kuscheln kommen«, hat er gebettelt und war zu ihr unter die Bettdecke gekrochen. Er hat ihr die Nase zugehalten, hat sie ins Ohr gezwickt und ist um sie herumgeturnt. Sie hat die Zuneigung des kleinen Jungen genossen, der beim

Schlafen den Daumen in den Mund steckt und sich in ihre Armbeuge schmiegt. Und wenn er wach ist, dann lacht er sie herzig an, dass sie dahinschmilzt.

»Walter?« Paula sieht wohl, dass der Junge abgelenkt ist, hat er doch eben entdeckt, dass der Nachbarjunge vor der Haustür sitzt und herüberlacht.

»Walter«, wiederholt sie, »hast du Durst?«

Der Kleine schüttelt den Kopf, rutscht bäuchlings hinten aus dem Wägelchen und rennt auf Hans zu.

Im selben Augenblick steht ein junger Mann neben Paula. Sie weiß sofort, wer das ist: Kurt, der Schlaks mit dem lachenden Gesicht. Sie kennt seine Geschichte, seit Pfarrer Krüger vor knapp zehn Jahren hier Seelsorger geworden ist. In den letzten Monaten hat Krüger oft genug von seinem Sohn erzählt. Erst war Kurt Luftwaffenhelfer, dann Arbeitsmann, dann Soldat. Im September 1944 wurde er Richtkanonier bei der schweren Artillerie, ganz in der Nähe von Speyer. Im Februar ließen die Artilleristen ihre Geschütze stehen und flohen vor den anrückenden Amerikanern, leicht bewaffnet und zu Fuß, ins Berchtesgadener Land. Doch seit Wochen kam keine Nachricht mehr von ihm. Die Pfarrersleute bangten um das Leben ihres Kindes und flehten jeden Tag die Hilfe des Himmels herbei.

»Willkommen in der Heimat, Kurt!«

»Dank dir, Paula.«

»Aus der Kriegsgefangenschaft entlassen?«

»Abgehauen«, korrigiert Kurt und lacht. In wenigen Worten berichtet er: »Anfang Mai bin ich bei Berchtesgaden in amerikanische Kriegsgefangenschaft geraten, zwei Tage später mit einem Kameraden geflohen. Wegen des Reiseverbots sind wir nur nachts marschiert. Meist auf Feld- und Waldwegen.«

»Dann geh ganz schnell heim, Kurt, deine Eltern sind in großer Sorge um dich. Sie werden sich riesig freuen.« Kaum hat sich der junge Mann verabschiedet, schon stürzt Elfriede Balbach aus dem Haus, auf der Suche nach ihrem Hans. Durchs Küchenfenster hat sie ihn nicht mehr auf der Treppe sitzen sehen.

»Nichts passiert, Elfriede«, beruhigt Paula. »Ich pass schon auf.«

Die beiden Buben sitzen vor Paulas Hofeinfahrt und spielen mit Steinchen und Stöckchen.

»War das nicht der Sohn unseres Pfarrers?«, fragt Elfriede.

»Ja! Stell dir vor, gerade kommt er heim. Wart's ab, bei den Krügers gibt's heute noch ein Freudenfest.«

»Ich will mit Hans und Sophie zum Baden an die Neide. Komm doch mit, Paula!«

Die beiden Frauen verabreden, dass Elfriede mit ihren beiden Kindern vorausgeht und Paula mit Martha Merker und deren Kindern nachkommt.

»Bitte nimm etwas zu trinken für uns alle mit. Ich bring das Vesper«, ruft Paula der Nachbarin hinterher.

Eine halbe Stunde später sitzen sie auf der Auwiese, auf der sich inzwischen das halbe Dorf niedergelassen hat. Sie lassen sich Wurstbrote und Radieschen aus dem Frühbeet schmecken und trinken kühlen Kräutertee. Dann plantschen die Kleinen im seichten Wasser, während die beiden Sechsjährigen auf den neuen Trittsteinen balancieren.

»Ursula, nicht weiter!«, warnt Frau Merker. Auch Elfriede Balbach winkt ihrer Sophie, sie solle umkehren.

Es ist das erste Mal, dass die drei Frauen zusammen sind. Und doch verstehen sie sich sofort, als seien sie enge Schulfreundinnen aus der Grundschulzeit. Sie plaudern über die angespannte Stimmung im Dorf, die Flüchtlinge, den verlorenen Krieg und die Ernteaussichten. Und sie schauen sich nach Nachbarn, Bekannten und Verwandten auf der Wiese um.

»Emma Diesche ist nicht da«, stellt Elfriede fest.

»Wer ist das?«, will Martha Merker wissen.

»Die Frau des ehemaligen Ortsgruppenleiters«, antwortet Paula. »Vielleicht schämt sie sich, weil ihr Otto ein mieser Kerl war.«

»Mein Mann«, berichtet Elfriede, »hat letzte Woche bei ihr geklopft und sie gefragt, ob sie im Alltag zurechtkommt und ob ihre Kinder genug zu essen haben. Sie hat ihn an der Haustür abgefertigt und jede Hilfe abgelehnt. Aber nach dem, was mir ihre Nachbarn erzählen, geht es ihr nicht gut.«

»Vielleicht sollten wir sie einladen«, meint Paula. »Von Frau zu Frau redet sich's leichter.«

»Ich frag sie. Und wenn sie zusagt, dann seid ihr auch dabei«, schlägt Elfriede vor.

Zum Glück ist es an der Neide sonnig und warm, aber nicht schwül, denn sonst würden blutsaugende Bremsen auf die Badenden einstechen und juckende Quaddeln verursachen.

»Ich hätte nicht gedacht, dass es am Fluss so schön sein kann.« Martha Merker sieht versonnen über die Landschaft. »Fast so schön wie in meiner alten Heimat.«

»Wie wär's, wenn wir den kommenden Sonntagnachmittag hier verbringen?« Paula Wagner freut sich, dass sie endlich Freundinnen gefunden hat. Sie will sonntags nicht länger allein zuhause sitzen, während ihr Vater im Wirtshaus gaigelt. »Aber dann sollten wir für die Kinder ein paar Spielsachen mitnehmen.«

*

Elfriede Balbach kommt mit ihren Kindern gegen sieben vom Baden heim. Aus der Wohnstube hört sie Stimmen. Als sie die Tür öffnet, bittet gerade Pfarrer Krüger, der mit Frau und Sohn zu Besuch ist, ihren Mann um Hilfe. Kurt gehe nicht aus dem Kopf, erzählt der Vater, dass die Flucht aus dem Gefangenenlager strafbar sein könnte. Und im Soldbuch sei nicht vermerkt, dass er aus der Wehrmacht entlassen ist.

»Gleich morgen früh um halb acht kommst du zu mir aufs Rathaus, Kurt«, sagt Balbach. »Du unterschreibst den Meldebogen und kriegst eine vorläufige Aufenthaltsbescheinigung samt Lebensmittelmarken und eine extra Packung Feinschnitt für Zigaretten.«

Kurt will auf den Feinschnitt verzichten, doch Balbach hebt mahnend die Hand: »Langsam, junger Freund. Du weißt wohl nicht, was hier los ist. Wenn du schon nicht rauchst, dann nimm wenigstens den Tabak. Du kannst ihn ja gegen Lebensmittel eintauschen.« Und nach einer Sekunde des Nachdenkens: »Wie alt bist du eigentlich?«

»Siebzehn!«

»Sehr gut für dich!« Balbach lacht. »Da fällst du unter die Amnestie für Jugendliche. Ich rede bei nächster Gelegenheit ganz offen mit Leutnant Brown. Dann bist du wieder legal bei uns. Mach dir keine Sorgen. Wir kriegen das hin.«

»Sie meinen, die Amerikaner sperren meinen Kurt nicht ein?« Frau Krüger ist nervös, denn sie ängstigt sich sehr um ihren Sohn.

»I wo! Die Engländer entlassen gerade jeden Tag dreizehntausend Soldaten aus der Gefangenschaft, vorwiegend junge Leute. Und die Amerikaner wollen alle heimschicken, die unter achtzehn sind.«

Frau Krüger ist erleichtert, ihr Mann auch. Er fragt Balbach, ob sein Sohn zum Dank irgendwie behilflich sein kann. Bis die Schulen und Internate wieder öffneten, müsse Kurt wohl eine längere Wartezeit überbrücken. Doch junge Leute bräuchten einen festen Tagesrhythmus, sonst würden sie sich im Leben verfranzen. Kurt solle sich nützlich machen.

Balbach muss nicht lange nachdenken. Ein polnischer Minister, sagt er, habe kürzlich erklärt, dass sich in den ehemals deutschen Gegenden östlich von Oder und Neiße noch rund zweieinhalb Millionen Deutsche aufhielten, deren Aussiedlung energisch betrieben werde. Darum habe Leutnant Brown bei seinem letzten Besuch angekündigt, er müsse Sonnenfurt schon bald weitere Flüchtlinge zuweisen. Auch sollte das Schulhaus geräumt werden, damit dort wieder unterrichtet werden kann. »Wie wär's, Kurt, wenn du den beiden Familien, die noch im Schulhaus wohnen, beim Umzug hilfst?«

Kurt erklärt sich sofort bereit. Die wenigen Habseligkeiten der armen Leutchen verlade er auf ein Handwägelchen. In ein paar Stunden sei alles erledigt. Man müsse ihm nur verraten, wohin er die Sachen bringen soll.

»Vorgestern, erklärt Balbach, »haben die Amis zwei eingefleischte Nazis verhaftet. Die hatten ihre jüdischen Nachbarn denunziert und sich deren Häuser angeeignet. Leutnant Brown will, dass die beiden Flüchtlingsfamilien von der Schule in diese jüdischen Häuser umziehen. Vorläufig zumindest, bis geklärt ist, ob die rechtmäßigen Eigentümer noch leben.«

*

Radio Stuttgart überträgt am 8. Juli 1945 zuerst auf Englisch, dann in deutscher Übersetzung die Rede von Oberst William W. Dawson, dem neu ernannten Landeskommandanten. Der erläutert die Ziele und Erwartungen der Amerikaner in sieben Punkten. Zwei Sätze bleiben den Zuhörern für längere Zeit im Gedächtnis: »Die Ziele der Militärregierung sind die völlige Ausmerzung der nationalsozialistischen Partei und aller ihrer Gliederungen. Es soll aber auch der Bevölkerung des gesamten Gebietes ein bescheidenes und geordnetes Leben ermöglicht werden.«

Die Sendung endet mit dem Hinweis: »Von heute an wird Radio Stuttgart täglich von 17.45 bis 18.00 Uhr Anordnungen, Anweisungen und Botschaften der Militärregierung in deutscher Sprache bringen. In Ihrem eigenen Interesse schalten Sie deshalb täglich um 17.45 Uhr ein, um diese wichtigen Mitteilungen nicht zu versäumen.« Im Anschluss würden praktische Hinweise für die Bevölkerung verlesen, insbesondere Informationen über die Zuteilung von Nahrungsmitteln.

Drei Tage später ist der alte Wagner wieder zuhause.

Zu Fuß ist er vom Neidenauer Bahnhof heimgewandert. Die Militärpolizei hatte ihn in der Kreisstadt bei karger Verpflegung in eine Arrestzelle des Amtsgerichts gesperrt. Als er nach zwei Wochen die Anordnung der Amerikaner, widerstandslos Flüchtlinge in seinem Haus zu dulden, nicht unterschreiben wollte, biss er bei der Militärpolizei auf Granit. Er musste weitere vierzehn Tage im Gefängnis schmoren. Jetzt erst wuchs in ihm die Erkenntnis, dass er am kürzeren Hebel saß. Also gab er klein bei, zumal draußen die Sonne vom Himmel lachte, während er in einer feuchten Kammer hockte und Trübsal blies. Bei der Entlassung der nächste Schreck. Er musste zweihundertachtzig Reichsmark für Kost und Logis auf den Tisch blättern, andernfalls wollten sie ihn nicht gehen lassen. So viel Geld trug er aber nicht bei sich. Er überlegte hin und her, wie er sein Problem lösen könnte. Paula und er hatten noch nie ein Telefon besessen, und die Rufnummer vom Rathaus in Sonnenfurt wusste er nicht auswendig. In seiner Verzweiflung fiel ihm Doktor Waller ein, der Hausarzt, dessen Praxis hier in Öschelhain war. Ihn durfte er auf Gefängniskosten anrufen. Der alte Landarzt war sofort bereit, ihm die Summe vorzustrecken. Eine Stunde später kam Waller auf seiner Horex angeknattert, löste den Gefangenen aus und brachte ihn zum Bahnhof. Und als Wagner über die zweihundertachtzig Mark lamentierte, stutzte ihn der Arzt zurecht: »Der Zaster ist bald sowieso nichts mehr wert. Die Amis drucken demnächst neues Geld, glaub mir. Die können doch gar nicht anders. Also hau dein Geld raus, Wilhelm! Gönn dir, was du brauchen kannst, solange man dir die alten Hitlerlappen überhaupt noch abnimmt.«

Als Wagner mit staubigen Stiefeln über die Neidebrücke schlendert, verfällt er ins Grübeln. Wieder daheim! Gibt es etwas Schöneres? Gerührt beugt er sich über die Brüstung und schaut ein Weilchen den Fischen zu. Dann spuckt er vor Übermut in den Fluss. Als er ins vertraute Sonnenfurt einmarschiert, grüßen ihn lauter fremde Leute. Das irritiert ihn sehr. Die vier Stufen zu seinem Haus nimmt er mit letztem Schwung, doch als er sein Haus betritt, kommt ihm niemand entgegen.

»Paula! Paula!« Keine Antwort. Er reißt die Tür zum großen Zimmer auf, das zur Straße hin liegt. Doppelbett mit drei Schlafstellen. Aha! Die Flüchtlinge haben sich eingenistet! Aber was ist das? Auf den Kopfkissen liegen Kuscheltiere, Paulas geliebtes Bambi und der kleine Elefant, den er seiner Tochter vor dreißig Jahren zu Weihnachten geschenkt hat. Der Zimmerboden ist gefegt, alles sauber aufgeräumt.

»Sieht nicht nach Paula aus«, knurrt er vor sich hin. Dagegen häuft sich in der Küche das schmutzige Geschirr im Spülstein. »Ja, das ist Paula, wie sie leibt und lebt.«

Er stutzt. Spielsachen auf dem Küchentisch? Er schlägt sich an die Stirn. Klar! Flüchtlinge haben sich in seinem Haus breit gemacht! Fehlt bloß noch, dass der Vater der Kinder in seinen Hosen und Schuhen herumläuft!

Wagner rauft sich die Haare. Womit hat er das verdient? Was soll das? Gewiss, Paula wollte Kinder. Doch zum Heiraten war sie zu hochnäsig. Keiner war ihr gut genug, weder im Dorf, noch in den Nachbargemeinden. Bis auf Serge. Der hatte so etwas Leichtes, Liebenswertes an sich. Ein Franzose halt. Den hätte sie vom Fleck weg geheiratet, aber da waren die Nazis dagegen.

Verstört setzt sich Wagner ein Weilchen auf die Bank hinterm Haus. Der weite Weg hat ihn ermattet. Mit vierundsiebzig ist man nicht mehr der Jüngste. Doch die Neugier treibt ihn gleich wieder auf die Beine. Er stiefelt in den Garten und staunt. Grün- und Blumenkohl, Gurken, Salat und Spinat, Karotten, Kürbisse und Kohlrabi spitzen aus dem Boden. Er schüttelt den Kopf. Das Gemüse wächst in Reih und Glied, wie mit der Schnur gesetzt. Das kann nicht Paulas Werk sein! Der Stall ist ausgemistet, aber leer. Das Vieh grast wohl auf der Weide.

Und noch eine Überraschung. Die Rüben auf dem nahen Acker stehen prächtig da, sie sind verzogen und gucken schon eine Handbreit aus der Erde. Auf den beiden Kartoffelfeldern gleich beim Haus ist das Unkraut gejätet und die gegenüberliegende Auwiese gemäht. Paula wird doch nicht allein Heu gemacht haben?

Der alte Wagner kann sich nicht denken, wie seine Tochter das alles allein geschafft haben könnte. Es sei denn … Sein Verdacht scheint sich zu bestätigen. Da hat sich ein Fremder in den letzten vier Wochen in seinem Haus eingenistet? Im Grunde genommen, stellt er betrübt fest, hat Paula ihren Vater wohl gar nicht vermisst.

Wut steigt in Wagner hoch. Er muss nachdenken. Am besten kann er das bei seinen Bienen. Kopfschüttelnd zündet er sich hinter der Scheune die Imkerpfeife an und geht zur angrenzenden Obstwiese. Mit Imkerhut und Schleier über dem Kopf kontrolliert er seine neun Bienenkästen.

Einen ganzen Monat lang konnte er sich nicht um seine geliebte Imkerei kümmern. Und das in der Jahreszeit, in der die Bienen üblicherweise Jungvölker gründen. Neue große Brutnester haben sie schon gebildet. Die vollen Waben müssen dringend abgeschleudert und helle, leere Rähmchen in die Kästen gehängt werden. Ansonsten, stellt er nach der ersten Durchsicht fest, ist alles in Ordnung. Die Bienen sind gesund. Ihr Vermehrungstrieb hat bereits nachgelassen und der Sammeltrieb zugenommen.

Wie er in seiner Verkleidung über den Hof schlurft, sieht er eine schlanke Frau vor sich, etwa in Paulas Alter. Sie trägt einen Henkelkorb und eilt zielstrebig auf die Haustreppe zu, springt die fünf Stufen hinauf wie ein junges Reh, klopft dreimal an die Haustür und öffnet sie, ohne zu zögern.

Wagner ist empört. Er schreit und rennt ihr nach, so schnell es seine gichtigen Knie erlauben. Sie hört etwas keuchen, dreht sich um und erschrickt: »Ei, ein Gespenst!«

»Wer sind Sie?«, faucht er sie an.

»Paulachen such ich. Und Sie, wer sind denn Sie? Oder ist schon wieder Fasching?«

»Das ist mein Haus!«

»Ach Gottchen, der Herr Wagner.« Sie strahlt ihn an und streckt ihm ihre Hand hin. Er übersieht es.

»Ledlein, Lena Ledlein«, stellt sich die Fremde vor. »Ich wohn beim Herrn Pastor und hab für Paulachen en Pullover gestrickt.« Das Fräulein Lehrerin ist in seine westpreußische Mundart verfallen, denn seit Tagen geht es ihm wieder so gut wie vor der Nazizeit. Die Vierzigjährige sieht, trotz der tristen Lage, nach der Finsternis des tausendjährigen Reichs einen Silberstreif am Horizont und hat neuen Lebensmut gefasst.

In den vier Wochen im Knast muss ich wohl einiges versäumt haben, geht Wagner durch den Sinn. Laut fragt er: »Meine Paula hat sich einen Pullover von Ihnen stricken lassen?«

Sie nickt.

Wagner kann es nicht fassen. Wer braucht im Juli bei dreißig Grad im Schatten einen Pullover? Die Welt ist offensichtlich aus den Fugen. Im letzten Monat müssen weltbewegende Veränderungen stattgefunden haben.

»Doch, doch, Paulachen hat einen Pullover bei mir bestellt«, beharrt die Schlanke und deutet auf etwas Graumeliertes in ihrem Korb. »Aber ob der für Sie ist, Herr Wagner, das weiß ich nicht. Jedenfalls soll er für einen Herrn sein, hat mir Paulachen verraten.«

»Du kriegst die Motten.« Wagner ist sprachlos. Paula hat etwas für einen Herrn bestellt? »Fehlt bloß noch«, nuschelt er vor sich hin, »dass sich der Neue hier schon eingenistet hat und in meinem Bett schläft.« Aber tüchtig muss er sein, das muss man ihm lassen, denn wären Haus und Hof sonst so ordentlich bestellt?

»Nein, nein«, korrigiert die Unbekannte, aber mit einem schmallippigen ostpreußischen »ei«, etwa wie beim schwäbischen Wort Eisenbahn. »Nuscht mit Motten. Und mein Pullover tut nirgendwo piesacken.« Sie zieht unter dem graumelierten Strickzeug etwas blau Gerändertes mit einem roten Herzchen aus ihrem Korb. »Das Schlabberchen ist auch schon fertig.«

Wagner hat nichts verstanden. Diese Flüchtlingsweiber

sprechen einen seltsamen Dialekt. Er macht eine weg-werfende Geste, lässt die Korbfrau einfach stehen und stolpert verärgert ins Haus.

*

Wilhelm Wagner bleibt nach ein paar Schritten stehen und sinniert. Und jetzt? Eine alberne Bauernweisheit fällt ihm ein, die ihn wieder etwas aufmuntert: Wenn's im Juli nicht donnert und blitzt, der Bauer gern im Wirts-haus sitzt.

Also wechselt er, dem die Gaigelkarten lieber sind als das Gesangbuch, hinüber in die Linde, vorbei an einer äl-teren, ihm unbekannten Frau, die sich auf der Bank unter der Sommerlinde häuslich niedergelassen hat, die Füße in eine Decke gehüllt. Sie strickt und bewegt die Lippen im Takt. Wahrscheinlich zählt sie Maschen. Kopfschüttelnd betritt er das Gasthaus, wo die alten Kollegen schon ins Kartenspiel vertieft sind. Sie begrüßen den schmerzlich vermissten Gaigelbruder mit großem Hallo.

Wagner klopft dreimal mit den Knöcheln seiner Faust auf den Tisch und setzt sich zu den Kartenspielern. »Kann mir einer sagen, was hier los ist?«, fragt er in die Runde. »Draußen sitzt eine und strickt und friert mitten im Hochsommer an die Füß. Und bei mir daheim rennt eine übern Hof und verteilt Pullover und Lätzchen.«

Sie klären ihn beim Gaigeln umfassend auf, denn er kann ja nicht wissen, was sich bei den Sonnenfurtern vor vier Wochen wie ein Lauffeuer herumgesprochen hat: Das Fräulein Lehrerin und ihre Mutter können nähen, stricken, häkeln und sticken wie sonst niemand im weiten Umkreis. Seitdem bringen ihnen viele Leute Stoffe, ausgediente Militärkleidung und Wolle vorbei und geben Hosen, Röcke, Westen, Pullover, Kniestrümpfe, Socken, Bettjäckchen, Häkeldeckchen und Sofakissen in Auftrag, was man halt so braucht übers Jahr. Vergütet werden die Fingerfertigkeiten mit Speck, Wurst, Kartoffeln und Brennholz.

»Das sind Mutter und Tochter. Sie stammen aus der Gegend von Danzig«, sagt der Viehhändler. »Bei schönem Wetter sitzen sie den lieben langen Tag unter der Linde und stricken. Fleißig sind sie, das muss man ihnen lassen. Ins Haus gehen sie erst, wenn es zum Maschenzählen zu dunkel ist.«

Maurermeister Franz Schober stellt die Sache eher abschätzig dar: »Das sind gerissene Frauenzimmer. Die arbeiten bloß im Freien, damit sie jeder sieht. Und wie halt unsere Weiber so sind, bleiben sie neugierig stehen und fragen viel. Und schlussendlich bekommen die zwei Ostpreußinnen einen neuen Auftrag. Alles reine Reklame!«

Noch etwas verraten die Stammtischbrüder dem staunenden Heimkehrer. Die Reichsmark sei nicht mehr viel wert. Kaufen, kaufen, nochmals kaufen und Schulden machen, das sei das Gebot der Stunde. Alles Essbare sei rationiert und nur gegen Lebensmittelmarken zu haben. Darum blühe der Tauschhandel.

Wagner ist konsterniert. »Und mit was zahl ich, wenn das Geld nichts mehr wert ist?«

»Mit Camel, Chesterfield oder Lucky Strike", grinst Paul Schwörer, der Schmied. »Das sind die neuen Währungen.«

»Wollt ihr mich auf den Arm nehmen?«

Sie stecken ihm ein Licht auf. So hießen die beliebtesten Zigarettenmarken. Für Zigaretten, Schnitttabak und Lebensmittel könne man fast alles eintauschen. In jeder größeren Stadt floriere der schwarze Markt. Dort würden Waren verschoben, die in keinem Laden zu finden sind. Weil aber nicht jeder dieses Geschäft beherrscht, könne man auch einen Schieber, einen illegalen Zwischenhändler, beauftragen, das Gewünschte zu besorgen. Wer jetzt einen guten Draht zu einem Bauern hat, sei fein heraus. Endlich stünde der Bauernstand einmal auf der Sonnenseite, der Sonnenfurter Seite.

Beim alten Wagner ist der Groschen gefallen. Doch im selben Augenblick packt ihn die Angst am Schlafittchen. Was mach ich mit meinem vielen Geld? Was hat der Doktor gesagt? Er grübelt, bis es ihm einfällt: Hau dein Geld raus! Gönn dir, was du brauchen kannst, solange man dir die alten Hitlerlappen überhaupt noch abnimmt.

Aber, klagt Herrmann Mühlberg, in etlichen Häusern herrsche Krieg, weil sich die Einheimischen Wohnung, Küche und Toilette mit Fremden teilen müssten. »Stell dir vor, Wilhelm, wenn ich aufs Klo muss, hockt schon einer drauf. Und wenn ich's zehn Minuten später wieder probier, hockt ein anderer drauf. Drum geh ich gleich in den Stall oder auf die Miste. Den Zirkus mach ich nicht mehr lange mit.«

Ein anderer schimpft: »Ich kann es auf den Tod nicht ausstehen, dass die Weibsbilder aus dem großen Vaterland meine Küche versauen. Das mach ich schon selber. Darum lass ich die jetzt im Garten auf offener Feuerstelle kochen.«

Seinen Senf gibt auch Peter Zumpel dazu, ein ziemlich großer Mann mit rötlichem Haar, dem der untere

Schneidezahn fehlt, weshalb er seinem Gegenüber beim Sprechen einen feinen Nebel ins Gesicht sprüht: »Fehlt bloß noch, dass einer von unseren Jungbauern so eine Dahergelaufene aus der ostdeutschen Taiga- und Tundrazone heiraten will. Das wäre dann Blutschande, hat zumindest der Adolf gesagt. Jedenfalls in mein Haus kommt kein solches Weibsbild rein.« Jeder am Tisch weiß, dass das gelogen ist, denn der bald Sechzigjährige ist die Betriebsnudel im Dorf und steht auf blonde Frauen. Auch seine vor dem Krieg verstorbene Edeltraud war strohblond und auch ein bisschen strohdumm. Der Möchtegernbaron hält viel von guten Schuhen, mit denen er der Arbeit davonlaufen kann. Darum zuckelt der umtriebige Viehhändler mit seinem alten Mercedes über Land, so oft ihn der Hafer sticht. Geht oder steht irgendwo eine blonde Frau, gleich hält er an, auch wenn es eine Flüchtlingsfrau ist, und fragt, ob sie mitfahren will.

»Genauso schlimm wär's, wenn ein Evangelischer eine Katholische heiraten tät«, sagt der alte Reber. Er ist vor ein paar Augenblicken zur Tür hereingekommen und hat sich die letzten Wortwechsel im Stehen angehört. Endlich setzt er sich, der knorrige Schuhmachermeister. Er gilt als armer, aber ehrlicher und hilfsbereiter Mann. Deshalb war er vor der Nazizeit so beliebt, dass man ihn in den Gemeinderat gewählt hat.

Zustimmung von allen Seiten. Katholisch und evangelisch, das sei wie Feuer und Wasser. Die Katholiken verteufelten angeblich die Evangelischen immer noch als Ketzer und Sektierer. Und am heiligen Karfreitag schafften sie extra viel und laut in Haus und Hof, um den höchsten Feiertag der Protestanten zu entweihen.

Nach Preußen zurückschicken müsse man die geschminkten Weibsen mit ihren lackierten Fingernägeln, da sind sich die Wirtshaushocker einig. Am besten ganz weit fort, nach Sibirien zum Beispiel. Es sei denn, in Gottes Namen, die Neuen passten sich den hier herrschenden Sitten an.

»Aber der Schlimmste von allen Flüchtlingen ist dein Gutsverwalter«, wendet sich der Viehhändler an den alten Wagner.

»Wer? Was? Wo?«, fragt der Wagner konsterniert. Er kennt sich nicht mehr aus.

Man klärt ihn auf. In seinem Souterrain hause ein preußischer Gernegroß, der behaupte, dass über seinem Rittergut die Sonne praktisch niemals untergegangen sei. Wo es etwas zu gaffen und aufzuschnappen gibt, sei er zur Stelle. Oder er stolziere ungefragt in jeden Stall und in jede Scheune, erteile hochnäsige Ratschläge und behaupte, er könne mit einem Furz einen ganzen Acker düngen. Lauter besserwisserisches Zeug über effizienten Ackerbau, erfolgreiche Viehzucht und gigantische Erträge. Die Sonnenfurter würden hinter dem Mond leben, behaupte der Wichtigtuer und spiele sich als Apostel für moderne Landwirtschaft auf. Und mit dem Bürgermeister habe sich der Angeber auch schon angelegt. Sich mit einer weißen Fahne dem Feind anzubiedern, sei Hochverrat, habe er dem Balbach unter die Nase gerieben. Ein paar Männer von der SS hätten kurzen Prozess gemacht, und die Amis wären gerannt wie die Hasen.

*

Freitagabend. Im Rathaus herrscht Hochbetrieb. Bürgermeister Balbach gibt, unterstützt vom jungen Krüger, die neuen Lebensmittelkarten aus, erstmals nicht nur für eine Woche im Voraus, sondern für einen ganzen Monat.

»Für solche Hungerrationen auch noch anstehen!«, schimpft August Zeller. »Fünfzehnhundert Kalorien! Davon wird doch keiner satt!«

Balbach muss an sich halten. Den Zeller hat er gefressen, seitdem der ihn als Hochverräter beschimpft hat. Lena Ledlein, die vor Zeller in der Schlange steht, dreht sich zu dem ewigen Nörgler um: »Gerade Sie sollten ganz still sein. Die Amerikaner haben den Krieg nicht angefangen, und trotzdem helfen sie uns.«

»Weibergewäsch!«, regt sich Zeller auf. »Sogar im Krieg hatten wir mehr zu futtern als jetzt.«

»Sie vielleicht«, gibt ihm das Fräulein Lehrerin zurück, »weil sie zu den Parteibonzen gehört haben.« Und als Zeller vor Schreck der Kiefer herunterfällt, landet die Lehrerin einen Blattschuss: »Das weiß hier jeder, dass sie gegen die Polen und Juden gehetzt und eigene Landsleute denunziert haben. Sie tun's ja noch.«

»Bravo, Fräulein Lehrerin!«, schreit jemand von hinten vor. »Soll er doch verschwinden, der noble Herr Rittergutsverwalter, wenn es ihm bei uns nicht passt!«

Martha Merker mischt sich ein. Sie steht hinter dem Nörgler, der bei Wagners unter ihr im Souterrain haust: »Es wäre an der Zeit, Herr Zeller, wenn Sie sich endlich damit abfinden würden, dass wir den Krieg verloren haben. Ihr andauerndes Maulen und Meckern geht den Leuten auf die Nerven. Ich jedenfalls bin dankbar, dass ich hier in Sonnenfurt gelandet bin.«

»Saudummes Geschwätz!«, ereifert sich Zeller.

Balbach reicht es. »Halten Sie endlich den Mund!«, fährt er Zeller an.

Die Sonnenfurter wissen sehr wohl, dass es ihnen besser geht als den meisten Deutschen. Kein Haus in ihrem Dorf wurde zerstört. Die großen Städte mit ihren Trümmerwüsten und der hungernden Bevölkerung sind weit weg. Der nächste Bahnhof liegt mehr als fünf Kilometer entfernt, weshalb Hamsterer aus der Stadt selten das abgelegene Dorf heimsuchen, um Mehl, Gemüse, Milch, Fleisch und Wurst gegen Wertsachen einzutauschen. Überdies hat das Dorf elektrischen Strom im Überfluss, weil eine kleine, aber leistungsstarke Turbine das Wasser der Neide in Elektrizität verwandelt.

*

Karl Balbach hat genau Buch geführt. Jedem, der jammert, reibt er unter die Nase, dass die Deutschen an ihrem Elend selbst schuld sind. »Deutschland ist nicht in der Lage, den eigenen Bedarf an Lebensmitteln zu decken«, erklärt er seinem Klassenkameraden Herrmann Mühlberg, den man hier nur den »Hofbauern« nennt. »Glaub mir, als Bauer und Bürgermeister kenne ich die Fakten.« Schon während des Krieges seien große Anbauflächen brach gelegen, auch hier im Ort, weil viel zu viele Landwirte einberufen wurden. Darum konnte in den letzten Jahren erheblich weniger gesät und gesetzt werden, vor allem viel weniger Getreide und Kartoffeln. Das räche sich jetzt. Außerdem mangele es seit geraumer Zeit an Kunstdünger, weshalb zu den ohnehin schon geringen Erträgen aufgrund kleinerer Anbauflächen auch noch die Ernteerträge, auf den Hektar gerechnet, stark rückläufig seien.

»Mich erstaunt vielmehr«, eröffnet Balbach seinem Freund, als der widerspricht, »dass die Alliierten das Versorgungsproblem so schnell erkannt und sofort gehandelt haben, obwohl viele ihrer Soldaten auf die Deutschen voller Hass sind. Schon wenige Tage nach Kriegsende schafften sie Weizen, Gerste, Kartoffeln, Nährmittel aller Art und Fett in großen, wenn auch nicht ausreichenden Mengen herbei. Weißt du übrigens, dass die Hälfte des Mehls, das in diesem Sommer in Deutschland verbacken wird, aus England und Amerika kommt?«

Damit die Lebensmittel einigermaßen gerecht verteilt werden, haben die vier Siegermächte in ihren Besatzungszonen die NS-Lebensmittelkarten durch eigene ersetzt. Hausschlachtungen müssen weiterhin genehmigt werden. Die im Krieg erlassenen Bestimmungen über die Fleischversorgung gelten weiter. Und die Bauern dürfen nur ein bestimmtes Quantum Milch im eigenen Haushalt verbrauchen. Überschüssige Mengen müssen sie im Milchhäuschen bei der Linde abliefern. Kontrolleure aus der Kreisstadt überwachen die Einhaltung der Vorgaben, besonders bei der Milch.

Jeder Deutsche habe Anspruch auf eine von den Alliierten festgelegte Kalorienzahl, zumindest auf dem Papier. So verkündeten es die Alliierten. 1564 Kalorien in der amerikanischen Zone, 1083 in der sowjetischen, 1209 in der französischen und 1050 Kalorien in der britischen Zone. Die Zuteilung erfolge zonenübergreifend nach Bedarfsgruppen: *Selbstversorger*, dazu gehören

Landwirte und Haushalte mit Viehhaltung, *Normalverbraucher*, das Gros der Bevölkerung, *Schwerarbeiter,* das sind Handwerker, Fabrikarbeiter und stillende Mütter, und *Schwerstarbeiter,* wozu eigentlich nur die Bergmänner im Untertagebergbau zählen.

Balbach hat ausgerechnet, dass ein Sonnenfurter, wollte er nur von den Lebensmitteln auf Karte leben, mit schmaler Tagesration auskommen müsste: 18 Gramm Zucker, 9 Gramm Kaffee-Ersatz, 18 Gramm Nudeln, 27 Gramm Gries, 3,5 Deziliter Magermilch, 375 Gramm Brot, 5 Gramm Butter, 2 Gramm Käse, 14 Gramm Fischmarinaden und 30 Gramm Fleisch. Aber Balbach weiß auch, dass Kartoffeln augenblicklich so knapp sind, dass man sie selbst auf Karte selten kriegt. Zum Glück haben die umsichtigen Bauern im Dorf Reserven angelegt. Aber darüber schweigt man besser. Überhaupt ist in diesen harten Zeiten Schaffen und Schweigen besser als Schwätzen, Zaudern und Zuschauen.

Das Kreisernährungsamt hat zwar die Felder und Wiesen jedes Bauern gelistet, aber über die Erntemengen und den Viehbestand weiß es nicht genau Bescheid. Um die Versorgung der Bevölkerung sicherzustellen, wurde für jeden Hof die jährliche Ablieferungsmenge an Getreide, Kartoffeln, Milch und Fleisch festgelegt. Was darüber hinaus erzeugt wird, darf behalten werden. Das Amt informiert den Molkereiwärter, und der kontrolliert vor Ort die abzuliefernde Milchmenge. Alle anderen Ablieferungen werden nicht so streng überwacht.

Vor allem beim Schlachten zeigt sich, wie man das Amt überlisten kann. Zunächst beantragt der Viehhalter, sei er Bauer oder Privatmann, beim Ernährungsamt einen Schlachtschein. Im Formular gibt er an, wie viele Personen er in seinem Haus versorgen muss und wie schwer das Schwein oder das Rind ist, das er metzgern will. Schlachtet er nun eine Sau, die vier statt der angegebenen drei Zentner wiegt, oder ein besonders gut gemästetes Rind, dann ergibt sich daraus ein stattlicher Zugewinn, von dem er nichts abliefern muss. Wenn der Wurstkessel dampft, riecht das die ganze Nachbarschaft. Also bringt man den Nachbarn eine Metzelsuppe und eine Wurst, weil man weiß, sie lassen es sich schmecken, schwätzen nicht herum und revanchieren sich bei der nächsten Schlachtung. Und so lebt das ganze Dorf besser, als es die Lebensmittelmarken vermuten lassen. Doch darüber schweigt Bürgermeister Balbach.

*

Balbach hatte gleich nach seiner Amtseinsetzung die örtlichen Gastwirte und Ladenbesitzer ins Rathaus eingeladen und mit ihnen die Verteilung der rationierten Lebensmittel abgesprochen.

Der Dorfbüttel, so kamen sie überein, solle jede neue Lieferung von Nahrungsmitteln ausschellen und jedes Mal darauf hinweisen, dass nur Leute bedient würden, die den Berechtigungsausweis und die Lebensmittelkarten mit den aufgedruckten Bezugsmarken vorlegen können. Der Händler oder Wirt müsse sich den Ausweis und die Karten zeigen lassen, die betreffenden Lebensmittelmarken abschneiden und den geforderten Preis kassieren. Auf Brotmarken könne man nur Brot kaufen, aber auf Fleischmarken auch Fisch. Fleischmarken dürften gegen andere Marken eingetauscht werden. Wer seine Lebensmittelkarten verliert, habe keinen Anspruch auf Ersatz. Jeden Montag müssten die Händler und Wirte die abgeschnittenen Lebensmittelmarken, sortiert und auf altes Papier aufgeklebt, im Rathaus abgeben, von wo sie ans Landratsamt weitergeleitet werden.

Und so lauert das ganze Dorf auf die Ankündigungen des Büttels. Kaum ertönt die Schelle, schon rennen die Leute los. Entweder zum »Lädle«, wie die Einheimischen liebevoll Johann Riegers Kaufhäusle in der Sonnenhalde nennen, das früher Kaffee, Tee, Kakao, Reis und Gewürze im Sortiment hatte, dazu die üblichen Kolonialwaren, aber auch Seife, Waschmittel, Petroleum, Unterwäsche, gebrauchte Hemden, Hosen, Blusen und Röcke aus dem Nachlass Verstorbener, Stoffe, Wolle, Garn und Getränke, vom Sprudel bis zu diversen Limonaden, sowie alles, was ein Bauernhaushalt an Eisen- und Lederwaren braucht. Oder sie laufen mit Korb, Dosen und Milchkännle zum »Hölzle«, der Bäckerei mit kleinem Edeka-Laden. Denn alle Artikel werden »lose« verkauft, unverpackt.

Vor dem Gasthof Linde gleich beim Rathaus und vor dem Rössle in der Langen Gasse steht mit Kreide auf Tafeln, was es zu essen gibt und wie viele Marken welcher Sorte für das jeweilige Gericht abzugeben sind.

Bäckermeister Hölzle stöhnt schon seit Wochen. Er hat nicht mehr genügend hochwertiges Mehl. Darum mischt er dem Teig alles Mögliche bei, vor allem Hafer, Gerste, Dinkel oder Kartoffeln, aber auch Kleie, Samen, Nüsse und mancherlei Gemüse. Das verschweigt er seinen Kunden nicht, und die nehmen es klaglos hin. Vielen schmeckt's sogar.

Außer Lebensmitteln sind Holz und Kohlen, Bekleidung, Schuhe, Benzin, Bier, Wein, Schnaps und vor allem Zigaretten, Zigarren und Schnitttabak rationiert. Besonders großer Mangel herrscht auch an Glühbirnen, Rädern aller Art und Fahrradschläuchen. Für die begehrten Waren muss man schriftlich einen Bezugsschein beantragen und den Grund nennen, zum Beispiel die Geburt eines Kindes oder einen runden Geburtstag. Aber nur wenige Anträge werden positiv beschieden. Bürgermeister Balbach erhält monatlich einen einzigen Bezugsschein für ein Paar Schuhe und muss dann entscheiden, wer im Ort sie am nötigsten braucht. Bei neuen Kleidern, Röcken, Blusen, Hemden, Hosen und Jacken ist es ähnlich. Einen Bezugsschein für neue Fahrradreifen kriegt nur, wer einen Arbeitsplatz außerhalb des Ortes hat. Es gibt halt von fast allem zu wenig.

Um einer Hungersnot vorzubeugen, wird auf jedem Fleckchen Erde etwas angebaut. Sogar in Vorgärten, Hinterhöfen und am Rande des Friedhofs wachsen Kartoffeln, Rettiche, Karotten, Salat und Kohl. Brennnesseln bereichern ebenso den Speisezettel wie Wildkräuter, gesammelt auf Wiesen und am Wegesrand. Und was man nicht selbst isst, tauscht man gegen Fehlendes ein.

*

»Melde Vollzug!«, sagt Kurt Krüger und steht stramm. Das Militärische steckt ihm noch im Blut. »Schulhaus wieder frei, Karl!« Inzwischen duzt er sich mit dem Bürgermeister, wie fast das ganze Dorf. Nur mit Kurts Vater sind alle per Sie. Ein Pfarrer ist in Württemberg eine seiner Gemeinde entrückte Person.

Der junge Mann wird nachdenklich. »Ich verstehe nicht«, sagt Kurt, »was diese neue Völkerwanderung ausgelöst hat, die jetzt in unser Dorf hereinschwappt.«

Balbach sitzt am Schreibtisch im Rathaus und kaut an einem Bleistift. »Das ist wie bei einer Lawine. Am Anfang ist sie klein, aber dann verschlingt sie alles.«

»Und was war am Anfang?«

»Der Hitler-Stalin-Pakt. Schon mal gehört?«

Kurt schüttelt den Kopf. Er setzt sich Balbach gegenüber an den Schreibtisch.

Balbach mustert ihn zunächst verständnislos. Dann geht ihm ein Licht auf: »Verstehe. Du warst damals erst zehn oder elf. Da hat dich natürlich nicht interessiert, dass Hitler und Stalin ihre Interessengebiete abgesteckt und einen Nichtangriffspakt geschlossen haben: Die Tschechoslowakei und das westliche Polen den Deutschen, das östliche Polen, die baltischen Staaten und das nordöstliche Rumänien den Sowjets. Kaum hatte Hitler Polen erobert, teilte er die Beute mit den Sowjets und ließ den Osten Polens wieder räumen. Dort sind dann die Russen einmarschiert, auch ins Baltikum und in Rumänien, wo viele Deutsche siedelten. Hitler hat das alles nicht nur kommentarlos hingenommen, sondern auch noch unterstützt. Und die gutgläubigen Engländer und Franzosen standen dieser Gewaltorgie fassungslos gegenüber.«

Kurts hellgrüne Augen blicken einen Moment ins Leere, als versuche er sich zu erinnern. Dann sagt er: »Und das soll ich glauben?«

»War aber so! Zum Beispiel mussten die Bessarabiendeutschen, wie sich die im östlichen Rumänien siedelnden Deutschen nannten, auf Hitlers Befehl mit Sack und Pack ›heim ins Reich‹, wie man damals vollmundig sagte, logistisch unterstützt vom deutschen Wehrmachtskommando. Alles sollte möglichst schnell und geräuschlos ablaufen. Die Bessarabiendeutschen wurden in den Westen Polens und der Tschechoslowakei ›umgesiedelt‹, wie es im Behördendeutsch beschönigend hieß. Dafür wurden die dort lebenden polnischen und jüdischen Bewohner auf rabiate Weise enteignet und vertrieben.«

Kurt sieht Balbach ungläubig an.

»Dann frag mal die Köhlers.«

»Die beim Hofbauern untergekommen sind?«

»Ja, das sind Bessarabiendeutsche. Frag sie, wenn du mir nicht glaubst.«

Kurt schüttelt den Kopf. Er misstraut Balbach nicht, aber er begreift allmählich, dass er vielleicht alles, was er selbst erlebt, gesehen und gehört hat, infrage stellen muss. Waren die letzten zwölf Jahre tatsächlich auf Lug, Betrug, Unterdrückung und Gewalt gebaut?

»Doch, doch, Kurt. Frag den alten Köhler!« Balbach lässt nicht locker. »Der Köhler hat das alles selbst mitgemacht. Und dann hat Hitler in seinem Größenwahn den Pakt mit Stalin gebrochen und die Sowjetunion überfallen. Aber Stalin hat zurückgeschlagen, und die Sowjetarmeen haben Osteuropa überrannt und Millionen Menschen nach Westen vor sich hergetrieben, darunter viele Deutsche. Die Menschenlawine ist aber noch nicht zum Stillstand gekommen.«

»Noch mehr Flüchtlinge?« Kurt betrachtet sein Gegenüber mit gespannter Aufmerksamkeit.

»Ja, Kurt, es wird eng bei uns.« Balbach entnimmt seiner Schublade zwei Listen und reicht sie dem jungen Mann. »Kannst du dir bitte Gedanken machen, wo wir noch Leute unterbringen könnten?« Beide Listen hat Balbach selbst gefertigt. Die ältere, umfassendere im Beisein von Leutnant Brown, als sie zusammen die Häuser im Ort musterten. Die jüngere am Tag der Ankunft der hundert Flüchtlinge.

»Bis wann?«

»Vorgestern.«

Kurt grinst gequält. »Wenn ich den Überblick habe, soll ich mich dann in den Häusern umschauen?«

Balbachs Blick verhärtet sich. »Um Himmels willen! Die Listen sind vertraulich. Mit deinen Eltern kannst du reden, aber nur unter dem Siegel der Verschwiegenheit.«

»Geht klar, Chef!«

Der junge Mann verlässt das Rathaus. Zurück bleibt ein verärgerter Bürgermeister. Vor über einer halben Stunde hat er den Landbriefträger durchs Fenster gesehen, wie der sein Dienstrad die Hauptstraße herabschob, die Zustelltasche umgehängt und die Post für die Nachbarorte auf dem Gepäckträger. Wo bleibt er? Hockt er in der Linde und bechert?

Balbach dreht Däumchen und betrachtet das weiße Rechteck an der gegenüberliegenden Wand. Dort hing einmal der Führer im selben Rahmen, aus dem schon der greise Hindenburg und der letzte Kaiser milde auf den Rathauschef herablächelten. Balbach verschränkt die Hände im Nacken und macht sich Gedanken über die Vergänglichkeit im Allgemeinen und den Verfall Deutschlands im Besonderen.

Immer noch keine Post. Balbach reißt der Geduldfa-
den. Er klingelt dem Amtsboten, der im Nebenzimmer
auf Weisungen wartet. »Geh nüber in die Linde und hol
die Post.«

Kurze Zeit später wirft Schubert einige unverschlos-
sene Briefe auf den Bürgermeistertisch, darunter ein di-
ckes Couvert. Absender ist das Kreisschulamt.

*

Sebastian Rupp, ein christlich gesinnter Lehrer aus dem
Nachbarort, Balbach kennt ihn vom Sehen, teilt in dem
Schreiben mit, er sei von Major John P. Steiner, dem
amerikanischen Schuloffizier für Nordwürttemberg,
zum vorläufigen Schulrat bestimmt worden. Beigefügt
ist ein hektografierter Rundbrief an alle Bürgermeister
des Kreises. Darin steht, dass die Kinder so bald wie
möglich wieder in die Schule gehen müssen. Am 1. Oktober sollten und spätestens zum 1. November müssten
alle Schulpflichtigen wieder unterrichtet werden. Doch
zuvor seien die nachstehenden Fragen zu klären.

Ist ausreichend Schulraum vorhanden? Sollte das
Schulhaus zerstört oder mit Besatzungssoldaten belegt
sein, müssten Ausweichquartiere bereitgestellt werden.
Flüchtlinge dürften nicht länger in Schulräumen wohnen.

Ist das Schulmobiliar noch vollzählig? Notfalls dürfe
man alte Tische und Bänke verwenden, die aufgrund
früherer Vorschriften ausgemustert werden mussten.

Stehen genügend Lehrkräfte zur Verfügung? Die Alliierten hätten jüngst verfügt, dass alle Lehrerinnen und

Lehrer, die vor dem 1. Mai 1937 der NSDAP beige-
treten waren, aus dem Schuldienst zu entfernen sind.
Die Lehrerlaubnis der übrigen Lehrkräfte sei an zwei
Bedingungen geknüpft. Erstens werde jede Lehrperson
auf ihr Verhalten in der NS-Zeit überprüft. Grundlage
dafür sei der Fragebogen über die NS-Zugehörigkeit, der
allen Erwachsenen vor Wochen zuging. Bei zweifelhafter
demokratischer Gesinnung werde keine Lehrerlaubnis
erteilt. Zweitens müsse jeder Lehramtsbewerber einen
zweiwöchigen Lehrgang mit Prüfung absolvieren, in
dem die Leitgedanken demokratischen Denkens und
Handelns und die Grundsätze einer kindgerechten Pädagogik gelehrt und abgefragt würden.

Ist die Schule frei von nationalsozialistischem Gedankengut? Hierzu zählten nationalsozialistisch angehauchte
Werke politischer, rassenpolitischer oder weltanschauli-
cher Art in Wort, Bild und Aufmachung. Dazu alles,
was von maßgeblichen Personen der NSDAP verfasst
wurde. Auch Bücher, Karten, Atlanten, geografische
oder statistische Übersichten, Verzeichnisse oder Auf-
stellungen, die nicht den Friedensverträgen von 1919 und
1921 entsprächen. Und schließlich sämtliche Bildnisse,
Anschläge, Wandsprüche, Wahrzeichen, Schreib- und
Verpackungspapiere, Stempel, Andenken und Postkarten, die Personen oder Symbole der Wehrmacht oder der
NSDAP darstellten oder die sich auf die nationalsozialistische Lehre bezögen, sowie Kalender und Bilder aus
der Kriegsgeschichte oder der Geschichte der NSDAP.

Nur solche Lehrmittel dürften künftig in den Schulen
verwendet werden, die frei von Nazigedanken und Nazi-
symbolen sind. Darum müsse jedes einzelne Schulbuch

von der ersten bis zur letzten Seite nach Wort und Bild überprüft werden. Vermutlich alles, was zwischen 1933 und 1945 geschrieben, gedruckt, gemalt und fotografiert wurde, müsse vernichtet werden. Wahrscheinlich blieben dann nur noch Schulbücher aus der Weimarer Republik übrig. Aber auch diese nur dann, wenn sie keine Nazistempel oder sonstige Naziembleme enthielten. Gegebenenfalls könne man die fraglichen Seiten aus den Büchern entfernen oder einzelne Stellen schwärzen, sofern dadurch nicht das ganze Buch unbrauchbar wird. Die amerikanische Militärregierung lasse gerade vier Millionen Notausgaben von Fibeln, Lese- und Rechenbüchern für die gesamte amerikanische Zone drucken. Das reiche bei weitem nicht aus, doch größere Auflagen seien wegen des Papiermangels nicht möglich. Darum würden die kleinen Dorfschulen zunächst nicht mit diesen neuen Schulbüchern beliefert.

Weiterhin weist der Rundbrief des Schulrats darauf hin, dass sämtliche Schulvorschriften aus der NS-Zeit für ungültig erklärt worden sind. Bis auf Weiteres gelte in Nordwürttemberg wieder der Lehrplan von 1928. Der Unterricht müsse sich auf Lesen, Schreiben und Rechnen konzentrieren. Geschichtliche und erdkundliche Lerninhalte seien, bis ein neuer Lehrplan in Kraft tritt, strengstens verboten, weil die Nazis in ihrem Machtwahn Geschichtsfälschungen betrieben und völkerrechtswidrige Territorialansprüche erhoben hätten.

Beigefügt ist ein vielseitiges Formular, das jeder Bürgermeister binnen einer Woche ausgefüllt ans Schulamt zurückzusenden habe. Aufzulisten sind die zum 1. Oktober erwarteten Schülerzahlen, getrennt nach Klassen,

Geschlechtern und Konfessionen. Dann die Zahl der Schulräume, das vorhandene Schulmobiliar sowie alle untadeligen und nazifreien Schulbücher nach Titel, Erscheinungsjahr und Anzahl der Exemplare. Außerdem alle Lehrkräfte, die von 1933 bis Kriegsende an der örtlichen Schule unterrichteten. Ferner alle Lehrkräfte, die nicht an der örtlichen Schule eingesetzt waren, aber derzeit am Schulort wohnen, unter Angabe von Geburts- und Ausbildungsort, Dienstzeugnissen, NS-Mitgliedschaften, Konfession, Familienverhältnissen sowie sämtlichen Dienststellen seit der Ausbildung.

Weil zu erwarten sei, dass sich die Entnazifizierung der gesamten deutschen Bevölkerung im Bereich der Schulen am härtesten auswirkt, sollen die Bürgermeister geeignete Personen vorschlagen, die notfalls als unausgebildete Lehrkräfte oder vorläufige Schulhelfer eingesetzt werden könnten. Geeignet seien, betont der Schulrat, ausschließlich charakterfeste, gut beleumundete Männer und Frauen, möglichst mit Hochschulreife, mindestens zwanzig Jahre alt, die keiner NS-Organisation angehört haben.

Bürgermeister Balbach schlägt die Hände vors Gesicht und schüttelt den Kopf. »Wie soll ich das bis nächsten Montag schaffen? Und wer macht dann meine Arbeit auf dem Feld?«

Genau in diesem Augenblick betritt Alma Zeller durch die meist offene Tür das Amtszimmer. »Ich, Herr Bürgermeister. Ich helfe Ihnen, wenn Sie wollen. Sagen Sie mir bitte, was ich tun soll.«

Balbach erschrickt, starrt die junge Frau an und staunt. Es gibt keine Zufälle, denkt er sich. Laut sagt er, was man ihm aufgehalst hat.

»Wenn's nicht mehr ist«, sagt Alma. Aufgrund ihres jugendlichen Alters hat sie längst ordentliche Papiere. Sogar Leutnant Brown ist von der demokratischen Gesinnung der jungen Frau überzeugt, trotz ihres widerwärtigen Vaters.

Balbach gibt ihr den Brief und das umfangreiche Formular. »Meinen Sie wirklich?«

Alma überfliegt Brief und Formular: »Wenn Sie mir sagen, wo die Gemeindestatistik ist, mache ich bis spätestens übermorgen Abend alles fertig. Zu den Schülerzahlen und zur Lehrerliste befrage ich das Fräulein Lehrerin und den Herrn Pastor. In Württemberg kennt man sich ja im Pfarramt mit den Volksschulen aus, wie ich gehört habe. Und ums Schulmobiliar und die Schulbücher kümmere ich mich auch. Meine Schwester hilft mir bestimmt.«

»Wenn Sie sich das antun wollen, bitte schön.« Er sieht sie stirnrunzelnd an: »Aber es pressiert!«

»Keine Bange, Herr Bürgermeister. Ich habe ja sonst nichts zu tun.« Sie wendet sich zum Gehen, dreht sich aber noch einmal um. »Bleibt eine spannende Frage.«

»Nämlich?«

»Woher nehmen Sie die Lehrer?«

»Aber wir haben doch das Fräulein Ledlein«, erwidert Balbach mit tadelndem Unterton. »Die Kinder kennen und schätzen sie. Die Eltern auch. Immerhin leitet sie inzwischen den Kirchenchor und orgelt sonntags in der Kirche.«

»Meinen Sie, eine einzige Lehrerin kann so viele Kinder unterrichten?«

Balbach stützt sich auf seine linke Hand und kaut an

den Fingernägeln. Er hat nicht die geringste Ahnung, wen er für die zweite Lehrerstelle vorschlagen könnte.

Alma Zeller sieht es und verlässt zufrieden das Rathaus, die Papiere des Bürgermeisters in der Hand. Sie weiß jetzt, was sie will.

*

Karl Balbach könnte aus der Haut fahren. Am Morgen ist einiges schief gegangen. Zwar lauter Kleinigkeiten, bei Lichte besehen, aber gerade die nerven.

Erst ist ihm bei der morgendlichen Stallarbeit der Gabelstiel abgebrochen. Dabei hat sich ein langer Spreißel in die linke Hand gebohrt, den seine Frau mit Seifenlauge, Küchenmesser und Pinzette entfernen muss. Gerade tupft sie die Wunde mit Jod ab und legt einen Verband an, mittlerweile ist es kurz vor acht, da fahren vier amerikanische Mannschaftswagen auf den Kirchplatz, wie Balbach durchs Küchenfenster sieht. Eine Hundertschaft GIs sitzt ab und verteilt sich rasch übers ganze Dorf.

Sonnenfurt werde nach versteckten Waffen durchsucht, erklärt Leutnant Brown, der kurz darauf bei den Balbachs in der Küche steht und um Verständnis bittet: »Die Leute sollen nicht denken, wir würden jemand verschonen.« In der ganzen amerikanischen Zone finde zur selben Stunde eine groß angelegte Razzia mit über achtzigtausend Soldaten statt. Die Deutschen hätten immer noch viel zu viele Waffen gebunkert. Und dann, Karl Balbach ist sprachlos, beginnen vier GIs damit, ausgerechnet sein Haus, seinen Stall und seine Scheune vom Keller bis unters Dach zu durchsuchen.

Die Wunde pocht und schmerzt, doch Balbach beißt die Zähne zusammen und macht sich auf zum Brachen. Soll sich seine Frau mit den Soldaten herumärgern. Er schultert seine Hacke. Der Rübenacker ist mit Unkraut übersät. Das muss endlich gejätet werden.

Dazu braucht man viel Übung und Erfahrung, sonst hackt man nicht nur das Unkraut heraus, sondern auch die zarten Rübensämlinge, wenn Disteln und Löwenzähne ihnen zu nahe stehen. Dann muss man die Hacke für einen Augenblick übers Knie legen und den Wildwuchs mit der Hand ausreißen. Dieses ständige Bücken verursacht in kurzer Zeit heftige Rückenschmerzen.

Auch ist es wichtig, dass die Rüben ungefähr im gleichen Abstand wachsen. Sonst kann man sie nicht mit der Maschine herauspflügen. Also hackt man die zu dicht stehenden Pflänzchen heraus und pflanzt sie dort ein, wo die Saat nicht aufgegangen ist.

Seit Jahren ärgert sich Balbach über das Saatgut. Die Herren in Berlin hatten in den Kriegsjahren nur noch Augen und Ohren fürs Militär und haben die Landwirtschaft vernachlässigt. Obwohl die Sämaschine präzise eingestellt war, ist die Saat wieder ungleichmäßig aufgegangen. Das kann nur am Saatgut liegen.

Inzwischen steht die Sonne im Zenit und brennt Balbach das Muster seines Unterhemds auf die Haut, denn er hat längst Kittel und Hemd ausgezogen. Die langwierige und monotone Handarbeit auf dem ausgetrockneten Boden zehrt an seinen Kräften. Alle paar Minuten lüftet er seine verschwitzte Kappe, macht Pause und stützt sich auf seine Hacke. Er hat Durst, doch zu allem Elend ist die Feldflasche am Gürtel schon leer.

Wie er sich mal wieder den Rücken geradebiegt und vor sich hin brummt, dass er diese verhasste Arbeit heuer noch zwei bis drei Mal machen muss, sieht er von weitem einen Mann übers Feld stolpern und winken.

Es ist Kurt, der Sohn des Pfarrers. Er bringt eine zweite Hacke mit und Vesper für zwei: Brot, Schinkenwurst, Rettiche und reichlich Apfelsaft, gemischt mit Sprudel, alles von Balbachs Frau in einen Henkelkorb gepackt. Und so setzen sie sich in den Schatten eines Birnbaums und lassen es sich schmecken.

Balbach befragt den jungen Mann nach seinen Plänen für die Zukunft.

»Die Schule fertig machen, dann studieren«, sagt Kurt. »Aber erst muss ich wissen, wo und wann die Internate wieder öffnen.«

»Gibt's keine Schule für dich in der näheren Umgebung?«

»Mein Vater meint, dass die Züge noch lange nicht regelmäßig fahren. Und bis zum nächsten Bahnhof verkehrt kein Bus. Also bleibt mir nur ein Internat. Mein Vater hört sich um.«

»Und was möchtest du mal werden? Auch Pfarrer? Wie dein Vater?«

Kurt lacht und meint, am liebsten wäre er Lehrer auf dem Land. Aber da müsse er wohl bis zum nächsten Frühjahr oder Sommer warten, bis klar sei, wie sich das verwirklichen lässt. Bis dahin helfe er gern, mal seinem Vater, mal der Gemeinde oder eben auch dem Herrn Bürgermeister. Das sei eine spannende Zeit für ihn. Und hier im Dorf sei nichts, rein gar nichts so gefährlich wie ein einziger Tag im Krieg.

Frisch gestärkt, kommen sie schnell voran. Schon bald ist der Rübenacker vom Unkraut befreit. Jetzt noch das Kartoffelfeld bearbeiten, das sich direkt anschließt? Balbach zögert, doch Kurt fühlt sich nicht schlapp, ist er doch den ganzen Vormittag auf der faulen Haut gelegen und hat gelesen.

»Wenn wir schon mal da sind …«, sagt Kurt und sieht Balbach auffordernd an.

Was bleibt dem Herrn Bürgermeister anderes übrig, als gute Miene zur harten Arbeit zu machen.

Kartoffelpflanzen sind leichter zu jäten, denn sie sind stärker als die kleinen Rüben. Man muss nicht so vorsichtig sein, kann bis dicht an die Pflanze heran hacken, braucht sich nicht zu bücken. Und das Anhäufeln der Kartoffeln erledigt der Häufelpflug.

Vielleicht schon morgen komme ich wieder und mache das, denkt sich Balbach, sofern es die Rathausgeschäfte zulassen.

Und wie er in Gedanken seinen Wallach anschirrt, fällt ihm wieder sein alter Wunschtraum ein. Ach, wäre das schön, wenn er endlich einen Traktor hätte. Einen Lanz-Bulldog oder einen Hanomag? Oder vielleicht eher einen Bauernschlepper von Deutz? Muss kein neuer sein. Ein gebrauchter wäre sogar besser. Dann hätte er etwas zum Hämmern, Schrauben, Feilen und Schweißen. Auch könnte er sich allerlei Zusatzgeräte zum Schlepper zulegen.

Viehhändler Zumpel hat ihm letzte Woche einen Floh ins Ohr gesetzt: »Nicht lang, und wir kriegen ein neues Geld. Wart's ab! Dann ist die alte Reichsmark nicht mehr viel wert. Glaub mir, Karl, du musst investieren. Kauf dir jetzt, was du sowieso anschaffen willst.«

Balbach ist vorsichtig, weiß er doch, dass der Viehhändler überall mitmischt und stets seinen Vorteil im Auge hat. Bei dem großspurigen Kerl muss man auf der Hut sein. Darum hat er geantwortet: »Ich hab doch alles.«

»Aber keinen Bulldog, mein Lieber. Mir hat ein Händler gesagt, dass siebzigtausend von den Dingern in Deutschland herumstehen und vor sich hin rosten. Die Besitzer hat der Sensenmann geholt, und der braucht bloß eine scharfe Sense und keinen Schlepper.«

»Und was kostet so ein Bulldog?«

»Mit fünfzehnhundert Mark bist du dabei. Klar, ein bisschen was musst du schon reparieren, bis er läuft. Aber für dich als Tüftler ist das doch kein Problem.«

»Und woher nehmen und nicht stehlen?«

»Ich kann mich ja mal umhören, wenn ich unterwegs bin.«

Kurt sieht, dass Balbach in Gedanken weit weg ist. Mit einer Frage holt er ihn wieder auf den Ackerboden zurück. »Ich hab bis jetzt noch keinen Kartoffelkäfer gesehen, du etwa?«

Balbach untersucht die Unterseiten einiger Kartoffelstauden, denn dort sitzen die Biester und fressen sich fett. »Nein! Glück gehabt! Heuer ist wohl nicht ihr Jahr.«

Zwei Tage Arbeit erspart, denkt er sich, und eine eklige dazu. Made für Made muss man mit der Hand von der Blattunterseite des Kartoffelkrauts pflücken und dann die abstoßend hässlichen, rosa Larven in einer mit Wasser, besser mit Petroleum gefüllten Dose ersäufen.

»Fertig!« Balbach ist erleichtert. »Gehen wir. Bei mir gibt's was zu vespern. Komm mit!«

Auf dem Heimweg hören sie die Kirchturmuhr sechsmal schlagen, dann die Glocken den Feierabend einläuten. Als sie sich in der Küche am Spülstein Gesicht und Hände waschen, kommt Elfriede Balbach herein und bittet sie in die Wohnstube. »Wir haben Gäste. Paula und Martha sind schon da. Und Paulas Vater kommt auch gleich. Er will dich was fragen, Karl.«

»Wo sind die Kinder?«

»Die spielen mit Ursula und Walter im Sandkasten.«

*

Karl Balbach und Kurt Krüger begrüßen die beiden Nachbarinnen und setzen sich zu ihnen. Kurts Augen fliegen hungrig über den reich gedeckten Tisch. Der Aufforderung, sich zu bedienen, folgt er sofort. Und schon steht Paulas Vater unter der Tür und fragt, ob ein Bsüchle gestattet sei.

»Setz dich zu uns und vesper mit. Dann schmeckt's uns besser«, bittet der Hausherr.

Wilhelm Wagner lässt sich das nicht zweimal sagen. Er nimmt sich von allem, was auf dem Tisch steht: Wurst, Käse, Radieschen, eingelegte Gurken, Brot und Most. Unterm Kauen sagt er: »Das kann doch nicht mehr lange gut gehen, Karl.«

»Was?«

»Du bist Bauer und Bürgermeister. Und das in diesen finsteren Zeiten! Irgendwann schnappst du über vor lauter Arbeit. Und den Amis kannst du's auch nicht recht machen. Stimmt's?«

»Noch halt ich's aus, auch wenn mir das Amt des Bürgermeisters manchmal schlaflose Nächte beschert.«

»Ich wüsste, wie du dir Luft verschaffen kannst.«

»Lass hören, Wilhelm.«

Der alte Wagner verengt die Pupillen, als er sagt: »Wir kaufen einen Bulldog.«

Balbach fällt das Messer aus der Hand. »Du willst *was*?« Ausgerechnet der alte Wagner, der sonst auf seinem Geld sitzt wie die Henne auf ihren Eiern, will einen Traktor kaufen?

»Red ich vielleicht chinesisch?« Wagners gespielte Empörung weicht einem pfiffigen Ausdruck. »*Wir* kaufen einen Bulldog.«

»*Wir?*«

»Ja, *wir zwei*!«

Balbach legt auch noch die Gabel zur Seite. Er ist sprachlos.

Wagner grinst seinen Nachbarn an: »Der Viehhändler hat mir erzählt, dass du auch schon mit dem Gedanken gespielt hast.«

»Komm, komm, das war halt so eine Schnapsidee.«

Wagner lacht, wird aber schnell ernst und verrät Balbach seine geheimsten Gedanken. Er sei auch nicht mehr der Jüngste und sorge sich um seinen Hof: »Paula ist zwar noch jung, aber ob sie mit allem fertig wird?« Er wendet sich entschuldigend an seine Tochter: »Du bist allein und lässt dir nicht gern helfen, weil du zu stolz bist.«

Dass er selbst schon weit über siebzig ist, davon wolle Paula nichts wissen, erklärt er der Tischrunde. Darum müsse er Vorsorge treffen. Ein Bulldog würde Paula die Arbeit auf dem Feld erleichtern, ihr schwere körperliche Arbeit abnehmen, beim Ackern und Eggen, beim Säen und Jäten, beim Mähen und Ernten. Außerdem könnte sie den Schlepper ausleihen, wenn man ihr dafür auf ihrem Hof hilft.

Der Plan ist durchdacht und zukunftsträchtig. Das muss Balbach neidlos anerkennen. Und doch ist da ein Haken. »Ja, traust du dir zu, einen Bulldog zu fahren, Paula?«, fragt er seine Nachbarin.

Paula zögert. Offensichtlich hat ihr Vater sie nicht in seinen Plan eingeweiht.

Dafür stellt Martha Merker klar: »Kein Problem. Mein Mann hat noch vor dem Krieg einen Trecker gekauft. Ich bin damit jeden Tag gefahren.«

Paula lacht aus vollem Hals. »Du kannst Bulldog fahren?« Irgendwie klingt ihr Lachen befreiend, als ob sie sich tatsächlich vor einer so großen Maschine geängstigt hat.

»Ist kein Hexenwerk«, winkt Martha ab. »Das lernst du in einem halben Tag.« Aber sie warnt zugleich. Den Motor mit der Kurbel anlassen, das sei schwer und gefährlich. Daher empfehle sie einen Bulldog mit elektrischem Anlasser. So einen hätte sie auf ihrem Hof gehabt.

»Also dann«, fasst der Wagner das Gespräch zusammen, »packen wir's an. Mit Kühen und Ochsen vor dem Pflug und vor dem Mähbinder kann weiterwursteln, wer will. Ich jedenfalls nicht.«

*

Karl Balbach und Wilhelm Wagner fahren ein paar Tage später mit Viehhändler Zumpel am Steuer seines rostigen Daimlers ins übernächste Dorf. Balbach hat sich in der Zwischenzeit über Schleppermotoren kundig gemacht, Wagner drei Liter Motoröl und zwei Kanister Diesel besorgt. Werkzeug haben sie auch dabei, falls der Traktor nicht anspringt. Doch Zumpel hat nur gelacht und gemeint, er bürge für einwandfreie Ware.

Der Bulldog stehe in einer Scheune, erzählt der Viehhändler unterwegs, und sei noch vor wenigen Monaten gelaufen wie geschmiert. Zumpel ist, wie fast immer, bester Laune und lenkt mit einer Hand, weil er in der anderen einen dicken Villiger-Stumpen halten muss. Der Bauer sei gegen Kriegsende zum Volkssturm eingezogen worden, berichtet er und dampft, dass Wagner die Luft ausgeht. Gleich am zweiten Tag sei der arme Kerl auf eine Mine getreten. Auch der einzige Sohn sei tot, gefallen an der Westfront. Die Bäuerin, an Leib und Seele gebrochen, veräußere nun alles, bis auf Haus, Garten und Hühnerstall. Bei der könnte man noch manches Schnäppchen machen. Diverse Landmaschinen, eine Drehbank mit passendem Werkzeug, einen fast neuen Schweißapparat und vieles mehr.

Kaum fahren die Männer auf den fremden Hof, schon kommt eine verhärmte Frau aus dem Haus. Wortlos öffnet sie das Scheunentor und bleibt gedankenverloren stehen. Man sieht ihr an, dass sie sich unbehaglich fühlt. Welche Bäuerin verscherbelt schon gern ihre Habe, aber ihr bleibt wohl nichts anderes übrig.

Da steht er, der Bauernschlepper von Deutz, elf Pferdestärken, elektrischer Anlasser. Ein rotes Kraftpaket mit Zapfwelle, an die man mühelos alle Maschinen anschließen kann, die bisher von Pferden oder Ochsen gezogen wurden.

»Wie alt ist dein Bulldog?«, wendet sich Wagner an die Bäuerin.

»Mein Mann hat ihn ein halbes Jahr vor dem Krieg gekauft.« Sie schüttelt den Kopf, als könne sie nicht fassen, was sie sieht, und seufzt. »Neu! Nagelneu war der beim Kauf!«

»Weißt du, was der Bulldog gekostet hat?«

»Zweitausenddreihundert Mark. Ich hab sogar noch die Rechnung. Ich zeig sie dir nachher.«

Balbach interessiert sich mehr für den Zustand des Schleppers. Er klappt die Motorhaube auf, schaut, klopft, prüft, schmiert die Nippel, schmirgelt ein paar Kontaktstellen, nickt zufrieden, füllt Öl und Diesel nach und betätigt den Anlasser. Der Motor pocht und hustet ein paar Mal, dann läuft er rund, so rund wie halt ein 11-PS-Bulldog laufen kann.

Wagner hat genug gesehen. Er strahlt übers ganze Gesicht und geht mit der Bäuerin ins Haus. Beim Geschäft will er keine Zuschauer. Der Bäuerin ist das recht. Sie braucht Bargeld.

»Hast dir das gut überlegt?«, fragt Wagner. »Bald ist das Geld vielleicht nichts mehr wert.«

»Ich hab noch Schulden aufs Haus. Gleich nachher bring ich's zur Raiffeisenbank. Wenn du mir noch die anderen Sachen abkaufst, die in der Scheune rumstehen, bin ich morgen schuldenfrei. Dann kann das Geld von mir aus verrecken.«

Als Wagner wieder auf den Hof kommt, zeigt er ein spitzbübisches Gesicht. »Schon gehört er uns«, sagt er zu Balbach und hält ihm die Originalrechnung und den alten Werbeprospekt unter die Nase.

»Der Elfer Deutz«, liest er mit stolz geschwellter Brust vor, »ist der meistverkaufte Schlepper in Deutschland, ein Universalgerät, das jede Arbeit auf dem Hof und Feld übernimmt. Er pflügt, eggt und walzt; er mäht und drischt; er macht die Arbeit von drei bis vier Pferden. Und das alles ohne großen Bedienungsaufwand bei sehr niedrigen Betriebskosten.«

Wie viel er bezahlt hat, verrät Wagner nicht, jetzt nicht und auch später nicht. Und doch wehrt er ab, als sein Nachbar den Geldbeutel zückt, er habe nur zwei Hände, eine zum Schaffen und eine zum Behalten.

Balbach ist beeindruckt. Er hat sich selbst ein Bild gemacht: wassergekühlter Dieselmotor, Getriebe mit drei Vorwärtsgängen und einem Rückwärtsgang, dazu eine Riemenscheibe, eine Zapfwelle, ein Mähantrieb und Luftbereifung, vorn kleinere Räder, hinten doppelt so große.

Gern hätte er den Schlepper selbst gekauft, aber so viel Geld hat er nicht. Er verlässt sich auf Wagners Ehrenwort: »Du guckst, dass die Maschine läuft, Karl. Dafür kannst du sie jederzeit ausleihen, wenn du mir und meiner Paula beim Ackern und Ernten hilfst.«

Sie geben sich die Hand. Wagner grinst übers ganze Gesicht. Na also, denkt er sich, geht doch. Und Balbach beschleicht das Gefühl, sein Nachbar verfolge vielleicht einen Hintergedanken.

Wagner träumt schon von seinem nächsten Streich. Zum Traktor gehört ein gummibereifter Anhänger, ein Mähbalken, ein Kartoffelroder und vielleicht auch noch die eine oder andere Maschine, die Muskelkraft und Zeit sparen hilft. Er hat nämlich der Bäuerin Hoffnung auf weitere Geschäfte gemacht.

Balbach sieht sich in der Scheune um, während Wagner am Scheunentor lehnt, die Hände in den Taschen, und vielsagend lächelt.

Neben dem Tor stehen zwei Fahrräder. In einer Ecke ist ein hochklappbarer Ziehrechen auf Rädern. In der anderen ein fast neuwertiger Mähbinder. Den schaut sich Balbach ganz genau an. Viele Felder in Sonnenfurt liegen am Hang, die konnte man bisher nicht mit einem Mähbinder ernten, weil die Maschine so schwer ist, dass man drei Pferde vorspannen müsste. Aber wer hat schon drei Pferde? Also mäht man dort das Korn mit dem Grasmäher und bindet es von Hand zu Garben. Eine aufwendige, schweißtreibende Arbeit. Anders der Bulldog, er schleppt den Mähbinder spielend über Berg und Tal.

Nachdenklich steigt Balbach auf den Deutz. Er kennt sich aus. Auf landwirtschaftlichen Festen ist er schon öfter Schlepper gefahren. Er lässt den Motor an und dreht ein paar Runden im Hof.

»Mach dich auf den Heimweg, Karl«, ruft ihm der alte Wagner zu. »Wir fahren noch am Landratsamt und am Finanzamt vorbei und melden den Traktor um. Wenn du in zwei Stunden nicht daheim bist, kommen wir zurück und schleppen dich ab!«

Balbach nickt und tuckert los.

Wagner schreit ihm hinterher: »Wirst sehen, Karl, der Traktor ist erst der Anfang. Bald gibt's Maschinen, da fährst du übers Getreidefeld und hinten kommen die fertigen Brotlaibe heraus.« Er lacht. Grinsend geht er ins Haus zurück.

Wenig später ist er wieder da und setzt sich wortlos

zum Viehhändler in den Mercedes, kurbelt die Scheibe herunter und winkt der Bäuerin, die hinter dem Fenster steht, gönnerhaft zum Abschied.

Im Landratsamt bekommt er für drei Mark ein amtliches Kennzeichen für den Traktor und für drei Mark fünfzig Stempelgebühr den Fahrzeugschein. Das Finanzamt kassiert sechs Mark vierzig an Steuern fürs laufende Jahr und stellt eine Steuerkarte aus, die der Traktorfahrer stets bei sich tragen muss.

Als Wagner zwei Stunden später heimkommt, steht der Bulldog auf seinem Hof. Balbach schrubbt gerade mit Wasser und Bürste das rote Schutzblech, bis der Deutz in der Sonne blitzt.

*

Martha Merker seufzt. Eigentlich wäre sie mit ihrem Schicksal ganz zufrieden, würde da nicht diese lähmende Ungewissheit auf ihr lasten. Im Februar erhielt sie den letzten Brief ihres Mannes. Er berichtete von Rückzugsgefechten im Osten und gab ihr den Rat, sich zu den Amerikanern durchzuschlagen. Dort sei sie nach dem Krieg am besten aufgehoben. Wie recht er doch hatte. Ob er wohl noch lebt? Warum schreibt er dann nicht? Sie hat sich ans Rote Kreuz gewandt, aber das konnte ihr auch nicht weiterhelfen.

Wenigstens ihren beiden Kindern geht es gut, seitdem sie Paula Wagner im Haus, im Stall und auf den Feldern hilft. Dafür bekommt sie für sich und ihre Kinder genügend zu essen. Überdies kocht Paula jeden Morgen und jeden Abend Kakao für Ursula und Walter. Sogar die eigenen Spielsachen, die seit mehr als dreißig Jahren in Kartons verpackt auf dem Speicher lagern, hat Paula an einem Sonntagnachmittag vor den staunenden Kindern ausgebreitet: eine Puppe, eine Puppenküche, Bauklötze, ein paar Bilderbücher und Farbstifte.

Und dann auch noch das. Der alte Wagner ist am Tag nach seiner Entlassung aus dem Gefängnis von der Linde heimgeschlurft, ein bisschen angesäuselt, denn ein paar Krüge Bier leistet er sich, auch wenn zur selben Zeit viele Menschen hungern. Gerade ist er vor seiner Haustreppe angekommen, da steht plötzlich ein Kind neben ihm, ein kleiner Junge.

Der Kleine sieht strahlend an dem grauhaarigen Mann hinauf und ergreift, ohne zu zögern, dessen große, schwielige Hand.

»Heim«, sagt das Kerlchen, deutet zur Haustür und schaut Wagner Hilfe suchend an.

Und so steigen sie Stufe für Stufe die Treppe hinauf, der große, breitschultrige Mann mit verwundertem Blick auf den Kleinen an seiner Seite, und der blonde Junge mit den strahlenden Augen, die er nach jedem geschafften Tritt dankbar auf seinen Helfer richtet.

Das Lachen des Kindes, die zarte, weiche Hand in seiner großen und das blinde Vertrauen rühren den Alten an. Von diesem Augenblick an ist es um Wagner geschehen. Walter ist sein Bub, das so sehnlich erhoffte Enkelkind. Von jetzt an hütet er es wie seinen eigenen Augapfel.

»Opa« sagt der Kleine schon bald zu ihm, und Paula nennt er »Tante«.

*

Paula Wagner sitzt früh am Morgen auf dem Trecker. Alles ist noch taunass. Doch fürs Heumachen ist es hohe Zeit. Der rote Deutz schleppt den Mähbalken hinter sich her und mäht die Wiese, bevor der Tau verdampft ist.

Paulas Vater steht am Rain und strahlt übers ganze Gesicht. Vorbei die Schinderei mit der Sense, sechzig Jahre lang hat er sie erduldet. Vorbei die Schufterei, als Paula das kastrierte Rind am kurzen Halfter führen musste, während er auf der Mähmaschine saß und den Mäher mit letzter Kraft in der Spur hielt. Vorbei das zeitraubende Verwirbeln und Wenden des Heus mit dem Holzrechen, bis die Schwielen in den Händen schmerzten und der Schweiß aus allen Poren brach. Vorbei das mühselige Zusammenrechen und Beladen des Leiterwagens, den die Viecher im gemächlichen Wiegetritt heimzogen. Es war früher in jeder Hinsicht eine vieltägige Ochsentour gewesen, bei der man ohne die Tiere nicht auskam und selbst ärger schuften musste als die Ochsen.

Das alles leisten nun Maschinen. Das Wenden des Schnittguts übernimmt der Heuwender, der es mit seinen federnden Zinken verwirbelt. So wird es gut durchlüftet und trocknet gleichmäßiger und schneller als früher. Knistert es, duftet es, dann ist es fertig, das Heu. Der Ziehrechen fegt es zusammen. Beim Aufladen auf den Hänger hilft Martha Merker. Der Bulldog schleppt das gummibereifte Fahrzeug in die Scheune. Viel Kraft gespart, viel Zeit gewonnen und die Arbeit mit Freude und Genugtuung erledigt.

»Das war deine beste Idee«, bedankt sich Paula beinahe täglich bei ihrem Vater. Natürlich hat Wilhelm Wagner den Rat des Doktors befolgt und seine Hitlerlappen dreingegeben, für den Hänger, den Heurechen, den Ziehrechen und den Mähbinder aus der Scheune der verwitweten Bäuerin. Seitdem bekommt Paula viele Anfragen. Bauern aus dem ganzen Dorf bitten um den Traktor und die Maschinen und bieten dafür ihre Hilfe bei der Feldarbeit an. Der alte Wagner hat für diesen Fall klare Regeln gesetzt: Paula bestimmt, von wem sie Hilfe annimmt, aber den Bulldog und die teuren Maschinen dürfen nur Paula, Martha, Karl Balbach und der junge Kurt Krüger bedienen.

Nach dem Gras muss auch noch der Klee gemäht werden, der allerdings für längere Zeit auf dem Acker verbleibt, bis er trocken ist. Dazu werden Kleeböcke errichtet, drei Stangen, die an der Spitze mit einem Eisenring verbunden sind. Meist legt man auch noch Querstangen auf. Eines der drei Beine zeigt nach Osten, gegen die vorherrschenden Westwinde. Ist der Klee nach einigen Wochen trocken, wirft man die Böcke um, lädt den Klee auf den Hänger und fährt ihn in die Scheune.

Für die Kleegewinnung auf Wagners Acker ist heuer der Nachbar zuständig. Dafür darf Balbach auch seine eigenen Wiesen und Äcker mit dem Traktor bestellen. Und das Getreide ernten, das bald reif ist. So hat's ihm Paula versprochen.

*

Veronika Zeller findet Anfang August einen Brief vor, den jemand unter der Souterraintür durchgeschoben haben muss. Adressiert an August Zeller, Sonnenfurt an der Neide, Rathaus. Offensichtlich kommt er aus Hamburg, hat aber keine Briefmarke. »Dienstpost« steht auf dem Umschlag. Die sechs englischen Wörter auf der Rückseite, wohl der Absender, versteht sie nicht. Der Umschlag ist am linken Rand mit einer gelblichen Banderole verschlossen, auf der zwei englische Wörter aufgedruckt sind. Und auf der Banderole ist ein Rundstempel. Auch die Umschrift ist englisch, in der Stempelmitte erkennt sie den amerikanischen Adler.

Ein amtlicher Brief! Frau Zeller ist besorgt. Sie öffnet ihn, weil sie so eine Vorahnung hat, wie sie später sagen wird. Sie liest und rennt schreiend aus dem Haus.

Bürgermeister Balbach ist nicht zuhause. So rennt sie weiter ins Pfarrhaus und vertraut sich Pfarrer Krüger an, der in seiner Amtsstube am Schreibtisch sitzt.

Er liest das amtliche Schreiben: »Eugen Zeller, geboren 1921, hat in den Räumen der UNRRA Hamburg am 11. Juli um 10.46 Uhr Selbstmord durch Verbluten nach Halsschnitt begangen und ist auf dem Friedhof Ohlsdorf beerdigt worden.«

Sie gesteht dem Pfarrer, dass ihr Ältester gegen Kriegsende vermutlich Angst gehabt habe, als SS-Mann enttarnt zu werden. Er sei Wärter im KZ Oranienburg gewesen, von wo er ihr noch zu Ostern einen Brief geschrieben und sich beschwert habe, dass er so wenig Post bekommt.

Ja, bestätigt Frau Zeller auf Nachfrage, ihr Eugen habe das Blutgruppen-Brandzeichen auf seinem Arm gehabt. Aber wie ihr Sohn von Oranienburg in Brandenburg nach Hamburg gekommen ist, könne sie sich nicht erklären.

Pfarrer Krüger vermutet gleich, dass sich der SS-Mann in der UNRRA unter die DPs gemischt hat, die Displaced Persons, die vielen ausländischen Zivilisten, überwiegend ehemalige Zwangsarbeiter, KZ-Häftlinge, in Deutschland inhaftierte Kriegsgefangene und andere Arbeitskräfte, die manchmal freiwillig, meist aber unfreiwillig während des Kriegs nach Deutschland gekommen waren. Wahrscheinlich wollte der junge Mann in Hamburg in der Anonymität untertauchen. Schließlich wählte er, wie viele junge SS-Angehörige, den Freitod, weil er Vergeltungsmaßnahmen der DPs oder der Besatzungssoldaten fürchtete. Aber das alles sagt Krüger der verzweifelten Mutter nicht.

Und noch etwas gesteht die Weinende unter dem Siegel der Verschwiegenheit. Ihr Sohn habe nicht zur SS gewollt, aber ihr Mann sei ein fanatischer Nazi und habe seinem Sohn gedroht, er dürfe nie mehr heimkommen, wenn er sich als Feigling erweisen sollte.

Auf einer eilig einberufenen Konferenz sind den Pfarrern des Dekanats die verschiedenen Hilfsorganisationen in Deutschland vorgestellt worden, damit Rat- und Hilfesuchende in dem Wirrwarr der Nachkriegszeit weitervermittelt werden können. Darum weiß Krüger, dass die evangelische Kirche in Bamberg einen Suchdienst für vermisste Soldaten und Kriegsgefangene eingerichtet hat. Er weiß, dass das Rote Kreuz in eigener Zuständigkeit Anlaufstellen und Lager für Menschen in Not unterhält. Und er weiß, dass die Nothilfe- und Wiederaufbauverwaltung der Vereinten Nationen UNRRA, die United Nations Relief and Rehabilitation Administration, eine Hilfsorganisation ist, die bereits während des Zweiten Weltkriegs gegründet wurde. Sie betreut in Deutschland Lager für Displaced Persons und unterstützt die Militärverwaltungen bei der Rückführung der Zwangsarbeiter und anderer Nichtdeutscher in ihre Herkunftsländer. Im Hamburger UNRRA-Lager, so erzählte man auf der Tagung, sollen über zehntausend Menschen zusammengepfercht sein, überwiegend befreite sowjetische Zwangsarbeiter und ehemalige KZ-Häftlinge.

Vielleicht, überlegt Krüger, haben die von den Nazis Misshandelten den jungen Zeller im Waschraum an seiner Tätowierung als einen ihrer Peiniger entlarvt. Vielleicht hat er sich gar nicht selbst das Leben genommen. Aber das behält er für sich. Denn vor ihm sitzt eine fassungslose, in Tränen aufgelöste Mutter, für die eine Welt zusammengebrochen ist.

»Ich geh nicht mehr zu ihm«, stößt sie schluchzend hervor.

»Wen meinen Sie?«

»Meinen Mann!« Sie putzt sich die Nase. »Er ist an allem schuld. Seinen Hochmut ... seine Rechthaberei ... seine Verachtung ertrage ich nicht mehr.«

»Was wollen Sie tun?«

»Ich muss«, jammert sie und sieht Krüger flehend an, »das Grab meines Jungen sehen.«

»Aber das dauert, bis geklärt ist, wie das möglich gemacht werden könnte. Noch gilt das Reiseverbot.« Krüger überlegt lang. Dann fragt er: »Wollen Sie ein paar Tage bei uns bleiben?«

Sie nickt unter Tränen.

»Dann muss ich allerdings meine Frau ins Vertrauen ziehen. Sind Sie damit einverstanden?«

»Alles«, schnieft sie und räuspert sich, »ist besser als zurück zu meinem Mann.«

»Aber er muss doch wissen, wo Sie abgeblieben sind. Wollen Sie es ihm nicht sagen?«

»Nein!«

»Weiß er denn schon, was passiert ist?«

Sie schaut für einen Augenblick irritiert auf, dann drückt sie Krüger den Brief in die Hand. »Bitte tun Sie das für mich.«

Krüger hastet in den ersten Stock hinauf und informiert seine Frau, die sofort ihrem Mann in die Amtsstube im Erdgeschoss folgt. Sie umarmt die Untröstliche, weist ihr das Gästezimmer im ersten Stock an und bittet die Unglückliche in die Küche, wo sie zu Kräutertee und Marmeladebrot einlädt.

Krüger eilt, den Brief in der Hand, zur Unterkunft der Zellers.

August Zeller, ein hagerer Mann im abgewetzten Anzug, steht mit verdrießlicher Miene vor der kleinen Treppe, die in den Souterrain hinabführt, und raucht. Er sieht den Pfarrer kommen, versperrt ihm den Weg und zieht ein spöttisches Gesicht.

Krüger bleibt irritiert stehen.

»Heute ohne weiße Fahne, Herr Pastor?«, höhnt Zeller. Er hat dünne Lippen und eiskalte Augen. Ganz dicht tritt er an Krüger heran und rückt seine Hornbrille zurecht. »Verrätern ist der Zutritt verboten!«

Der Pfarrer, erst verblüfft, dann ratlos, schließlich wütend, wirft dem Unverbesserlichen den Brief vor die Füße. »Ihre Frau ist die nächsten Tage bei uns zu Gast«, stößt er hervor. »Sie will allein sein. Ihre Töchter sind herzlich eingeladen, ihre Mutter zu besuchen. Aber für Sie ist der Zutritt zu meiner Wohnung bis auf Weiteres verboten.«

Im gleichen Augenblick bedauert Krüger, was er gesagt hat. Aber was in der Welt ist, kann man kaum noch ungeschehen machen.

*

Pfarrer Krüger macht auf dem Absatz kehrt. Er ärgert sich, dass er es Zeller mit gleicher Münze heimgezahlt hat. Aber er ärgert sich auch, dass er die Frechheit des selbstgefälligen Nazis unwidersprochen hingenommen hat. Drohungen, Dummheit, Schamlosigkeit und Gewaltbereitschaft darf man nicht dulden, und Leuteschindern muss man energischen Widerstand entgegensetzen, schimpft er mit sich selbst, sonst regieren am Schluss Faustrecht und Frechheit. Die letzten zwölf Jahre haben's ja gezeigt.

Gedankenschwer kehrt Krüger zum Pfarrhaus zurück und will gerade ...

»Grüß Gott, Herr Pfarrer!«

Unter der großen Linde stehen ein Jeep und ein Armeelaster. Leutnant Brown steigt aus dem Pkw und schüttelt Krüger die Hand.

»Eigentlich wollte ich den Bürgermeister sprechen«, sagt er, »doch der ist nicht zuhause. Darum bitte ich Sie, ihm vertraulich etwas auszurichten.«

»Dann ist es wohl besser, wenn wir in meinem Büro weiterreden.«

Krüger führt den Offizier in seine Amtsstube und bietet ihm einen Platz an.

»Sie wissen ja, Herr Pfarrer«, sagt Brown und setzt sich, »dass wir die Nationalsozialisten mit all ihren Organisationen vernichten müssen. Nur so kann es mit Deutschland wieder aufwärts gehen.« Er entnimmt seiner Aktentasche ein Blatt Papier. »Nach unseren Informationen sind das die schlimmsten Nazis in Sonnenfurt.«

Er händigt Krüger das Papier aus.

Krüger liest und staunt. Es ist eine Liste, auf der vierzehn Namen stehen. Woher wissen die Amerikaner das alles? Natürlich steht der Altbürgermeister auf der Liste, sogar August Zeller.

»Sind Sie anderer Meinung?«

Der Pfarrer schüttelt betrübt den Kopf. »Was passiert mit den Leuten?«

»Wir verhaften sie und bringen sie zum Verhör. Bitte richten Sie das dem Herrn Bürgermeister aus.«

Krüger zögert. Soll er den Brief erwähnen, den die Zellers heute erhalten haben?

Brown spürt, dass seinem Gesprächspartner etwas auf der Seele liegt. »Wollen Sie mir noch etwas anvertrauen, Herr Pfarrer?«

Krüger überlegt hin und her. Schließlich weiht er den Offizier unter dem Siegel der Verschwiegenheit in das gerade Erlebte ein.

»Woher wissen Sie das alles, Herr Pfarrer? Noch gibt es keine Post zwischen den Besatzungszonen, Briefpost auch nicht.«

Krüger beschreibt den Briefumschlag, die gelbe Banderole, auf der »Opened by« aufgedruckt war, den Rundstempel mit der Umschrift »Civil Censorship Germany passed«. Und dass der Brief als Dienstpost ohne Briefmarke gekommen und ans Rathaus gerichtet gewesen sei. Der Bürgermeister wird ihn vermutlich heute Morgen, bevor er aufs Feld ging, den Zellers unter der Tür durchgeschoben haben.

Leutnant Brown nickt. Ja, Briefe würden geöffnet und zensiert. Auch die Dienstpost, die von Kurieren weitergeleitet wird.

»Meinen Sie, Herr Leutnant, dass man Frau Zellers Wunsch erfüllen kann?«

»Sie verlangen viel von mir, Herr Pfarrer, sehr viel. Der junge Zeller war immerhin SS-Mann, und nicht nur das. Er war sogar Wachmann in einem KZ.«

»Gewiss. Aber für Frau Zeller war er in erster Linie der einzige Sohn.«

Brown sieht Krüger lange nachdenklich an. »Weiß sie, was ihr Sohn getan hat?«

»Ich glaube, sie ahnt es. Darum will sie sich ja von ihrem Mann trennen. Sie meint, er habe ihren Sohn zu dem gezwungen, was ihm nun zum Verhängnis wurde.«

»Sagen Sie ihr, dass ich ihren Wunsch vielleicht erfülle, wenn sie sich vorher ein KZ anschaut und alles, was die SS dort getrieben hat.«

»Sie hat zwei Töchter, sechzehn und zwanzig Jahre alt. Zwei sehr gebildete Fräulein. Was soll aus ihnen werden?«

*

Sonntagvormittag. Karl Balbach und Wilhelm Wagner haben den Gottesdienst besucht und schlendern über ihre Felder.

Schon vor drei Wochen hat sich das Kartoffelkraut gelb verfärbt, denn der Sommer war sehr warm. Jetzt ist es abgestorben. Der Boden ist trocken und krümelig. Mit bloßen Händen buddeln sie einen Kartoffelstock aus und sind überrascht, denn sie finden große und erfreulich viele Knollen.

Die Schale ist goldgelb und sitzt so fest, dass sie sich mit dem Finger nicht von den Erdäpfeln lösen lässt. Ausschließlich späte Sorten haben sie im Frühjahr gesteckt. Die sind dickschalig und können problemlos und lange gelagert werden.

»Eigentlich«, Balbach schaut zum Himmel auf, »müssten wir morgen beginnen. Die Kartoffeln sind ausgereift. Das Wetter wird gut.«

Wagner nickt. »Dann lass uns morgen beginnen.«

»Wie machen wir's?«

»Kurt fährt den Traktor.« Wagner sagt es resolut. Er duldet selten Widerspruch.

Balbach stimmt zu, gibt aber zu bedenken: »Für deine und meine Äcker zusammen brauchen wir mindestens drei bis vier Tage.« Er sieht Wagner nachdenklich an: »Wenn nichts dazwischenkommt.«

Wagner winkt ab: »Wir trommeln so viele Helfer wie möglich zusammen. Dann sind wir vielleicht schon übermorgen fertig.«

»Meine Frau, deine Paula, die Merker, du, ich, meine Sophie und Merkers Ursula«, zählt Balbach auf. »Meinst du, das reicht?« Er ist skeptisch, wie in seinem Gesicht zu lesen ist.

»Ich frag auch die Mutter von unserem Fräulein Lehrerin.«

»Und wie entlohnen wir?«

»Das Geld ist nichts mehr wert. Ich schlage vor, wir

geben jedem Erwachsenen einen Sack Kartoffeln und jedem Kind einen halben.«

»Abgemacht. Wir müssen ohnehin abliefern, was wir nicht selbst verbrauchen. Dann verteilen wir lieber einen Teil der Ernte an unsere Helfer.«

Wilhelm Wagner macht sich auf den Heimweg. Der Kirchplatz ist wie leergefegt, nur eine Katze rekelt sich in der Sonne. Auch die Mutter des Fräulein Ledlein sitzt nicht, wie sonst um diese Uhrzeit, unter auf der Bank und strickt. »Hocken wohl alle in der Linde und bechern«, brummelt er vor sich hin.

Wagner schaut sich um, zögert und zieht dann am Messinggriff neben dem Eingang zum Pfarrhaus. Er hört die Glocke im Hausflur bimmeln, fast im selben Augenblick öffnet sich die Tür.

Die Frau des Pfarrers tritt heraus. »Guten Tag, Herr Wagner, ich wünsche Ihnen einen schönen Sonntag.«

Ihr folgt die Zellerin, wie sie von den Einheimischen inzwischen genannt wird: »Wir wollen dem Fräulein Ledlein helfen, die Klassenzimmer für den ersten Schultag herzurichten.«

Gerade will Wagner …, da tritt auch die nimmermüde Strickerin und Mutter der inzwischen amtlich bestellten Lehrerin aus dem Haus. Sie zieht die Tür hinter sich zu, abgeschlossen werden die Häuser auf dem Land nicht. »Stellen Sie sich vor, Herr Wagner, meine Tochter ist wieder im Dienst«, sagt sie stolz.

»Und ich wollte fragen, ob Sie morgen und übermorgen bei der Kartoffelernte helfen würden. Reichlich zu vespern gibt es. Und einen Sack Kartoffeln dazu.«

»Gern, Herr Wagner«. Frau Ledlein sieht ihre beiden

Begleiterinnen fragend an. »Gilt ihr Angebot auch für Frau Krüger und Frau Zeller?«

»Ja natürlich!«, beeilt sich Wilhelm Wagner, »wenn die Damen einverstanden sind.«

Beide nicken zustimmend. Er lüftet seinen Hut und gibt jeder die Hand: »Dann bis morgen früh um sieben.«

»Frisch gewaschen und gekämmt, Herr Wagner«, sagt Ruth Ledlein und grinst ihn an.

Dem alten Bauern fällt vor Schreck der Kiefer herunter, während sich die Frauen lachend und plaudernd entfernen.

*

Stuttgarter Zeitung, so heißt die erste Tageszeitung im deutschen Südwesten nach dem Krieg. Sie meldet in den beiden ersten Ausgaben, dass über siebzigtausend ehemalige Funktionsträger des nationalsozialistischen Regimes, die man in der US-Zone ausfindig machen konnte, inhaftiert wurden. Sie berichtet, der amerikanische Militärgouverneur in Deutschland, General Dwight D. Eisenhower, habe demokratische Gemeindewahlen in der US-Zone für den Januar 1946 angekündigt. Und sie teilt mit, die amerikanische Militärregierung wolle aus dem ehemaligen Nordwürttemberg und Nordbaden ein neues Land gründen: Württemberg-Baden. Der frühere Reichstagsabgeordnete Reinhold Maier solle eine Regierung bilden.

So weit, so gut, wäre da nicht die Anordnung der US-Behörden, ehemalige Mitglieder der Nationalsozialistischen Deutschen Arbeiterpartei müssten wegen ihrer

Verfehlungen büßen und unentgeltliche Gemeindedienste verrichten.

Er wisse doch gar nicht, wer Parteimitglied war, windet sich Balbach, als Leutnant Brown den Befehl überbringt. Balbach befürchtet, die öffentliche Zurschaustellung der Altnazis könnte die Dorfgemeinschaft sprengen. Ja, wenn die Arbeit in einer fremden Stadt geleistet werden müsste.

Brown bleibt hart und übergibt Balbach eine Kopie der Liste, die er im Haus des Ortsgruppenleiters Diesche vor einiger Zeit beschlagnahmt hat. Jetzt ist Balbach klar, wieso und woher Brown so viel über die Dorfbewohner weiß. Diesches gesamtes Archiv nebst vielen privaten Briefen und geheimen Dokumenten ist den Amerikanern in die Hände gefallen.

Balbach bespricht sich vertraulich mit Pfarrer Krüger. Der rät zur Vorsicht. Nicht jeder, der in der Partei war, habe sich etwas zuschulden kommen lassen. Und nicht jeder, der nicht in der Partei war, sei ein Unschuldslamm.

Balbach zieht auch den alten Wagner ins Vertrauen, denn der hat die Lufthoheit über den hiesigen Stammtisch.

Wagner ist ein eigenwilliger Kopf und ein ausgekochtes Schlitzohr. Er sagt nur ein Wort: »Frondienst!«

Als Balbach nicht sofort kapiert, erinnert Wagner an die zwanziger Jahre. Damals wurden viele Arbeiten, die in der Gemeinde anstanden, von den Einwohnern selbst erledigt. Jede Familie im Ort musste sich einbringen.

»Wenn wir's geschickt anstellen, Karl, dann kriegen die Amis ihre Strafaktion und niemand weiß davon. Aber unser Dorf hat den Nutzen.« Wagner grinst und kratzt sich am Hinterkopf. »Welche Arbeiten sind deiner Meinung nach die vordringlichsten?«

Balbach muss nicht lange überlegen. »Guck dir mal unsere Straßen an, eine einzige Kraterlandschaft. Und Holz für den Winter sollten wir auch einschlagen.«

Sie vereinbaren Stillschweigen. Wagner will sich bei seinen Stammtischbrüdern umhören.

Ein paar Tage später sitzen die beiden nach Feierabend auf Balbachs Hausbank im Hof und trinken Bier aus der Flasche. Wagner berichtet: »Im Großen und Ganzen sind die Leute mit dir als Bürgermeister zufrieden.« Aber der Gemeinsinn leide doch arg, hätten die Gaigelbrüder geklagt. Seit die Flüchtlinge da sind, sei das Dorf gespalten. Die Fremden würden keine Gaststätten besuchen und die Vereine meiden. Darum wünsche man sich wieder regelmäßige Frondienste, denn bei der Arbeit rücke man zusammen. Andernfalls blieben Einheimische und Flüchtlinge noch lange getrennt.

Balbach grinst in sich hinein. Da hat der Nachbar wohl am Stammtisch das große Wort geführt und seinen Zechkumpanen den Frondienst schmackhaft gemacht. Ihm als Bürgermeister kann das nur recht sein.

»Natürlich«, gibt Wagner unumwunden zu, »möchten ein paar Schreihälse alle Flüchtlinge am liebsten zum Teufel jagen. Aber wenn die größten Störenfriede mit eigenen Augen sehen, dass die Fremden auch schaffen können, stecken sie vielleicht zurück.«

Büttel Wilhelm Schubert schellt am nächsten Abend aus, dass jede Familie eine Person über achtzehn Jahren für den Frondienst abstellen muss. Diese Person, Mann oder Frau, sei bis übermorgen dem Rathaus zu melden.

Er beschreibt auch die anstehenden Arbeiten: Vordringlich müssten die Dorfstraßen ausgebessert werden. Auch sollte man baldmöglichst Holz im Gemeindewald einschlagen und in der Zehntscheune einlagern, denn alles deute auf einen strengen Winter hin. Dieses Holz werde dann an Bedürftige verteilt. Und weil heuer ein gutes Bucheckernjahr ist, sollten alsbald Bucheckern gesammelt und die ausgepulten Kerne im Rathaus abgegeben werden, weil die Gemeinde dafür eine Sonderration Fett, Margarine und Speiseöl erhält, die jedermann mit Lebensmittelmarken kaufen könne.

Ein kluger Schachzug. Leutnant Brown wird zufrieden sein, wenn die Dorfstraßen ausgebessert sind. Und die Sonnenfurter werden sich an den sauberen Wegen erfreuen und auf Brennholz und zusätzliche Öl- und Fettrationen hoffen.

Dass die Aktion ein voller Erfolg wird, erkennt Balbach an den Meldezahlen. Weit mehr Personen als Familien hier wohnen, wollen fronen. Vor allem viele Frauen haben sich zum Bucheckernsammeln gemeldet.

Balbach schließt sich in sein Dienstzimmer ein und vergleicht die Meldeliste mit dem Verzeichnis der Parteimitglieder. Zufrieden stellt er fest, dass nur zwei ehemalige Nazis fehlen. Sofort sucht er die beiden auf und überredet sie, bei den Straßenarbeiten mitzumachen. Ihre Fachkenntnisse seien unverzichtbar. Sie fühlen sich geschmeichelt und sagen sofort zu. Über die NS-Vergangenheit verliert Balbach kein Wort.

*

Leutnant Brown kommt samstags nie nach Sonnenfurt. Und weil nach alter Tradition am Samstag ohnehin aufgeräumt, ausgemistet, gekehrt, geputzt, gescheuert und gewienert wird, treffen sich an einem Samstagmorgen um sieben Uhr neununddreißig Männer auf dem Kirchplatz, die meisten ehemalige Parteimitglieder. Zufall? Natürlich nicht, aber der Bürgermeister schweigt, und niemand fragt.

»Hofbauer« Herrmann Mühlberg, selbst einmal in der Partei, wenn auch eher passiv, hat das Kommando, denn er ist Kommandant der Freiwilligen Feuerwehr. Er lässt die Frondienstler antreten.

»Männer!« schreit er, und trifft genau den Ton, den man aus den letzten zwölf Jahren kennt. »Wir werden Großes leisten für unser Dorf! Man wird unser Sonnenfurt nicht wiedererkennen!«

Dörfler sind erfahrene und findige Leute. Es gibt nichts, was sie nicht aus eigener Kraft meistern. Sogar den Straßenbau trauen sie sich zu. Mühlberg umreißt in wenigen Worten, was zu tun ist. Wie man Kandeln ausbessert und Schlaglöcher stopft, muss er nicht lange erklären, denn das hat man schon öfter gemacht. Dafür beschreibt er genauer, wie die maroden Abschnitte der Kalkstraßen repariert werden müssen. Den Unterbau der Straße freilegen – große, harte Steine dicht an dicht packen und mit dem langstieligen Vorschlaghammer festklopfen – Schotter auftragen und einwalzen – feinen Splitt ausbringen – Kalk gleichmäßig verteilen – nass festwalzen.

Mühlberg teilt die Arbeitsgruppen ein. Die erste Gruppe holt große Steine, Schotter und Splitt vom gemeindeeigenen Steinbruch. Die zweite pickelt und schaufelt die Hauptstraße an den Stellen, an denen sie abgerutscht ist, bis auf den Unterbau frei. Die dritte pflastert den Untergrund mit großen Steinen und klopft sie fest. Die vierte breitet gleichmäßig Schotter darüber, den die gemeindeeigene Walze, vom Traktor geschoben, zwischen die großen Steine drückt und den Unterbau glättet. Die fünfte ist für den Splitt und das abschließende Kalken und Nasswalzen zuständig. Die sechste stopft da, wo das Straßenbett noch brauchbar ist, die Schlaglöcher. Und die siebte säubert die Kandeln und bessert sie aus.

Kurt sitzt auf Wagners Bulldog und bringt gerade die erste Fuhre großer Steine. Mühlberg spannt dort, wo die Straße abgesackt ist, Richtschnüre und markiert so Höhe und Begrenzung der Belagsarbeiten. Zwei Pferdefuhrwerke voller Schotter, Splitt und Sand rumpeln auf den Kirchplatz. Die Plackerei kann beginnen.

Zur selben Zeit fällen sechzehn Männer in vier Arbeitsgruppen Bäume im Eichwald, einem der drei Gemeindewälder. Sie entasten, entrinden und sägen die Stämme in meterlange Stücke, die am Abend mit dem Schlepper in die Zehntscheune gefahren werden.

Gegen Mittag geht es im wunderschönen Buchenwald oberhalb von Sonnenfurt zu wie auf dem Jahrmarkt. Rufen, Singen, Lachen. Mütter, Großmütter und viele Kinder sind da. Sogar ein paar alte Männer. Sie alle sammeln die dreikantigen Bucheckern in Eimern und Körben.

Die über fünfzigjährigen Rotbuchen werfen heuer ihre Samen in Massen ab, was sie nur alle fünf bis acht Jahre tun. Ein klares Anzeichen für einen bevorstehenden strengen Winter.

Die Kinder im Schulalter suchen eifrig den Boden nach

den ölhaltigen Samen ab. Die Vorschulkinder, behütet von Ruth Ledlein, sitzen auf einer Lichtung im Gras, singen, lachen und spielen mit Tannenzapfen, Eicheln und dem bunten Herbstlaub.

Natürlich sind Paula Wagner, Martha Merker und Elfriede Balbach auch gekommen, unterstützt von Sophie und Ursula, die bald eingeschult werden. Seit die Frauen vergnügt am Fluss beisammen saßen, haben sie sich angefreundet und unternehmen viel gemeinsam. Meist beteiligt sich auch Lena Ledlein. Doch heute fehlt sie. Der Pflichtlehrgang für angehende Lehrerinnen und Lehrer hat begonnen.

*

Bürgermeister Balbach hatte Lena Ledlein für die Sonnenfurter Schule vorgeschlagen. Ein paar Tage später musste sie aufs Kreisschulamt, wo Schulrat Rupp sie eingehend auf ihre demokratische Gesinnung überprüfte und sofort zum Lehrgang anmeldete. Sollte sie die Abschlussklausur bestehen, werde sie zum Schuldienst zugelassen, versicherte er ihr.

Dieser Lehrgang, erfuhr Lena auf Nachfrage, befasse sich hauptsächlich mit den Wesenszügen der Demokratie: Grundrechte jedes Menschen, unabhängig von Herkunft, Hautfarbe und Religion. Gewaltenteilung zwischen der Exekutive, dem Parlament und den Gerichten. Allgemeines, gleiches, freies und geheimes Wahlrecht. Meinungs-, Presse- und Versammlungsfreiheit. Also all das, was den Deutschen in den Jahren der Naziherrschaft abhandengekommen war.

Und noch etwas verriet der Schulrat: Der amerikanische Schuloffizier Major John P. Steiner, verantwortlich für die Schulen in ganz Nordwürttemberg, werde persönlich anwesend sein. Er halte den Einführungsvortrag und leite die Gespräche, denn er wolle genau wissen, wer künftig in den deutschen Schulen seines Zuständigkeitsbereichs unterrichtet.

Und so sitzt Lena Ledlein mit ihren vierzig Jahren wieder auf der Schulbank. Der Lehrgang findet in einem ehemaligen Kinderheim statt, Unterkunft und Verpflegung inklusive.

Major Steiner spricht sehr gut Deutsch. Seine Eltern, verrät er zu Beginn des Seminars, seien nach dem Ersten Weltkrieg von Stuttgart nach Ohio ausgewandert, wo der Vater mittlerweile eine Maisfarm bewirtschafte.

Mit seiner freundlichen und charmanten Art gewinnt Steiner rasch das Vertrauen der angehenden Pädagogen. Er schwört sie auf kindgemäßes Lernen und radikale Abkehr vom Nationalsozialismus ein. Der sei in Deutschland leider noch weit verbreitet. Erst letzte Woche, berichtet er, habe man vierzig Mitglieder einer Sabotagegruppe verhaftet, zweihundertprozentige Nazis, die immer noch an den Endsieg glaubten. Bei ihnen seien sechshundert Kilogramm Sprengstoff gefunden worden, womit alliierte Militäranlagen in Schutt und Asche gelegt werden sollten.

Lena Ledlein kann es nicht fassen. Ein paar Unverbesserliche meinen offensichtlich, es sei noch nicht genug zerstört worden. Sie dagegen freut sich, bald wieder Kinder unterrichten zu dürfen und bereitet sich gewissenhaft auf die Abschlussprüfung vor, denn viele Fragen zum demokratischen Grundwissen und zum alten Lehrplan von 1928 sind zu beantworten.

*

Vroni Zeller trifft sich oft mit Elke Krüger und Ruth Ledlein. Wenn ihr die Trauer um den toten Sohn die Kehle zuschnürt, wenn ihr panische Angst im Nacken sitzt, dann besucht sie Ruth Ledlein und lässt sich trösten. Aber wenn sie über Gott und die Welt im Allgemeinen und die Literatur im Besonderen reden will, dann geht sie ins Pfarrhaus und vergisst für ein paar Stunden, dass ihr Mann ihren geliebten Jungen ins Unglück gestürzt hat.

Im Pfarrhaus traf sie neulich auf Leutnant Brown. Er versprach ihr, sie könne das Grab in Hamburg besuchen, allerdings erst im kommenden Jahr. Die Züge verkehrten noch unregelmäßig. Außerdem gehöre Hamburg zur britischen Zone, und Reisen über Zonengrenzen seien den Deutschen bis auf weiteres nicht erlaubt.

Inzwischen wohnt sie wieder bei den Wagners im Souterrain, ihren Töchtern zuliebe, denn August Zeller sitzt noch in amerikanischer Haft. Seine Abwesenheit tut ihr sichtlich gut. Sie ist selbstsicherer geworden.

In einem langen Brief hat sie ihm ausführlich dargelegt, dass und warum sie die Scheidung will. Nach seiner Entlassung, schrieb sie ihm, solle er seiner Wege gehen, am besten dorthin, wo der Pfeffer wächst, auf keinen Fall nach Sonnenfurt zurückkommen. Sie ertrage sein griesgrämiges Gesicht, sein ewiges Nörgeln und seinen zischenden Hass auf Gott und die Welt nicht länger.

Postwendend kam seine Antwort. Die Scheidung sei ganz in seinem Sinn. Er könne es kaum erwarten, dem Weibergewäsch auf alle Zeiten zu entkommen. Die letzten Jahre habe er sich nicht mehr zuhause gefühlt. Den Arrest bei den Amerikanern empfinde er als wohltuend und erholsam. Nach der Entlassung schlage er sich nach Bremen, Hamburg oder Hannover durch. Auf jeden Fall wolle er in den Norden, denn in diesem miefigen Kaff an der Neide würde er elend zugrunde gehen.

Daraufhin reichte Vroni Zeller offiziell die Scheidung ein. Sie begründete ihr Gesuch mit dem Hinweis, seit Januar 1941 bestehe keine eheliche Beziehung mehr. Außerdem sei ihr Mann ein unverbesserlicher Nazi. Auch wolle er nichts mehr mit seiner Familie zu tun haben. Zum Beweis legte sie seinen Brief bei.

Das Zusammenleben mit den Töchtern war für Vroni Zeller zunächst schwierig. Alma, die ältere, hatte sich schon seit Jahren gegen den despotischen Vater aufgelehnt. Als er von den Amerikanern abgeholt wurde, fühlte sie sich, als würden ihr zentnerschwere Lasten von den Schultern genommen. Seitdem unterstützt sie ihre Mutter, wo sie kann. Auch verteidigt sie vehement das Recht ihrer Mutter auf ein selbstbestimmtes Leben. Die jüngere Elsa dagegen beschimpfte zunächst Mutter und Schwester. Sie stellte sich schützend vor ihren Vater und drohte, zu ihm zu ziehen, sobald die Eltern geschieden seien. Doch, o Wunder, in jüngster Zeit wurde sie von Tag zu Tag versöhnlicher. Neulich hat sie sogar angedeutet, in Sonnenfurt bleiben zu wollen. Den Grund für diesen Sinneswandel können sich weder Mutter noch Schwester erklären.

Frau Krüger kennt die Ursache. Elsa ist in ihren Kurt

verschossen, und Kurt erwidert die Zuneigung des braunhaarigen Flüchtlingsmädchens mit der Gretchenfrisur und den großen Rehaugen.

Manchmal spazieren die Verliebten in den Flussauen. Meist schlendern sie auf schmalen Pfaden durch den Buchenwald. Dabei erzählt Kurt seiner heimlichen Freundin, dass er Abend für Abend mit seinem Vater diskutiert. Über die Nazis, den Terror, den Judenhass, die rücksichtslose Vernichtung menschlichen Lebens, die Flüchtlingswellen aus dem Osten und den Irrsinn des Krieges. Und er schildert, was er selbst an der Front erlebt hat und wie er mit viel Glück dem Elend entfliehen und sein nacktes Leben retten konnte.

Anfangs hatte Elsa den Kopf voller Nazisprüche, war sie doch im Bund Deutscher Mädel groß geworden, hatte im dunkelblauen Rock mit weißer Bluse und schwarzem Halstuch tausendfach die Sprüche von der Wärme des heimischen Herdes inhaliert, die Frau als Hüterin der Reinheit des Blutes und des Volkes verherrlicht, in den regelmäßigen Heimabenden begeistert den Zielen des Führers applaudiert und rassistische Lieder gesungen.

Kurt war entsetzt, ließ sich aber nichts anmerken. Er besprach sich mit seiner Mutter. Die riet ihm zu einer List. Er solle zu jedem Rendezvous ein Buch mitnehmen. Mal Erich Maria Remarques »Im Westen nichts Neues«, mal Thomas Manns »Zauberberg« oder Hermann Hesses »Narziss und Goldmund«, allesamt Bestseller aus den zwanziger Jahren.

Und so mündet jeder Spaziergang der Verliebten in eine Lektürestunde. Elsa und Kurt liegen am Waldrand im Gras, küssen sich, necken sich, lesen sich gegenseitig vor, sprechen über das Gelesene und entwerfen Pläne für ihre Zukunft. Elsa hört genau zu, bittet um das Buch und gibt es wenige Tage später zurück: »Ausgelesen!«, sagt sie und strahlt. »Hat mir gefallen. Und welches Buch nehmen wir uns jetzt vor?«

Elsa ist intelligent, einfallsreich und mit der Fähigkeit zum schnellen Lesen begabt. Schon bald wird ihr bewusst, welcher Gehirnwäsche sie ausgesetzt gewesen war. Sie liest jetzt viele Stunden am Tag, beraten von Kurt, der sich jedes Mal mit seiner Mutter bespricht, denn Elke Krüger ist eine gebildete Frau. Von Haus aus hatte Elsa keinen Zugang zu Büchern. Ihr Vater verachtete alles Gedruckte. Und im Lyzeum durfte sie nur lesen, was den Nazis gefiel. Nun genießt sie den Einblick in die deutsche Literatur, und Kurt belohnt sie mit seiner Liebe.

*

Donnerstagmorgen, acht Uhr. Die Glocken läuten. Die Kirche ist bis auf den letzten Platz besetzt. Auf den Stufen zum Altar sitzen die Grundschüler einträchtig nebeneinander, evangelische und katholische, Jungen und Mädchen. Etwas unerhört Neues in Sonnenfurt, denn die Volksschulen in Württemberg sind seit dem sechzehnten Jahrhundert konfessionell, die in Sonnenfurt ist seit ihrer Gründung evangelisch. Das Lehrpersonal musste früher und sollte auch jetzt noch zur Mehrheitskonfession am Ort gehören. Zum Glück erfüllt Fräulein Ledlein diese Bedingung. Aber für die Schüler gilt das Hergebrachte nicht mehr. Evangelische, katholische oder konfessionslose Kinder müssen, sofern sie in keiner höheren oder privaten Schule angemeldet sind, die Volksschule am Wohnort besuchen. Das haben die Amerikaner angeordnet.

Eines der amerikanischen Ziele für ein neues Deutschland lautet »reeducation«. Das Working Security Commitee im Washingtoner Außenministerium hat nicht nur die gründliche Entnazifizierung des deutschen Schulsystems befohlen, sondern den Schuloffizieren auch zur Auflage gemacht, auf die Demokratisierung des gesamten deutschen Erziehungswesens zu drängen, denn das sei mitverantwortlich für die moralische Verwahrlosung des deutschen Volkes. Die Demokratisierung könne aber nur gelingen, so das Außenministerium in seiner Direktive, wenn das elitäre deutsche Schulwesen umgestaltet wird und alle Schüler, ohne Unterschied des Geschlechts, der Religion, der sozialen Herkunft und der Abstammung, mindestens die ersten sechs Schuljahre gemeinsam lernen. Auch müssten die Schulen vor Ort mehr Eigenverantwortung übernehmen.

Darum ist Major Steiner heute nach Sonnenfurt gekommen, begleitet vom neuen Schulrat. Er will mit eigenen Augen sehen, ob und wie der demokratische Neuanfang in einer Landschule gelingen kann. Alle Schulen im amerikanischen Württemberg unterstehen seiner Kontrolle. Regelmäßig kommt er ins Schulamt, nimmt Einsicht in Schulakten, befragt Bürgermeister und Pfarrer und liest vor allem die wöchentlichen Berichte der Kontaktoffiziere zu den Kommunen. Mit besonderem Interesse verfolgt er Leutnant Browns Berichte. Im ersten Pflichtlehrgang für angehende Lehrkräfte hat er Lena Ledlein kennengelernt, eine außergewöhnliche Person, auf die er große Stücke hält. Und Schulrat Rupp hat ihm erzählt, wie sich diese aufrechte Lehrerin seit Wochen bemüht, unter den gegebenen Umständen beste Bedingungen für ihre Schule zu schaffen. Das alles hat Steiner bewogen, Sonnenfurt einen Besuch abzustatten.

So erwartet er, zusammen mit dem Schulrat, die Kinder und ihre Eltern auf dem Schulhof. Als sie eintreffen, stellt er sich auf die Stufen zum Schulhaus und hält eine kurze Ansprache.

Deutschland müsse seine Nazivergangenheit hinter sich lassen, ohne Wenn und Aber. Deshalb werde nichts, aber auch gar nichts, was an die Jahre der Barbarei erinnere, in den Schulen erlaubt sein. Weder Nazisymbole, noch Naziparolen, vor allem kein militärisches Getue, elitär-völkisches Gehabe oder gar Rassenwahn. Ausschließlich christlich-abendländisches Gedankengut sei in den neuen Schulen erlaubt. Die Schule müsse dem Lernen dienen und dürfe nicht mehr zur politischen Agitation missbraucht werden. Darum hätten ab sofort alle Erwachsenen während des Unterrichts keinen Zutritt zum Schulhaus, der Bürgermeister nicht, die Eltern auch nicht und die Repräsentanten von Organisationen, Parteien und Verbänden erst recht nicht.

Er habe Fräulein Ledlein beim Lehrgang für die neuen Lehrkräfte kennengelernt und sei überzeugt, dass sie ihre Sache gut machen wird. Sie habe sein volles Vertrauen.

Ab heute könnten leider nur die ersten vier Klassen wieder zur Schule gehen. Sobald eine zweite Lehrkraft gefunden sei, würden auch die vier oberen Klassen beschult.

Dann gibt Major Steiner den Weg ins Schulhaus frei.

Er begrüßt Fräulein Ledlein mit Handschlag, wünscht ihr gutes Gelingen, lässt die Kinder passieren und weist alle Erwachsenen ab.

*

Sophie Balbach und Ursula Merker sind inzwischen beste Freundinnen. Hand in Hand betreten sie ihr Klassenzimmer im Erdgeschoss und setzen sich auf Geheiß der Lehrerin in die erste Bank am Fenster. Wie alle Erstklässler tragen sie keine Schultüten. Woher hätten die denn kommen sollen, wo es doch so gut wie nichts gibt? Einen Schulranzen brauchen sie erst recht nicht. Was hätten sie denn darin transportieren können? Bücher gibt es nicht, Schreibzeug ist knapp, Schulhefte auch. Dafür hat jedes der beiden Mädchen eine Stofftasche mit langen Bändeln, die man über die Schulter hängen kann. Frau Ledlein, die Mutter ihrer Lehrerin, hat die Taschen aus blauem Leinenstoff genäht. Darin ist ein reichhaltiges Pausenvesper, das Paula Wagner zum Schulanfang gestiftet hat. Ein Wurstbrot, ein Apfel und, etwas ganz Besonderes in diesen Zeiten, eine halbe Tafel Schokolade. Dazu Schiefertafel und Griffel, beides gebraucht, worauf die Freundinnen dennoch stolz sind, denn keines der Flüchtlingskinder besitzt so etwas. Sophie hat die alte Schiefertafel ihrer Mutter geerbt. Ursula hat Paula Wagners Tafel bekommen, als kleines Dankeschön für Mithilfe im Haus und im Garten.

Vor dem Krieg hatte Sonnenfurt 545 Einwohner, davon 67 Volksschüler in zwei Klassen. Die Erst- bis Viertklässler lernten im Erdgeschoss, die Fünft- bis

Achtklässler im Oberstock. Weil der Lehrplan von 1928 über die weiblichen Handarbeiten hinaus auch Werkunterricht für Jungen und Hauswirtschaft für Mädchen vorschrieb, hatte der Gemeinderat zu Beginn der dreißiger Jahre entschieden, in das Untergeschoss zwei Fachräume einzubauen, einen Werkraum und eine Schulküche. Und weil ein leistungsfähiges Kraftwerk am Ort war, hatte man die Küche mit zwei Elektroherden ausgestattet. Hans Bäuerle, der Kraftwerk- und Mühlenbesitzer, war so begeistert, dass er der Schule noch eine moderne elektrische Brat- und Backröhre gestiftet hatte.

Jetzt, im September 1945, wohnen 732 Menschen in Sonnenfurt, davon 94 Volksschülerinnen und -schüler. Und von diesen sitzen heute 51 Unterstufenkinder erwartungsvoll in ihrem Schulsaal im Erdgeschoss.

Seit Wochen haben die Eltern auf diesen Tag hingearbeitet. Aus alten Kleidern, Bettlaken, Tischtüchern oder ausgedienten und umgefärbten Uniformen haben sie Hosen, Hemden, Röcke und Blusen für ihre Kinder selbst geschneidert oder bei Frau Ledleins Mutter in Auftrag gegeben.

Die Mädchen gefallen sich in ihren Röcken und bunt bestickten Blusen. Viele tragen große Schleifen im Haar. Die Buben kommen in kurzen Hosen mit Hosenträgern und langärmligen Hemden daher, einige haben einen handgestrickten Pullover übergezogen. Fast alle Buben und Mädchen stecken in Halbstiefeln, selten neu und meist viel zu groß, die Sohlen genagelt, vorn und hinten mit kleinen Eisenplättchen beschlagen, damit die Schuhe möglichst lange halten. Und weil sie meist viel zu groß sind, haben die Mütter ihren Kleinen zwei oder drei Paar Socken über die Strümpfe gezogen, die Schuhbändel straff durch die Ösen geführt, eng um die Haken geschlungen und fest verschnürt. Das Leder haben sie mit viel Schuhwichse und reichlich Spucke auf Hochglanz gebürstet.

Und doch kullerten am Morgen die ersten Tränen. Weil es draußen herbstlich kühl ist und Kirche und Schule noch ungeheizt sind, beharrten die Mütter auf den langen, handgestrickten Wollstrümpfen, die fast alle Kinder hassen, weil sie auf der Haut kratzen und am Oberschenkel scheuern. Zu allem Elend drückten, zwickten und zwackten auch noch die Klemmverschlüsse der hässlichen Strapse auf der zarten Kinderhaut. Manche Kinder wussten sich zu helfen. Heimlich stopften sie sich auf dem Klo Zeitungspapier unter die kratzigen Strümpfe und die lästigen Klemmen.

Im Klassenzimmer sitzen die Jungen und Mädchen in alten Schulbänken mit eingearbeiteten Tintengläschen. Die vierzehn Erstklässler an der Fensterseite, die zwölf Viertklässler an der Innenseite, in der Mitte des Raumes die elf Zweit- und die vierzehn Drittklässler. Die Erst- und Zweitklässler sehen direkt auf die Schreiblerntafel an der Stirnseite des Saales. Sie besteht aus Zeilenbändern mit jeweils vier roten Linien. In die beiden mittleren schreibt man die Kleinbuchstaben. Die obere Linie begrenzt die Oberlängen, die untere die Unterlängen. Vor den Dritt- und Viertklässlern hängt eine normale Tafel. Sie hat nur einzelne Linien, denn die meisten Kinder können inzwischen sicher schreiben.

*

Lena Ledlein betritt das Klassenzimmer und bittet die Kinder aufzustehen. Major Steiner und Schulrat Rupp schauen interessiert zu. Sie sitzen hinter den letzten Bankreihen auf Stühlen.

»Wir begrüßen das neue Schuljahr mit einem Lied. Der Text steht an der Tafel. Hanna, komm bitte nach vorn!«

Das Viertklässlermädchen, beide Zöpfe mit einer roten Schleife verziert, tritt selbstbewusst vor die Tafel und liest laut und deutlich: »Alle Vögel sind schon da.«

Die Kinder lachen. »Das kennen wir schon!«, rufen einige.

»Ja natürlich«, räumt die Lehrerin ein, streicht die Fidel, und die Kinder singen aus voller Kehle mit.

»Ihr«, sagt die Lehrerin und fasst mit einer weiten Geste die Zweit-, Dritt- und Viertklässler zusammen, »wisst schon, wie es in der Schule zugeht. Aber vierzehn Kinder sitzen heute zum ersten Mal hier.« Diesen wendet sie sich jetzt zu: »Euch, liebe Erstklässler, heiße ich besonders herzlich in der Schule willkommen. Nur für euch ist dieses kleine Gedicht bestimmt:

Einst war ich klein, jetzt bin ich groß,
kann bald lesen, rechnen, schreiben,
sitz nicht mehr auf Mutters Schoß
und mag zu Haus nicht bleiben.
Sobald zur Schul die Kirchuhr schlägt,
greif ich gleich nach dem Buche.
Der Griffel ist zurechtgelegt,
dass ich nicht lange suche.
Und in der Schule merk ich auf,
damit ich fleißig lerne.

Drum hat mich auch, ich wette drauf,
die Lehrerin recht gerne.«

Major Steiner erhebt sich, tritt vor die Klasse und schüttelt der Lehrerin die Hand. Er dankt den Kindern für das Willkommenslied. Zur Belohnung habe er ihnen etwas mitgebracht.

Er geht von Bank zu Bank und schenkt jedem Kind der zweiten, dritten und vierten Klasse ein Heft, einen Bleistift, einen Radiergummi und ein Schokolädchen. Den Erstklässlern überreicht er eine kleine Tafel Schokolade, dazu einen Zeichenblock und eine Schachtel mit zehn Buntstiften. Die Kinder strahlen wie Honigkuchenpferdchen, denn von solchen Geschenken haben sie schon lange geträumt.

Jetzt ist Kreisschulrat Rupp an der Reihe. Er hat die Mitfahrgelegenheit, die ihm Major Steiner angeboten hat, gern angenommen, käme er doch sonst nicht nach Sonnenfurt. Es gibt noch keine Busse aufs Land. Mit dem Fahrrad, das ihm die Amerikaner zur Verfügung gestellt haben, ist es zu weit, erst recht zu Fuß.

Rupp überreicht Fräulein Ledlein zum Start ins neue Schuljahr zwei Glühlampen. »Bitte an sicherem Ort aufbewahren und nur verwenden, wenn es fürs Lesen und Schreiben im Klassenzimmer zu dunkel wird.« Sie solle die Lampen in die Fassungen schrauben, aber nach Unterrichtsschluss sofort wieder herausdrehen, denn sie seien gesuchte Tauschobjekte auf dem Schwarzmarkt. Ganze Diebesbanden hätten sich auf Glühlampen spezialisiert und organisierten Einbrüche in Privathäuser, Amtsstuben, Fabriken und Schulen.

Die Schüler ruft er auf, Altpapier zu sammeln. Das lohne sich für die Klasse. »Für zwei Kilo Altpapier gibt es ein Schulheft, für fünf Kilo einen Zeichenblock. Also, liebe Kinder, bitte kein Papier wegwerfen! Lieber in die Schule bringen! Versprecht ihr das?«

»Ich weiß, wo ganz viel Papier ist!«, ruft ein blonder Knirps.

»Dann bring es in die Schule mit!«, fordert ihn der Schulrat auf.

»Mach ich!« Der blonde Junge nickt eifrig und schaut sich triumphierend in der Klasse um.

Seine Schulkameraden lachen, aber nehmen sich fest vor, es dem Jungen gleich zu tun.

Die Herren setzen sich wieder, und Lena Ledlein klatscht in die Hände. »Nun an die Arbeit, liebe Kinder!« Sie hat sich vorgenommen, nach der Methode des wechselseitigen Unterrichts zu verfahren. Einen Teil der Schüler mit Stillarbeit beschäftigen und mit dem anderen ein Unterrichtsgespräch führen. Und noch etwas liegt ihr am Herzen. Die Kinder sollen immer etwas zu tun haben und so Selbstständigkeit gewinnen. Ja keine müßige Langeweile aufkommen lassen. Sonst ginge es zu wie bei Wilhelm Busch: »Wenn alles schläft und einer spricht, so nennt man dieses Unterricht.«

Sie weist die Dritt- und Vierklässler an, den Tafeltext ins nagelneue Heft abzuschreiben. Weil aber ein solches Heft kostbar ist, müsse sich jedes Kind anstrengen und die schönste Sonntagsschrift hervorzaubern. Rechtschreibfehler seien verboten. Und mit dem Nebensitzer reden oder Quatsch machen auch.

Kaum haben sich die älteren Schüler in ihre Stillarbeit

vertieft, wendet sich Lena Ledlein den Erst- und Zweitklässlern zu. Bewusst hat sie aus beiden Klassenstufen
eine Gruppe gebildet.

Sie klappt die Erstklässlertafel um. Dort steht ein kurzer Text in Druckschrift.

»Wer von euch kann das lesen?«, fragt sie die Erstklässler.

Ein Junge und drei Mädchen melden sich, dürfen vor-
treten und die Wörter lesen, auf die ihre Lehrerin mit dem
Zeigestock deutet. Alle vier bestehen den kleinen Test.
Fräulein Ledlein notiert es. Sie kennt bereits fast alle Kinder dieser altersgemischten Klasse mit Vornamen.

Mit den Zweitklässlern verfährt sie anders. Sie schaut,
welches Kind sich ihrem Blick zu entziehen versucht oder
nervös wirkt. Ein Junge starrt auf seine Bank. Sie ruft
ihn auf. Er steht vor der Tafel und wird rot. Er kann die
Wörter nicht lesen.

»Macht nichts, Martin. Du lernst es bald«, tröstet sie
ihn. Sie weiß jetzt, was sie vermutet hat: Viele Zweitklässler haben fast alles verlernt, zumal hier in Sonnenfurt seit Sommer 1944 nur noch unregelmäßig und seit
letztem Februar gar nicht mehr unterrichtet wurde, denn
zunächst war ein Lehrer, dann auch der zweite zur Wehrmacht eingezogen worden.

Fräulein Ledlein entnimmt dem Lernmittelschrank
einen Satz Fibeln, teilt jeweils zwei Kindern ein Buch
zu und bittet, die erste Seite aufzuschlagen. Auch Major
Steiner bekommt ein Exemplar. Abgebildet sind in der
Fibel fünf Buben und Mädchen. Sie singen und tanzen
und bringen Blumen herbei. Unter dem Bild steht ein
kleiner Text in Großbuchstaben.

Die Erst- und Zweitklässler beschreiben das Bild. »Vielleicht freuen sich die Kinder über die schönen Blumen«, vermutet eine Erstklässlerin. Und eine Zweitklässlerin korrigiert: »Nein, sie singen. Unter dem Bild steht es doch.«

»Magst du es vorlesen?«, fragt die Lehrerin.

Das Flüchtlingsmädchen aus Ostpreußen steht auf und liest voller Stolz: »LA LA LA – LA LA LA – LA LA – LA LA – LA.«

Major Steiner blättert die württembergische Fibel durch und kommt aus dem Staunen nicht heraus. Sie stammt aus dem Jahr 1933, dem ersten Nazijahr, ist aber offensichtlich viel früher entworfen worden und nicht zu beanstanden, weil frei von nationalsozialistischer Weltanschauung.

*

Bürgermeister Balbach erwartet die Herren in seiner Amtsstube im Rathaus. Major Steiner bedankt sich bei ihm und der Gemeinde für den guten Schulanfang. Alles sei bestens vorbereitet worden, und die Lehrerin unterrichte gut. Eine Frage habe er aber noch: Wer könnte die älteren Schüler unterrichten?

Balbach hat sich am Morgen mit dem Pfarrer beraten. Krüger hat gemeint: »Lehrer gibt es weit und breit keine. Bleiben zwei Möglichkeiten. Entweder Sie, Herr Bürgermeister, bitten die Herren von der Schulbehörde, unserer Gemeinde einen Lehrer zuzuweisen ...«

»... die werden sagen, woher nehmen und nicht stehlen?«, ist ihm Balbach ins Wort gefallen.

»Der Schulrat kann doch die Liste der Flüchtlinge und Heimatvertriebenen und insbesondere die der Ausgebombten aus dem Raum Stuttgart einsehen. Da stehen bestimmt nicht nur Namen drauf, sondern auch Berufe.«

Balbach hat gelacht. »Und wenn sie einen finden, glauben Sie, dass der ausgerechnet in unser Dorf kommen möchte?«

»Dann müssen wir uns selbst helfen«, hat Krüger gesagt. »Wem trauen wir zu, Fräulein Ledlein als Hilfslehrer oder Laienlehrer zur Hand zu gehen.«

»Sie kennen die Bedingungen, Herr Pfarrer?«

»Aber ja! Abitur, mindestens 20 Jahre alt, keine Nazivergangenheit.«

»Von der Sorte gibt's niemand bei uns im schönen Sonnenfurt.«

»Doch!« Krüger hat verschmitzt gelächelt. »Das Fräulein Zeller.«

»Die ältere Tochter von dem alten Nazi?« Balbach musste tief Luft holen. »Wenn ich die dem Schuloffizier vorschlage, springt er mir ins Gesicht.«

»Sie täuschen sich, Herr Bürgermeister. Ich kenne die Familie Zeller inzwischen recht gut. Die ältere Tochter ist klug, hat Abitur, stand ihrer Mutter zur Seite und wehrte sich gegen den rabiaten Vater. Ich bürge für sie.«

Und so geschieht es. Major Steiner berät sich mit Balbach und Krüger. Dann muss der Amtsbote sofort ausschwärmen und Alma Zeller aufs Rathaus holen. Steiner prüft ihr Abiturzeugnis und spricht offen mit ihr über die Nazivergangenheit ihres Vaters.

Alma Zeller streift mit wenigen Worten ihre Kindheit und Jugend. Dann erklärt sie ausführlich das Zerwürfnis mit ihrem Vater, denn sie ahnt, dass dessen Parteizugehörigkeit ihr zum Verhängnis werden könnte. Sie geht auf die Parolen im Bund Deutscher Mädel ein, den sie gegen ihren Willen besuchen musste. Sie belustigt sich über den angeblich Heil bringenden Wettkampf der Tüchtigen und die lächerliche Auslese der Besten in Schule und Mädelbund, was ihr zuwider gewesen sei, und beklagt das sinnlose Sterben, die Trauer und das Elend der letzten Jahre.

Steiner hört aufmerksam zu. Die junge Frau imponiert ihm. Er befragt sie nach ihren Berufswünschen und schlägt ihr schließlich vor, Fräulein Ledlein in den nächsten zwei Wochen probeweise zur Hand zu gehen. Falls sie danach immer noch Lehrerin werden wolle, könne sie als Laienlehrerin mit kleinem Gehalt beginnen, müsse aber, so die derzeitige Planung, baldmöglichst an einem Lehrkurs teilnehmen und in etwa ein bis zwei Jahren an einem Pädagogischen Institut eine einjährige Ausbildung absolvieren. Dann sei sie ordentliche Lehrerin.

Alma Zeller weint vor Glück. Das Nichtstun habe ein Ende und ihr sehnlichster Berufswunsch gehe in Erfüllung, sagt sie dem Offizier und bedankt sich überschwänglich.

Major Steiner reicht ihr die Hand und bittet sie, sich noch heute mit Fräulein Ledlein abzustimmen. Alles Weitere regle das Schulamt.

*

Eine Detonation zerreißt die Stille. Die Leute rennen auf die Straße, sind irritiert, fragen viel: Was war das? Ein

Donnerschlag? Eine Explosion? Oder gar ein Kanonen-schuss? Es wird doch nicht wieder Krieg sein?

Der Rössle-Wirt aus der Langen Gasse rennt die Hauptstraße herunter. »Wo ist der Balbach?«, schreit er von weitem. »Der Balbach muss den Doktor Waller an-rufen! Den Doktor! Sofort!«

Balbach hört ihn schreien und stürzt aus dem Haus.

»Du musst den Waller anrufen!«, wiederholt der Wirt und hält sich die Flanke. »Im Nachbarhaus ist was Schlimmes passiert!«

Balbach hastet aufs Rathaus, wo das einzige Telefon im Dorf steht, der Wirt hinterher, er hat Seitenstechen.

Balbach wählt und gibt den Hörer weiter.

»Herr Doktor, Sie müssen sofort kommen!« Der Rössle-Wirt ist außer Atem. »Es ist etwas Schlimmes passiert, Herr Doktor! Bei meinem Nachbarn hat es die ganze Hauswand weggerissen.« Er nickt. »Ja, eine Explosion, Herr Doktor. Mehr weiß ich auch nicht. Aber zwei Kin-der sind verletzt, schwer verletzt. Alles ist voller Blut ... Was? ... Ich bin der Wirt vom Rössle in Sonnenfurt ... Mach ich ... Bis gleich.«

Balbach nimmt den Hörer entgegen und legt auf.

»Der Doktor fährt sofort los«, sagt der Wirt, »wir sollen die Wunden abbinden, bis er da ist.«

»Komm!« Balbach eilt aus dem Rathaus. »Die Emma Hirt muss her! Sie war doch Lazarettschwester«, sagt er zum Wirt, dem die Puste ausgeht. Balbach sprintet allein los, trifft die Hirt vor ihrem Haus, denn man hat sie gerade informiert, und rennt mit ihr zur Langen Gasse.

Dort herrscht Chaos und Grauen. Zwei Buben, fünf

und sieben Jahre alt, seien durch die Wucht der Detonation auf die Straße geschleudert worden, sagt eine Frau zu Balbach. Der Jüngere sei vor wenigen Minuten gestorben. Zwei Männer hätten das tote Kind ins Rössle getragen. Die Eltern des Buben stünden unter Schock. Die Mutter sei ohnmächtig geworden. Der Vater, kreidebleich, könne auch jeden Augenblick umkippen.

Der ältere Junge ist verletzt. Er liegt noch am Straßenrand, umringt von ein paar Frauen. Er klagt, Gesicht und Hände blutverschmiert, über Schmerzen in den Beinen.

Emma Hirt kniet sich neben ihn, holt aus ihrer Tasche Verbandzeug und legt ihm am rechten Oberschenkel einen Druckverband an. Dann untersucht sie das linke Bein, es ist weniger schwer verletzt als das rechte. »Zähne zusammenbeißen«, sagt sie zu dem Jungen und desinfiziert die Wunden. Der Siebenjährige schreit vor Schmerzen.

Balbach schaut sich um und staunt. In der Hauswand klafft ein großes Loch, durch das man die völlig verwüstete Küche betreten könnte, läge davor nicht ein Berg von Schutt. Balbach überlegt kurz, ob das Haus einsturzgefährdet ist. Er ordnet an, dass vorläufig niemand mehr ins Gebäude darf. Sein Blick fällt auf Kurt Krüger, der auf der anderen Straßenseite steht. Er ruft ihm zu, er möge mit Wagners Traktor vier Stämme in der Sägemühle holen, etwa drei Meter fünfzig lang, dazu Holzkeile verschiedener Größe. Und der Bäuerle solle mitkommen und schweres Werkzeug mitbringen. Man müsse die Decke des Hauses abstützen.

»Soll ich beim Hofbauern vorbei?«

»Ja, mach das bitte. Sag ihm, er soll Alarm auslösen. Das hier ist etwas für die Feuerwehr.«

*

Doktor Waller setzt die Brille ab und steigt vom Motorrad. Er hört der erfahrenen Lazarettschwester zu, während er sich über den verletzten Buben beugt, den man auf ein Feldbett gelegt und zugedeckt hat. Er tätschelt dem Kind die Wangen, fragt, wie es sich fühle, misst den Puls, schaut in die Pupillen, begutachtet die Verbände und verabreicht ihm Spritzen, gegen die Schmerzen, gegen Wundstarrkrampf und zur Stabilisierung des Kreislaufs.

»Der Junge muss sofort ins Krankenhaus«, sagt er zu Balbach, der neben der Schwester steht. »Herr Bürgermeister, wer hat ein Auto?«

»Nur der Viehhändler.«

»Dann holt ihn her, aber sofort bitte!«

Waller geht ins Rössle, drückt den in Tränen aufgelösten Eltern stumm die Hand und untersucht das tote Kind. Es muss von einem umherfliegenden Stein oder Metallstück unglücklich am Kopf getroffen worden sein. Dann verabreicht er den Eltern ein Medikament zur Beruhigung.

Wieder draußen sieht er, wie der Siebenjährige auf die Rückbank des alten Mercedes gelegt wird. Er instruiert die Lazarettschwester und bittet sie, im Auto mitzufahren. Dann füllt er den Totenschein aus.

Die Feuerwehrleute sind inzwischen vollzählig. »Herrmann«, wendet sich Balbach an den Hofbauern und deutet auf das beschädigte Haus, »deine Männer übernehmen das!«

Der Feuerwehrkommandant nickt und erteilt die ersten Befehle.

Der Pfarrer eilt herbei, auch ihm gibt Balbach einen kurzen Überblick. Während Krüger im Rössle verschwindet, wo er die Eltern trösten will, macht sich Balbach nachdenklich auf den Weg zum Rathaus. Er muss den Vorfall telefonisch der Polizei melden.

Zwei Stunden später parkt Viehhändler Zumpel sein Auto vor dem Rathaus. Balbach sieht es durchs Fenster seiner Amtsstube, rennt aus dem Zimmer, nimmt immer zwei Treppenstufen auf einmal und stürzt auf den Hof.

Die Lazarettschwester berichtet, der Junge sei am rechten Bein schwer verletzt. Vermutlich ein Trümmerbruch und weitere innere und äußere Verletzungen.

Und sie erzählt, der Junge sei bei Bewusstsein und habe dem Arzt berichtet, wie es zu dem Unglück kam. Im Eichenwäldchen lägen Patronen herum, die von Kindern gesammelt würden. Schraube man die Munition auf und zünde das Pulver an, dann zischt es. Haue man mit einem Stein drauf, knallt es, aber nur ein bisschen. Heute habe er ein paar Patronen mitgenommen. Im Küchenherd sei noch Glut gewesen. Er habe die Patronen hineingeworfen. Flammen seien hochgeschossen. In das Flammenmeer habe sein Bruder so ein komisches, faustgroßes Ding gepfeffert, das im Wäldchen herumlag. Ein entsetzlicher Knall, und er sei auf der Straße gelandet, sagte der Junge.

Balbach verschlägt es die Sprache. Das komische Ding kann nur eine Handgranate gewesen sein. Dass solche gefährlichen Waffen auf der Sonnenfurter Markung herumliegen, will ihm nicht in den Kopf.

Er ruft noch einmal die Polizei an und meldet, was er eben gehört hat. Dann eilt er die Hauptstraße hinauf zur Langen Gasse. Ob die Feuerwehrmänner das einsturzgefährdete Haus sichern konnten?

Hans Bäuerle, Sägemüller und gelernter Zimmermann, steht, die Fäuste in die Hüften gestemmt, vor dem Unglückshaus und betrachtet den Schaden. Unter seiner Anleitung haben die Feuerwehrleute die einsturzgefährdete Zimmerdecke mit Balken abgesprießt, während Nachbarn den Schutt von der Straße geschippt und das Loch in der Wand mit Latten vernagelt haben.

»Saubere Arbeit«, lobt Balbach. »Dank dir, Hans, dass du so schnell das Holz gebracht und mitgeholfen hast.« Er wendet sich an den Feuerwehrkommandanten: »Auch dir, Herrmann, und deinen Männern besten Dank!«

Der Hofbauer vermutet, ein Aluminiumtopf mit Milch sei auf dem Herd gestanden, als es zur Explosion kam. Die eisernen Ringe, die je nach Topfgröße das Herdfeuer abdecken, lägen weit verstreut herum. Die Ofenklappe und den Backkasten habe er auf der Straße gefunden. Milch sei von der Decke getropft und an den Wänden herabgeflossen. Zum Glück, sagt er, habe die Druckwelle das Feuer im Herd erstickt. Sonst wäre das ganze Haus abgebrannt.

»Und wie geht's jetzt weiter?«, will Balbach wissen.

»Morgen«, sagt der Hofbauer, »mauern Franz Schober und Paul Schwörer die Wand wieder auf.«

Franz Schober ist gelernter Maurer und bewirtschaftet

nebenher einen kleinen Hof, den er von seinem Vater geerbt hat. Paul Schwörer hat einen Ruf wie Donnerhall. Er ist Hufschmied, Kunstschmied, Landmaschinenmechaniker und Eisenbieger in einem. Wo der Franz Schober ist, kann der Paul Schwörer nicht weit sein. Wenn der Franz eine Geschossdecke bauen soll, holt er den Paul dazu, denn der hat ein Gefühl für Statik und Armierung und biegt die Eisenstäbe in jede gewünschte Form.

»Wo sind die Eltern der Buben jetzt?«, fragt Balbach.

»Der Viehhändler ist mit der leidgeprüften Mutter auf dem Weg ins Krankenhaus«, antwortet der Sägmüller. »Und der Vater ist beim Pfarrer.«

Balbach berichtet, wie es zu dem Unglück gekommen ist.

»Die Neidebrücke muss man unter die Lupe nehmen«, sagt der Sägmüller. »Im März habe ich nachts merkwürdige Geräusche gehört. Da waren SS-Leute an der Brücke. Könnte ja sein, dass sie Sprengladungen in den Brückenkammern versteckt haben.«

»Überall liegt noch Kriegsmaterial herum,« beklagt Balbach, »leere Munitionskisten, Granathülsen, Uniformteile. Auch Pulverstangen für Granaten. Das kann so nicht bleiben!«

Der Feuerwehrkommandant hat verstanden. »Ich kümmere mich«, verspricht er. Seine Feuerwehrmänner seien zwar keine ausgebildeten Feuerwerker, und doch falle die Beseitigung der Munition in ihre Zuständigkeit. Gegebenenfalls werde er die Amerikaner um Rat und Hilfe bitten.

*

Büttel Wilhelm Schubert zieht am frühen Samstagabend durchs Dorf und schellt die neuesten Bekanntmachungen aus. »Ab kommendem Montag sind in der amerikanischen Besatzungszone wieder Briefe gestattet. Und in der Woche darauf dürfen auch wieder Pakete versandt werden.« Er holt tief Luft und verkündet noch eine gute Nachricht, dieses Mal speziell für die Flüchtlingsfamilien: »Übermorgen, Montag, werden zusätzlich drei Kilo Kartoffeln pro Haushalt auf Lebensmittelmarken abgegeben.«

Er räuspert sich und bimmelt noch einmal: »Wegen der Herbstbestellung sind alle Tauben ab sofort bis zum 31. Oktober so zu halten, dass sie nicht ausfliegen und nicht in die bestellten Felder und Gärten einfallen können. Diese Anordnung gilt ausdrücklich auch für Brieftauben. Tauben, die in der Sperrzeit auf Feldern und Gärten zu sehen sind, darf der Geschädigte töten oder einfangen. Sie gehören ihm. Zudem wird der Taubenhalter wegen Feldfrevels mit einer Buße von fünfzig Mark bestraft.«

Dann stellt sich der Büttel breitbeinig hin, weil ihn die Nachricht, die er jetzt verlesen muss, sehr berührt: »Die Ehefrau Anna Erbele geborene Hartmann hat beantragt, den verschollenen Feldwebel Anton Erbele, zuletzt wohnhaft in Sonnenfurt, Schmidgässle 7, für tot zu erklären. Der Verschollene wird aufgefordert, sich spätestens bis zum 19. November 1945, nachmittags vier Uhr, auf dem Rathaus zu melden. An alle, die Auskunft über Leben oder Tod des Vermissten geben können, ergeht die Aufforderung, spätestens bis zum selben Termin Anzeige zu machen.«

Anton Erbele ist Schuberts Patenkind, sein eigener Neffe. Schubert selbst hatte seiner Schwester geraten, ihren Anton für tot erklären zu lassen, wurde er doch schon seit der Schlacht um Stalingrad vermisst.

»Du musst Abschied nehmen, Karla«, hatte Schubert zu seiner Schwester gesagt. »Der Anton ist schon lange tot. Wenn du das endlich einsiehst, dann verbannst du ihn nicht aus deinem Leben. Aber du siehst wieder klarer und bekommst auch noch eine kleine Rente. Dein Anton hätte dir dasselbe geraten.«

*

Pfarrer Krüger hat bisher als einziger im Ort die Stuttgarter Zeitung abonniert. Er nennt sie eine Stimme der Freiheit und ist begeistert. Schade, dass sie in Sonnenfurt ungehört verhallt.

Krüger berät sich mit Bürgermeister Balbach und den beiden Gastwirten im Dorf. Dann beschließt er, eine Mittwochabendrunde zu gründen, in der aktuelle Nachrichten aus Politik und Gesellschaft erörtert werden, ausgehend von den Berichten in der Zeitung, Jeder, der teilnehmen möchte, sei willkommen. Man verpflichte sich zu nichts.

Krüger will drei Fliegen mit einer Klappe schlagen. Die demokratischen Kräfte im Ort stärken. Alteingesessene und Zugezogene zusammenführen. Und das Gespräch mit den Gemeindemitgliedern suchen, die ihn wegen seiner kritischen Haltung zum Nationalsozialismus in den letzten Jahren gemieden haben. Als überzeugter Christ und Humanist glaubt er fest daran, die Mitläufer aus der

Nazizeit von den Vorzügen der Demokratie überzeugen zu können.

Beim ersten Treffen in der Linde finden sich einundzwanzig Männer ein, dreizehn Einheimische und acht Zugezogene. Krüger strahlt übers ganze Gesicht. Mit so viel Zuspruch hat er nicht gerechnet. Nur der alte Wagner ist nicht da, obwohl er ihn persönlich eingeladen hat. Dabei wäre Wagner wichtig, denn seine Meinung zählt im Dorf doppelt. Auch keine einzige Frau ist gekommen. Das muss sich ändern.

Krüger begrüßt die Anwesenden, unter ihnen Bürgermeister Balbach. Er dankt fürs Kommen und spendiert jedem das erste Getränk. Dann fasst er die wichtigsten Meldungen aus den beiden letzten Zeitungsnummern zusammen.

»Die Weltsicherheit wird vorbereitet«. Unter dieser Schlagzeile berichte die Zeitung, dass derzeit ein Exekutivkomitee in London tagt, das den Aufbau einer Weltsicherheitsorganisation vorbereiten soll. Der Auftrag hierzu sei auf der ersten ordentlichen Sitzung der fünfzig Vereinten Nationen im Juni 1945 in San Franzisko erteilt worden. Diese fünfzig Staaten hätten beschlossen, eine Weltorganisation zu gründen, die vor allem zwei Ziele verfolge: Den Frieden auf der Welt sichern. Und die wirtschaftliche und soziale Entwicklung aller Staaten als Voraussetzung für die Erhaltung des Friedens fördern.

Die nächste Ausgabe der Zeitung betone die politischen Aufgaben, vor denen Deutschland steht. Er liest vor: »Wir müssen uns darüber klar sein, dass von der großen Schuld der Zeiten, die auf uns allen lastet, diejenigen am stärksten abzutragen haben, die in ihrer fanatischen Verblendung und in ihrer politischen und sittlichen Unreife das meiste dazu beigetragen haben, dass wir jetzt und für lange Zeit nicht mehr Subjekt, sondern Objekt der Weltpolitik sind, dass wir alle den riesigen Trümmerhaufen auf politischem, kulturellem und wirtschaftlichem Gebiet beseitigen müssen, über dem, aller Welt sichtbar, das Spruchband mit dem Text aufgespannt sein müsste, das so lange und so inbrünstig bei jeder passenden und unpassenden Gelegenheit von den fanatisierten Deutschen inbrünstig gebrüllt worden ist: Wie danken unserem Führer!«

Krüger macht eine längere Pause, bis jeder den Bandwurmsatz verdaut hat. Dann liest er weiter: »Es ist die Tragik von uns Deutschen, dass unser politisches Selbstbewusstsein seit über hundertfünfzig Jahren systematisch zerstört worden ist. Von Napoleon, von Metternich, von den Hohenzollern, allen voran Kaiser Wilhelm der Selbstherrliche, und von Hitler und seinen Gesinnungsgenossen. In zynischer Weise haben sie den Militarismus verherrlicht und über die Menschenwürde triumphiert. Darum müssen wir einen klaren Trennungsstrich ziehen und sagen: Nie wieder Krieg.«

Nie wieder Krieg. Das ist die einigende Formel in dieser Runde. Aber wie den Frieden sicherstellen? Von der Weltsicherheitsorganisation hat man in Sonnenfurt noch nie etwas gehört. Das interessiert brennend. Die Leute dürsten nach Informationen. Ob man die Zeitung mit eigenen Augen lesen dürfe, fragen einige Zuhörer. Daraufhin organisiert Krüger den Umlauf seiner Zeitung im Dorf. Sie reden sich die Köpfe heiß, über Gott und die Welt, vor allem über das gefährdete Zusammenleben im Ort. Gegen zwölf bittet sie der Lindenwirt, endlich heimzugehen, er wolle ins Bett.

*

Leutnant Brown parkt gerade seinen Jeep, als eine schwarze Limousine auf den Kirchplatz rollt. Das Kennzeichen III A steht für Stuttgart. Neben dem Kennzeichen ist ein gelbes, ovales Schild mit den Buchstaben CC: Corps Consulaire. Seit über zehn Jahren tragen die Fahrzeuge der konsularischen Vertretungen innerhalb und außerhalb der Schweiz dieses Erkennungszeichen.

Brown geht auf den Herrn in Anzug und Krawatte zu, der eben aus der Beifahrertür steigt, und sagt, er sei der verantwortliche amerikanische Offizier für Sonnenfurt.

»Ich bin Konsul Suter vom Schweizerischen Konsulat in Stuttgart.« Der vornehm Gekleidete lächelt.

»Darf ich fragen, was Sie hierherführt, Herr Konsul?«

»Ich suche eine Frau Zeller. Mit meinem Mitarbeiter fahre ich über Land, weil wir uns ein Bild von den Lebensverhältnissen unserer Landsleute machen wollen.«

»Frau Zeller ist Schweizerin?«

»War sie bis zu ihrer Hochzeit.«

»Merkwürdig«, sagt Brown, »meines Wissens hat sie nie ein Wort über ihre ausländische Herkunft verloren.«

Der Konsul geht darauf nicht ein, sondern meint nur: »Ich empfehle sie Ihrem besonderen Schutz.«

»Sie wissen, Herr Konsul, dass wir ihren Mann inhaftiert haben? Und ist Ihnen bekannt, was mit ihrem Sohn passiert ist?«

»Ich bin im Bilde. Frau Zeller hat mir einen Brief geschrieben. Darum bin ich ja hier.«

Balbach kommt hinzu, stellt sich vor und wird eingehend informiert. Konsul Suter bittet um ein vertrauliches Gespräch in etwa einer halben Stunde, denn zuerst müsse er mit Frau Zeller reden.

Balbach begleitet den hohen Gast und dessen Mitarbeiter die wenigen Schritte zur bescheidenen Unterkunft von Frau Zeller. Dann kehrt er zum Rathaus zurück und führt Brown in seine Amtsstube.

Dort überreicht er dem Leutnant eine Namensliste. »Ich dachte, wenn ich ein paar ortsbekannte Persönlichkeiten in anstehende Entscheidungen einbinde, dann wird die Arbeit auf mehrere Schultern verteilt. Demokratie heißt Teilhabe, hat kürzlich unser neuer Kultusminister Theodor Heuß gesagt. Zugleich könnten sich so ein paar Kandidaten für die bevorstehende Gemeinderatswahl profilieren.«

»Warum gerade sieben, Herr Bürgermeister?«

»Nach der alten württembergischen Gemeindeordnung besteht ein Gemeinderat aus sieben bis einundzwanzig Mitgliedern, je nach Größe der Kommune. Sonnenfurt ist klein, also sieben, wie vor der Nazizeit.«

Brown liest die Namen, und Balbach erläutert: Johann Rieger, Besitzer des Lädle, ein umsichtiger Mann. Hans Bäuerle, Müller, Zimmermann, Sägewerkbesitzer und Stromlieferant, hat viel Einfluss im Ort. Wilhelm Wagner, Bauer, gut vernetzt, Meinungsführer am Stammtisch in der Linde. Dieter Reber, Schuhmacher. Paul Schwörer, Huf- und Kunstschmied, Landmaschinenmechaniker und Eisenbieger, ein sehr bedächtiger

Mann. Franz Schober, Kleinbauer und Maurer, kommt im ganzen Landkreis herum. Lena Ledlein, Lehrerin, Organistin und Kirchenchorleiterin.

»Das Fräulein Ledlein wäre die allererste Frau in unserem Gemeinderat«, bemerkt Balbach. »Einige Alteingesessene werden das vielleicht nicht gutheißen. Aber die Lehrerin ist bei vielen beliebt. Und sie kann die Interessen der Flüchtlinge im Gemeinderat vertreten.«

»Wagner und Reber«, liest Brown laut vor, »sind das die Richtigen?«

»Wagner ist inzwischen mit den Zellers und Merkers versöhnt. Parteimitglied war er nie. Und Reber war schon vor 1933 Gemeinderat gewesen. Als die Nazis auch hier in Sonnenfurt das Sagen hatten, durfte er nicht mehr kandidieren.«

»Bitte geben Sie mir drei Tage Bedenkzeit, Herr Bürgermeister. Ich sage Ihnen Bescheid.«

*

Konsul Suter betritt die Amtsstube. Sein Mitarbeiter bleibt rauchend auf dem Kirchplatz zurück.

Frau Zeller habe, berichtet Suter, ihren Mann in einem Hotel in Basel kennengelernt, wo sie, damals sechzehn Jahre alt, als Serviertochter arbeitete. »Er war Student der Landwirtschaft an der Universität Rostock und kam in den Semesterferien mit dem Zug aus Köln. Eigentlich wollte er am nächsten Morgen nach Zürich weiterreisen. Aber wo die Liebe erwacht, werden Pläne oft verworfen. Er war ganz vernarrt in die blonde Schönheit und blieb zwei Wochen. Doch dann musste er ans Institut für Kulturpflanzen und Pflanzenschutz, sonst wäre sein Stipendium für ein Auslandssemester verfallen.«

»Der Zeller ein Studierter?«

»Gewiss, Herr Bürgermeister. Nach seinem Studium heirateten sie. Ihr Mann wurde Gutsverwalter, und sie führte ein beschauliches Leben auf dem Land. Leider hat sich ihr Mann schon anfangs der dreißiger Jahre als radikaler Nazi entpuppt.«

Frau Zeller möchte so schnell wie möglich wieder Schweizerin werden. Vorläufig werde sie auf der Liste der Auslandsschweizer geführt und mit Lebensmitteln und Kleidungsstücken unterstützt, betont Suter. Frauen könnten nach schweizerischem Recht nicht ihre Staatsbürgerschaft vererben, also blieben die beiden Töchter deutsche Staatsbürgerinnen. Dennoch werde sein Amt, soweit möglich, auch ihnen helfen.

Balbach ist nachdenklich geworden. Er versteht nicht, warum Frau Zeller ihre Herkunft mit keinem Wort erwähnte.

Als hätte Suter das geahnt, erklärt er: »Frau Zellers Mann hat jeden Kontakt seiner Frau zu ihren Verwandten in die Schweiz unterbunden, sogar zu ihren Eltern. Ein wesentlicher Grund, weshalb sie die Scheidung begehrt.«

Brown fragt: »Hat sie Ihnen, Herr Konsul, auch gesagt, dass sie das Grab ihres Sohnes in Hamburg besuchen möchte?«

»Ich werde meinen Kollegen in Hamburg informieren und ihn bitten, Frau Zeller die Reise zu ermöglichen.«

Brown will wissen, ob er dabei behilflich sein kann.

»Durchaus, Herr Leutnant. Frau Zeller braucht einen Erlaubnisschein der US-Behörden, damit sie ungehindert über die Zonengrenzen kommt.«

»Sobald Frau Zeller eine Bescheinigung Ihres Konsulats vorlegt, dass sie mit Billigung Ihres Amtes reist, steht dem nichts im Weg.«

*

Am 3. Oktober, einem Mittwoch, spricht Theodor Heuß, Kultusminister in der gerade ernannten Regierung von Württemberg-Baden, im Radio über die Erziehung zur Demokratie im neuen Deutschland. Darum hat Pfarrer Krüger seine Mittwochrunde nach Absprache mit Bürgermeister Balbach ins Rathaus eingeladen.

So sitzen viele Sonnenfurter um den Radioapparat im Bürgermeisterzimmer und hören, was dieser umtriebige Politikwissenschaftler und Journalist zu sagen hat, der vor dem Ersten Weltkrieg Chefredakteur der Neckar-Zeitung war, 1918 die Deutsche Demokratische Partei mitbegründete und in der Weimarer Republik im Reichstag saß.

Demokratie sei nie bequem, erklärt Heuß, sie müsse ohne Zwang oder Gewalt gegen seine Mitglieder auskommen und könne doch nicht auf ein gewisses Maß an Gehorsam verzichten. Demokratie und Parlamentarismus seien keine Heilsverkündigungen, keine Zauberformeln für die Nöte unserer Zeit, sondern Formen der staatlichen Willensbildung, die aus der Selbstverantwortung Kraft schöpften und die auch im Gegner den Partner sähen, den Mitspieler. Jeder Mensch, gleichviel wer er sei und woher er komme, müsse als ein Geschöpf Gottes respektiert werden.

Auch die Demokratie komme nicht ohne ein System von Befehl und Gehorsam aus, das jedoch, anders als in der Diktatur, vom souveränen Volkswillen ausgehen müsse und deshalb jederzeit kritisiert und aufgekündigt werden dürfe, wenn es die Wähler wollen.

Wir in Deutschland, sagt Heuß, glaubten in der Vergangenheit zu sehr an die Staatsallmacht und die Staatspflicht, was den Kern der Demokratie gefährdet habe, denn die Demokratie lebe letztlich nur aus dem Ehrenamt, ganz besonders im kommunalen Bereich.

Als der Radiovortrag zu Ende ist, wechseln die Zuhörer in die Linde. Sogar der alte Wagner ist gekommen, auch die beiden Lehrerinnen, Lena Ledlein und Alma Zeller, ist doch der Kultusminister ihr oberster Chef.

Krüger fasst zusammen, was Theodor Heuß gesagt hat, und schließt seinen kurzen Vortrag mit einem Zitat aus dessen Rede: »Demokratie ist nicht bloß Stimmenzählen, sondern ein Verhalten, das im Ringen um Macht und Führung den anderen zu respektieren weiß.«

In der Aussprache wird auch die Frage aufgeworfen, ob man in Sonnenfurt Ortsvereine der gerade entstehenden politischen Parteien gründen oder eher auf die Persönlichkeiten im Ort setzen sollte. Die große Mehrheit spricht sich gegen Ortsvereine aus.

*

Karl Balbach wird Anfang Oktober von Leutnant Brown ermahnt. Die Tschechoslowakei weise über zweieinhalb

Millionen Deutsche aus, aber Sonnenfurt habe noch keine Vorkehrungen getroffen, weitere Flüchtlinge aufzunehmen. Darum beauftragt Balbach den Dorfbüttel, umgehend die Mitglieder des provisorischen Gemeinderats zu einer dringlichen Sitzung am selben Abend einzuladen.

Zu Beginn des Treffens führt Balbach in den einzigen Tagesordnungspunkt ein. Wer die Augen verschließe und glaube, die neuerliche Flüchtlingswelle werde in Sonnenfurt nicht anlanden, verkenne den Ernst der Lage, warnt er. In Polen, Ungarn und der Tschechoslowakei dulde man keine deutschen Mitbürger mehr. »Es gibt nur einen Weg«, mahnt er, »wir müssen vorsorgen!«

Doch die sieben wollen zuerst ihrem Ärger Luft machen. Noch mehr Evakuierte und Flüchtlinge, warnt Lädle-Besitzer Johann Rieger, veränderten die Dorfgemeinschaft. In vielen Häusern seien schon Einquartierte, teilweise sogar da, wo die räumliche Trennung von Eigentümerfamilie und Fremden nicht möglich ist. In seinem Haus lebten sieben Personen, davon fünf Flüchtlinge. Er selbst wohne mit seiner Frau im Dachgeschoss, die Neuen im Erdgeschoss. Dort befinde sich aber die einzige Toilette. Für dringende Fälle habe er sogar einen Eimer mit Deckel hinters Haus gestellt. Die Latrine müsse viel häufiger als bisher geleert werden. Aber die Gemeinde bezahle das nicht.

Der alte Wagner stößt ins gleiche Horn. »Ein Gespenst geht um in Sonnenfurt: die Angst vor Überfremdung. Ich habe in meinem Haus sechs Personen aufgenommen, bis vor Kurzem waren es sogar sieben. Mit den Merkers und Zellers leben meine Paula und ich gut zusammen. Aber noch mehr Leute? Nicht in meinem Haus!«

Man ist sich einig, die Flüchtlingskrise gefährde den sozialen Frieden. Darum müssten zwangsweise Einquartierungen vermieden und neue Wohnungen geschaffen werden, auf Biegen und Brechen.

»Behelfsmäßige oder dauerhafte?«, fragt Franz Schober.

»Behelfsmäßige?« Herrmann Mühlberg runzelt die Stirn. »Du meinst aber nicht Baracken?«

Franz Schober kennt sich aus, denn er kommt viel herum. »Warum nicht? Holzbaracken sind schnell aufgeschlagen. Noch schneller geht's mit Nissenhütten.«

Nissenhütten? Verwunderte Gesichter. Was sind Nissenhütten?

In Norddeutschland stünden viele, sagt Schober. Halbrundes Dach aus Wellblech, etwa zehn Meter lang und fünf Meter breit. Die beiden Enden mit Holzwänden verschlossen. Darin Platz für zwei Zimmer, Küche, Waschecke und Toilette. Vier handwerklich geübte Männer errichteten eine solche Blechhütte aus vorgefertigten Teilen in etwa vier bis sechs Stunden. Der Vorteil, so Schober: Jede Flüchtlingsfamilie habe ein eigenes Dach über dem Kopf samt Küche und Toilette. Und man könne die Hütten schnell abbauen und bei Bedarf anderswo wieder aufschlagen.

»Woher kriegen wir so viel Wellblech?«, fragt Paul Schwörer, der Schmied.

Nach kurzer Aussprache verwirft man die Errichtung von Nissenhütten und verständigt sich auf ein ganzes Bündel von Maßnahmen: Bau von Holzbaracken und Reihenhäusern auf den gemeindeeigenen Grundstücken am Neideweg, zügiger Ausbau von Dachgeschossen und Scheunen sowie Anbau ans Schulhaus samt Ausbau des Dachgeschosses für Lehrerwohnungen, weil die Schule jetzt schon aus allen Nähten platze und mit neuen Flüchtlingen weitere Schüler hinzukämen.

Franz Schober beantragt, den Anbau am Schulhaus gleich morgen beginnen zu dürfen. Die Arbeit auf seinen Feldern sei getan. Er könne sofort loslegen, wenn man ihm Arbeiter zur Seite stellt und bei der Materialbeschaffung hilft.

»Erst brauchst du einen Bauplan und eine Genehmigung«, mahnt Johann Rieger.

»Die Zwangseinquartierungen hat auch keiner von uns genehmigt!«, fährt der alte Wagner dazwischen.

Schober ergänzt: »Alle alten Dorfschulhäuser der Umgebung sind ohne Plan gebaut worden, und sie stehen immer noch. Die Maurer auf dem Land hatten früher ein schlaues Buch. Da stand alles drin. Außenmaße, Fundament, Decken, Treppenhaus, Fenster, Raumaufteilung. Architekten haben die damals nicht gebraucht.«

»Und du hast so ein Buch?«, fragt sein Freund Schober.

»Hab ich! Auf den Keller unterm Anbau können wir verzichten. Streifenfundament genügt. Achtzig bis hundert Zentimeter tief und dreißig Zentimeter breit, dann ist das Fundament frostsicher.«

Hermann Mühlberg meint, seine Feuerwehrmänner könnten das Fundament schon am kommenden Samstag ausheben, sofern gewünscht.

Sie beschließen auf Vorschlag von Schober einen zweigeschossigen Anbau, acht auf zwölf Meter, zuzüglich zwei Meter in der Länge für das Treppenhaus, ergibt zwei Schulsäle von zehn auf sieben Meter fünfzig, jeder drei Meter hoch. Das Dachgeschoss solle für Wohnzwecke ausgebaut werden. Und sie beschließen, auch das Dach des alten Schulhauses und des Rathauses auszubauen. Die Details sollen die Herren Schober, Mühlberg, Bäuerle und Schwörer klären. Die Materialbeschaffung beginne sofort. Finanzierung ungeklärt, aber wer fragt in Notzeiten nach Details. Auf Wagner ist Verlass, er bietet seinen Traktor für alle anstehenden Arbeiten an.

Sie beauftragen ferner den Sägemüller und Zimmermann Hans Bäuerle, einen detaillierten Plan für die Errichtung von Holzbaracken und zweigeschossigen Reihenhäusern in Holzbauweise entlang des Neidewegs zu erarbeiten. Die Häuser sollen weitgehend in Eigenarbeit entstehen, wodurch Kosten minimiert und der soziale Zusammenhalt in der Gemeinde gestärkt würden. Denn bei der Arbeit lerne man sich am besten kennen und pflege auch Umgang mit Menschen, die man sich nicht unbedingt herbeigewünscht habe.

Zum Schluss der Sitzung gibt Fräulein Ledlein bekannt, dass die Fünft- bis Achtklässler am übernächsten Montag wieder zum Unterricht kommen könnten. Details werde der Dorfbüttel ausschellen.

»Es geht aufwärts«, fasst Bürgermeister Balbach die Sitzungsergebnisse zusammen.

*

Alma Zeller teilt im Schulsaal des Erdgeschosses das Lesebuch aus, während die Fünft- bis Achtklässler im

152

Obergeschoss unter Lena Ledleins Anleitung Rechen-aufgaben lösen. Draußen auf dem Schulhof lärmen die Bauleute. Die Wände im Erdgeschoss stehen schon. Mit viel Hauruck laden Männer gerade Baumaterialien von einem Wagen ab. Noch heute soll die zweite Geschoss-decke fertig werden.

»Schlagt das Lesebuch auf Seite zehn auf und lasst euch nicht vom Baulärm stören«, sagt Alma Zeller. »Anna, bitte lies vor!«

Schlägt es morgens Viertel acht,
spring ich auf von meinem Stuhle.
Alles wird zurecht gemacht,
was ich brauch in meiner Schule.
Von dem Nagel kommt die Kappe,
umgehängt wird schnell die Jacke.
Nicht vergess' ich aber auch,
was ich sonst noch alles brauch.
Nummer eins: zwei frische Augen,
die zum Schaun und Merken taugen.
Nummer zwei: zwei feine Ohren,
dass mir nichts kann gehn verloren.
Nummer drei: ein lauter Mund,
der da spricht aus Herzensgrund,
aber auch nichts eher sagt,
bis der Lehrer hat gefragt.
Und was noch das Beste heißt:
muntres Herz und muntern Geist.

Die Grundschüler erzählen, wie ihr Tag beginnt und was sie zum Frühstück essen. So erfährt die angehende

Lehrerin, ob ihre Schüler in einem eigenen Bett schlafen, sich waschen, die Zähne putzen. Und sie hört, wie ärmlich und erbärmlich es in vielen Familien zugeht. Auch Lena Ledlein lenkt an diesem Vormittag das Gespräch in ihrer Klasse auf die häuslichen Verhältnisse.

Zufall? Nein, Absicht! Die Lehrerinnen verfolgen damit zwei Ziele: Sprache pflegen und Meldepflicht an die Amerikaner erfüllen.

»Der gesamte Unterricht ist Sprachpflege«, heißt es im alten Lehrplan aus der Weimarer Zeit. Darum achten die beiden Frauen auf deutliche Aussprache, ganze Sätze und hochdeutsche Artikulation. Im Blick auf die verschiedenen Dialekte der Flüchtlingskinder ist das wichtig.

Am späten Nachmittag tragen die Lehrerinnen alles, was die Kinder gesagt haben, in einen vertraulichen Berichtsbogen ein. Ob die Schüler genügend zu essen haben. Woran es ihnen mangelt. Worunter sie leiden. Die amerikanischen Gesundheitsbehörden wollen die größte Not der Kinder in Deutschland lindern. Die Kinder müssen, hat das Schulamt mitgeteilt, demnächst einmal wöchentlich in der Schule gewogen und gemessen werden. Denn amerikanische und deutsche Ärzte hätten festgestellt, dass die im Krieg Geborenen aufgrund der Mangelernährung der letzten Jahre kleiner, schwächer und anfälliger für Krankheiten heranwachsen als frühere Generationen.

Der knurrende Magen beeinträchtigt das Lernen der Kinder, warnen die Schulärzte. Mediziner haben an bestimmten Orten Reihenuntersuchungen in den Schulen durchgeführt und erkannt, dass vier von fünf Kindern ohne Vater aufwachsen. Sei es, dass er im Krieg geblieben ist. Sei es, dass er in Kriegsgefangenschaft ist oder in einer fernen Stadt Arbeit gefunden hat.

Über die Hälfte aller Schüler ist sich zuhause selbst überlassen, weil auch die Mütter arbeiten, als Bäuerin, als Magd, als Hilfskraft im Straßen- und Gleisbau. Oder weil die Mütter ständig unterwegs sind auf der Suche nach Nahrungsmitteln. Viele Kinder haben kein eigenes Bett. Selbst Vierzehnjährige müssen sich mit Geschwistern oder Eltern eine Schlafstatt teilen, allabendlich ein Feldbett aufschlagen oder ein notdürftiges Lager aus Kleidern oder Decken herrichten. Die Flüchtlingskinder leiden überdies unter der drangvollen Enge in ihrer Unterkunft. Acht bis zehn Personen in einem unbeheizten Raum sind keine Seltenheit.

Mit Schulbeginn für die Elf- bis Vierzehnjährigen haben Lena Ledlein und Alma Zeller einen neuen Stundenplan erarbeitet. Die Zweit- bis Achtklässler kommen montags bis samstags um halb acht zum Unterricht, die Erstklässler eine Stunde später. Um halb eins bimmelt die Schulglocke zur Mittagspause. Montags, dienstags, donnerstags und freitags ist von zwei bis vier Uhr am Nachmittag wieder Schule.

Die beiden Frauen haben sich eine Lernorganisation ausgedacht, die es jederzeit erlaubt, dass eine von ihnen alle acht Klassenstufen betreuen kann, falls die Kollegin krank ist oder einen Lehrgang besuchen muss. Beide unterrichten die Grundschüler in allen Fächern, montags und donnerstags das Fräulein Ledlein, die übrigen vier Tage das Fräulein Zeller. In der Oberstufe ist Fräulein Ledlein für die Kernfächer Deutsch, Rechnen, Physik und Chemie zuständig, während Fräulein Zeller die Nebenfächer Erdkunde, Biologie, Gesundheitspflege, Singen und Bildhaftes Gestalten verantwortet. Religionslehre unterrichtet Pfarrer Krüger. Dessen Frau unterweist die Mädchen der Klassenstufen 7 und 8 in Hauswerk. Und für die Handarbeit in den Klassen 5 bis 8 ist Fräulein Ledleins Mutter zuständig.

In der unterrichtsfreien Zeit müssen die Kinder Heidelbeeren, Brombeeren, Pfefferminze, Schlüsselblumen, Gänseblümchen, Papier, Lumpen, Alteisen und anderes sammeln und in der Gemeindescheune abliefern. Das hat die neue württembergisch-badische Regierung angeordnet. Den Sammeleifer der Kinder anzuspornen, hat die Militärregierung eine Lotterie genehmigt. Auf dem Anschlag, der an der Schultür hängt, steht der Vierzeiler:

Lumpen her! Wir schaffen Kleider.
Lumpen her! Die Not ist groß.
Jedes Kilo hilft uns weiter.
Jedes Kilo bringt ein Los.

Zu gewinnen gibt es Schulhefte, Stifte und allerlei Süßigkeiten, Bonbons, Schokolade, Kekse und Kaugummis.

*

Radio Stuttgart meldet: »Der Kirchenrat der evangelischen Kirche in Deutschland wird in der Markuskirche in Stuttgart im Beisein kirchlicher Würdenträger aus ganz Europa seine allererste Tagung eröffnen. Präsident des Kirchentags ist Bischof Theophil Wurm aus Stuttgart. Pastor Martin Niemöller, der acht Jahre im Konzentrationslager eingesperrt war, wird über die bitteren

Tragödien sprechen, die den von Deutschen besetzten Ländern zugefügt wurden. Zuhörer sind herzlich willkommen. Die bisher geltenden Reisebeschränkungen für die deutsche Bevölkerung in der US-Zone sind zu diesem Zweck aufgehoben.«

Pfarrer Krüger hat sich entschieden. Da will er unbedingt hin. Und so fährt er tags zuvor nach Stuttgart, übernachtet bei einem Studienfreund und besucht die öffentliche Ratssitzung, allerdings nur einen Tag, obwohl für den nächsten Tag eine für die evangelischen Christen wichtige Erklärung angekündigt ist. Er jedoch muss sich nach den Fahrmöglichkeiten richten, weil die Züge in seine Heimat nicht täglich verkehren. Außerdem könne er, so sagte man ihm, diese Erklärung auch in der Stuttgarter Zeitung lesen.

Das Stuttgarter Schuldbekenntnis, verfasst von Hans Asmussen, Otto Dibelius und Martin Niemöller, drei herausragenden Persönlichkeiten der Bekennenden Kirche, und vom Kirchenrat verabschiedet, wird in der Stuttgarter Zeitung im Wortlaut vollständig abgedruckt.

Die Theologen bekennen, dass die evangelischen Kirchen in Deutschland in der Zeit des Unrechts und der brutalen Gewalt weitgehend versagt haben. Ihre zentrale Formulierung: »Mit großem Schmerz sagen wir: Durch uns ist unendliches Leid über viele Völker und Länder gebracht worden. Was wir unseren Gemeinden oft bezeugt haben, das sprechen wir jetzt im Namen der ganzen Kirche aus: Wohl haben wir lange Jahre hindurch im Namen Jesu Christi gegen den Geist gekämpft, der im nationalsozialistischen Gewaltregiment seinen furchtbaren Ausdruck gefunden hat; aber wir klagen uns an, dass wir nicht mutiger bekannt, nicht treuer gebetet, nicht fröhlicher geglaubt und nicht brennender geliebt haben. Nun soll in unseren Kirchen ein neuer Anfang gemacht werden.«

Am darauffolgenden Sonntag ist die Kirche in Sonnenfurt bis auf den letzten Platz besetzt. Pfarrer Krüger berichtet in seiner Predigt über das Gehörte. Pastor Martin Niemöller habe gesagt, dass die Deutschen für ihre jetzigen Leiden und für die Schrecken der letzten zwölf Jahre selbst verantwortlich sind. Er habe gemahnt, Christen dürften nicht versuchen, sich ihrer persönlichen Verantwortung zu entziehen, indem sie die Nazis und Militaristen der alleinigen Schuld bezichtigen. Niemöller wörtlich: »Kein deutscher Christ ist reinen Gewissens angesichts der großen Schuld und keiner kann sich der Verantwortung entziehen. Der Krieg wäre niemals möglich gewesen, wenn die Kirche klar gesehen und geeint gehandelt hätte.«

Nach dem Gottesdienst stehen die Leute in Grüppchen zusammen und erörtern das Gehörte. Und als Balbach die Linde betritt, ist auch dort die Predigt das ausschließliche Thema.

*

Bäckermeister Hölzle erzählt seinem Schwiegersohn beim samstäglichen Frühstück, im Haus neben seinem Laden sei ein Ehepaar aus Böhmen untergekommen. Die Hofmanns hätten ihren Sohn im Lazarett an der Westfront besucht und seien bei der Heimreise zwischen die Fronten geraten und schließlich hier in Sonnenfurt statt in ihrer Heimat gelandet.

»Stell dir vor, Karl, der alte Hofmann ist gelernter Holzspielzeugmacher«, verwundert sich Hölzle. »Ich hab gar nicht gewusst, dass das ein Beruf ist.«

Balbach ist elektrisiert. Noch am selben Vormittag sucht er den Mann auf.

»Gelernt habe ich in Seiffen im Erzgebirge«, berichtet Hermann Hofmann stolz. »Dann war ich in einer Manufaktur für Kunsthandwerk in Grünhainischen. Als ein Spielwarenladen zum Verkauf angeboten wurde, habe ich zugegriffen und mich selbstständig gemacht.«

»Und das Spielzeugmachen beherrschen Sie noch?«

»Aber ja!«, versichert der Mann. »Ich habe in meinem Laden nicht nur Spielzeug verkauft, sondern auch repariert. Gelernt ist gelernt.« Dann holt er tief Luft und jammert: »Wenn ich doch bloß eine kleine Werkstatt hätte, dann könnte ich den Kindern im Dorf eine kleine Freude machen. Gerade jetzt vor Weihnachten juckt es mich in den Fingern, Spielzeug und Figürchen für den Christbaum herzustellen.«

Balbach bittet Hofmann, ihn zu seinem Haus zu begleiten. Er wolle ihm etwas zeigen. Rechts neben der steinernen Haustreppe führt er ihn durch eine meist verschlossene Tür von der Hauptstraße direkt in seine Werkstatt.

Hofmann ist sprachlos. Er strahlt übers ganze Gesicht und stellt sich sofort an die Drehbank. In Nullkommanix drechselt er ein kleines Pfeifchen, das »kuckuck!« ruft, wenn man das Luftloch schnell öffnet und schließt. Das kleine Werkstück in der Hand erläutert er, was er in seiner Ausbildung zum Holzspielzeugmacher gelernt hat: Holz drechseln, schnitzen, spanen und bemalen,

Holzverbindungen herstellen, holzmechanisches Spielzeug entwerfen und fertigen und noch vieles mehr.

Balbach ist begeistert und will wissen, wie man Menschen und Tiere drechselt.

»Nichts leichter als das«, winkt Hofmann ab. »Sie wissen doch, wie ein Napfkuchen aussieht, Herr Bürgermeister. Wenn Sie ein Kuchenstück herausschneiden, dann ergibt das diese Schnittfläche.« Er skizziert sie auf ein Stück Papier. Daneben zeichnet er die Seitenansicht einer Kuh. »Wenn man von einem Fichten- oder Tannenstamm eine Scheibe abschneidet, etwas breiter als das Spielzeug hoch sein soll, die Mitte der Scheibe ausfräst und den verbleibenden Holzring so drechselt, dass er im Querschnitt aussieht wie diese Kuh, dann kann man, wie beim Kuchen, aus diesem Holzring Tiere herausschneiden. Rundschleifen, bemalen, fertig ist eine ganze Kuhherde. Und genauso kann man ohne großen Aufwand andere Tiere herstellen, natürlich auch Männer, Frauen und Kinder.«

»Wann legen wir los?«

»Sofort, Herr Bürgermeister, wenn Sie mir Holzscheiben besorgen. Und ein paar Werkzeuge sollte ich auch noch haben, vor allem Schnitzmesser.«

Balbach hat seinem kleinen Sohn schon oft beim Spielen mit dem gleichaltrigen Walter Merker zugeschaut. In der kindlichen Welt, in der Traum und Wirklichkeit noch ineinanderfließen, verwandeln sich die Kinder einen Tag in einen Traktor, der mit viel Gebrumm über die Straße tuckert, am anderen Tag in einen Zauberer, der sich Dinge herbeiwünschen oder forthexen kann.

Und wie der alte Hofmann voller Begeisterung vom

Spielzeugmachen erzählt, kommt dem einfühlsamen Vater eine Idee. Er bedankt sich bei seinem Gast und bittet ihn, am nächsten Abend wiederzukommen.

Kaum ist Hofmann aus dem Haus, gleich macht sich Balbach auf den Weg zum Sägmüller. Am Mühlkanal trifft er seinen Nachbarn.

»Ist dir's langweilig? Hast keine Amtspost, die du beantworten musst?«, spöttelt der alte Wagner.

Balbach lacht und erklärt, er wolle Bauklötze für seinen Kleinen drechseln.

»Du bist doch die allergrößte Hummel!« Wagner schüttelt den Kopf und geht seiner Wege. Das war wohl ehrfürchtig gemeint, denn den Hummeln nicht unähnlich ist auch der Herr Bürgermeister ein Schaffer von früh bis spät. Setzt er zum Höhenflug an, fängt er ganz fein zu zittern an, als habe er irgendwo am Himmel eine neue Idee aufgeschnappt, die er sofort realisieren muss.

Eine Viertelstunde später trägt Balbach verschiedene Vierkantstäbe und Holzscheiben heim. Die Stäbe drechselt und sägt, schleift und schmirgelt er zu runden, drei- und viereckigen Klötzchen und Bögen, die er schließlich in flüssiges Bienenwachs taucht.

Am nächsten Morgen poliert er sie, füllt sie in ein Säckchen und schenkt es seinem Sohn. Hans jubelt und jauchzt, setzt sich auf den Küchenboden und baut einen Turm. Plötzlich springt er auf, rennt aus dem Haus und kommt mit seinem Freund Walter zurück. Voller Stolz präsentiert er sein Bauwerk. Im Handumdrehen erschaffen sich die beiden Buben eine eigene Welt voller Häuser, Straßen, Flüsse, Brücken und Türme.

Der Vater sitzt am Küchentisch und strahlt übers ganze

Gesicht. Am Abend will er, unterstützt vom alten Hofmann, aus den Baumscheiben allerlei Menschen- und Tierfiguren drechseln.

*

Radio Stuttgart und Stuttgarter Zeitung melden, der US-amerikanische Militärgouverneur in Deutschland, General Dwight D. Eisenhower, habe das Fraternisierungsverbot für die US-Besatzungssoldaten gegenüber der deutschen Bevölkerung aufgehoben. Doch diese Nachricht berührt nur wenige Menschen in Sonnenfurt, zu groß sind noch die Vorbehalte der Altbürger gegenüber den fremden Soldaten, zu drückend die Sorgen der Neubürger im Alltag.

Aber eine andere Mitteilung schlägt im Ort hohe Wellen: »Deutschlands Vernichter in Nürnberg angeklagt«, titelt die Stuttgarter Zeitung. Ähnlich tönt es aus dem Radio. Die Nachricht spricht sich wie ein Lauffeuer herum.

»Stellen Sie sich vor«, sagt Pfarrer Krüger, als er dem Bürgermeister auf dem Kirchplatz begegnet, »zum ersten Mal in der Geschichte steht eine Regierung wegen ihrer ungeheuerlichen Verbrechen vor Gericht.«

Balbach ist skeptisch: »Ich fürchte, da kommt nicht viel heraus.«

Schon bald muss er erkennen, dass er sich geirrt hat. Auf fünfundachtzig Seiten seien die Schandtaten der Nazis aufgelistet, berichtet die Zeitung. Verbrechen gegen den Frieden, gegen das Kriegsrecht und gegen die Humanität in Deutschland und den besetzten Gebieten werfe man den Angeklagten vor.

Zunächst hätten die Nazi-Verschwörer jeden Widerstand in Deutschland unterdrückt und so die uneingeschränkte Gewalt über alle Parteien und Verbände und die totalitäre Kontrolle über die gesamte Gesellschaft erreicht, die freien Gewerkschaften zerstört, den Einfluss der Kirchen untergraben, ihre Herrenvolklehre durchgesetzt und ihr Programm der unbarmherzigen Judenvernichtung verwirklicht.

Nach geheimer Wiederaufrüstung hätte die nationalsozialistische Regierung einen Angriffskrieg vorbereitet, Österreich, die Tschechoslowakei und Polen unterjocht, zahllose Kriegsverbrechen begangen, des Widerstands Verdächtige verfolgt und ermordet und internationale Verträge und Abmachungen vorsätzlich gebrochen.

Aus vielen Gesprächen weiß Pfarrer Krüger, dass diese Nachricht die Dorfbewohner tief bewegt. Darum lädt er zu einer besonderen Mittwochrunde ein. Und tatsächlich ist im großen Saal des Rössle kein Stuhl mehr frei. Die Besucher wollen hören, sie wollen reden.

Krüger liest langsam und deutlich den Artikel aus der Zeitung über die Prozesseröffnung vor. Nie zuvor in der Menschheitsgeschichte hätten die Sieger den Verlierern den Prozess gemacht. Die Alliierten würden aus drei Gründen so handeln. Zunächst einmal wollten sie den Deutschen verdeutlichen, dass nicht alle schuldig geworden seien, wohl aber bestimmte Personen und Institutionen. Auch wollten sie demonstrieren, wie eine Demokratie funktioniert und wie ein fairer Strafprozess abläuft. Und dem deutschen Volk solle Hitlers Wahn in seinem ganzen Ausmaß samt den schrecklichen Folgen seiner Diktatur aufgezeigt werden. Darum kämen in

Nürnberg die Gräueltaten an den Juden und anderen Minderheiten ausführlich zur Sprache. Zeugen würden vor Gericht aussagen. Und schockierende Filmaufnahmen gezeigt, Gewaltszenen aus dem Krieg, Massenerschießungen, Folterungen und unfassbar Schreckliches in den Konzentrationslagern.

In der Aussprache ergreift ein alter Mann aus Ostpreußen das Wort: »Alles schön und gut, Herr Pfarrer, aber wann werden die Russen für ihre Verbrechen an den deutschen Frauen und für die Vertreibung Hunderttausender vor Gericht gestellt?«

Krüger bleibt gelassen. Er hat diese Frage erwartet und sich fest vorgenommen, darauf nicht selbst zu antworten. Mit Genugtuung sieht er, dass sich Fräulein Ledlein zu Wort meldet.

»Natürlich ist das Unrecht, Herr Müller«, sagt die mutige Frau ohne jede Schärfe. »Doch auch bei uns sind schreckliche Dinge passiert. Mag sein, dass wir nicht alle Einzelheiten gekannt haben, aber vieles konnte man beobachten, wenn man es nicht übersehen wollte. Es war sehr bequem, im Strom mitzuschwimmen und zu glauben, alles habe seine Ordnung.«

Aus den hinteren Reihen hört man ein Murren. Ein Mann schreit: »Schandmaul!«. Ein paar Unbelehrbare buhen die Lehrerin aus.

Martha Merker sitzt direkt an der Biertheke. Das Thema interessiert sie brennend. Bei der schweren Arbeit im Hof und auf den Feldern hat sie viel über sich und ihre Lage nachgedacht. Und weil sie ihre Kinder in Paulas Obhut geborgen weiß, ist auch sie gekommen. Sie ärgert sich, dass man die Meinung der Lehrerin nicht gelten lassen will.

Als könne sie es selbst nicht fassen, dass sie etwas sagen will, steht sie zaudernd auf. Trotzig schaut sie sich im Saal um, bis es still ist. Dann sagt sie leise, aber bestimmt, den Blick zu Boden gerichtet: »Die Propagandamaschine des hinkenden Teufels hat alles verschleiert und verschwiegen, was wir nicht hören durften und jetzt scheibchenweise erfahren.« Sie macht eine kleine Pause. Sie merkt, man hängt an ihren Lippen. »Die rast- und restlose Abriegelung Deutschlands durch die Nazis hat bewirkt, dass manches in unserem Land nicht bekannt wurde. Ich erinnere nur an das Abhören ausländischer Sender, das schwer bestraft wurde, manchmal sogar mit dem Tod. Dadurch war es möglich, dass schwerste Verbrechen in deutschem Namen verübt werden konnten. Aber wer sehen wollte, der hat gesehen, wie Andersdenkende weggesperrt, wie Juden auf den Wochenmärkten drangsaliert wurden, wie vor jüdischen Geschäften Schlägertrupps aufzogen, wie ganze Familien über Nacht aus ihren Wohnungen verschwanden, wie Häuser über Nacht die Besitzer wechselten, wie Synagogen und Bücher brannten.«

Das Grummeln im Saal ist verstummt. Man hätte ein Blatt fallen hören. Martha Merker holt tief Luft und blickt jetzt offen in die Runde: »Mag sein, dass manch einer nicht alles mitgekriegt hat, was in unserem Land geschehen ist. Doch nun, da der Spuk vorbei ist, können wir Zeitung lesen und Radio hören, wie es uns beliebt. Wer also lesen kann, der muss jetzt zur Kenntnis nehmen, was geschehen ist. Und wer hören kann, der muss es jetzt aus dem Radio erfahren. Niemand kann länger behaupten: Ich habe es nicht gewusst.«

Totenstille!

Pfarrer Krüger atmet tief durch, steht auf und sagt: »Es ist schon grotesk, wenn selbst Herrmann Göring, dem man zweifelsfrei viele Verbrechen nachweisen kann, vor dem Nürnberger Gericht versichert, er habe von den furchtbaren Massenmorden nichts gewusst und verurteile sie auf das Schärfste.« Krüger zögert. Rührt sich Widerspruch? Er spürt, alle schauen ihn an. »Man kann es letztlich drehen und wenden, wie man will. Am Schluss bleibt eine Gewissheit: Auf Hass bauend, Hass predigend, die Schwäche der Menschen skrupellos für eigene Zwecke missbrauchend, steuerte dieses mörderische System auf den Abgrund zu und ist zerschellt. Wir müssen die Schuld nicht bei anderen suchen. Aber wir alle müssen sie abtragen, ob wir wollen oder nicht.«

Manche stehen schweigend auf und gehen, viele bleiben und diskutieren bis weit nach Mitternacht.

Balbach bleibt bis zum Schluss. Er ist heilfroh, dass ausgerechnet zwei Flüchtlingsfrauen so deutlich Stellung bezogen haben. Denn er weiß nun, dass die Anhänger der Nazis, zumindest in Sonnenfurt, künftig den Mund halten werden.

*

Die nächsten Wochen verfliegen im Nu, weil nach der mühseligen Getreide- und der üppigen Kartoffelernte auch das Obst eingesammelt und verschafft werden muss. Vor allem die Zwetschgen machen viel Arbeit. Einen beträchtlichen Teil schlägt Balbach in Fässern ein und gibt Hefe dazu. Ist die Maische fertig, brennt er sie zu Schnaps, denn das Brennrecht gehört seit Jahrzehnten zu seinem Hof.

Aus den übrigen Zwetschgen zaubert seine Frau Marmelade, Kompott und Dörrobst. Doch dazu müssen die Früchte vorher entkernt werden. Eine eintönige, langweilige und schier endlose Arbeit, wenn man sie allein verrichten muss. Also ruft Elfriede Balbach ihrer Sophie und bittet auch Frau Merker samt Tochter um Mithilfe. Zwetschgenmarmelade, Dörrzwetschgen und Schnaps verspricht sie der Flüchtlingsfrau als Belohnung.

Der Entsteiner wird an den Küchentisch geschraubt. Man legt eine Zwetschge in das Maschinchen, haut auf den runden Knopf, und schon flutscht der Bolzen durch die Frucht und drückt den Kern unten heraus. Trifft man jedoch nicht mittig, sondern schräg, dann verklemmt der Kern und muss mit klebrigen Fingern aus dem Gerät gepult werden. Wechselweise wird der Entsteiner bedient, bis alle Handballen vom Draufschlagen schmerzen und Blasen bilden. Dann loben die tüchtigen Hausfrauen das Entsteinen mit dem Küchenmesser in den höchsten Tönen und verwünschen die Technik.

Beim Dreschen sind die Kinder selten gefragt. Das übersteigt ihre Kräfte. Denn von fünf Uhr früh bis in die tiefe Nacht hinein läuft die Dreschmaschine. Dafür braucht es viele starke Helfer, Männer wie Frauen. Die Garben werden mit dem Messer aufgeschnitten, von Hand zu Hand weitergereicht und in die Dreschkammer eingelegt. Die Dreschmaschine rumpelt und pumpelt. Es staubt, dass die Hand vor den Augen kaum noch zu sehen ist. Der Höllenlärm ist unerträglich. Das Korn wird in Siebzigkilosäcke abgefüllt, die starke Männer

schultern, mit zittrigen Beinen über schmale Stiegen bu-
ckeln und durch eine Luke zum Speicherboden hinauf-
wuchten. Frauen schleppen die schweren Strohballen,
die aus der Presse herausruckeln, in die Scheune. Nach
ein paar Tagen sind die Schmerzen im Rücken und in
den Knie- und Hüftgelenken kaum noch auszuhalten.
Dazu der Juckreiz, die Atemnot, der bellende Husten.

*

Radio Stuttgart meldet: »Ab sofort ist der Postverkehr
zwischen allen Besatzungszonen wieder möglich, wenn
auch nur eingeschränkt. Befördert werden: Briefe bis
500 Gramm, Sendungen in Blindenschrift und Misch-
sendungen (Druckschriften, Geschäftspapiere, Waren-
proben) bis 500 Gramm, die allerdings so verpackt sein
müssen, dass sie leicht durchsucht werden können. Wegen Transportschwierigkeiten und weil geschultes Perso-
nal fehlt, werden Pakete zwischen den Zonen vorläufig
noch nicht befördert. Es gelten die Postgebühren vom
1. Januar 1938. Alle Briefmarken mit Hitlerbildern oder
NS-Symbolen werden beschlagnahmt und vernichtet.
Alle anderen Briefmarken gelten weiterhin. Neue Briefmarken werden so rasch wie möglich gedruckt.«

Schon in der darauffolgenden Woche bekommt Paula
Wagner Post. Sie zieht sich in ihr Schlafzimmer zurück,
denn sie hat die Schrift auf dem Umschlag sofort erkannt. Mit zittrigen Händen öffnet sie den Brief und
liest.

Meine liebste Paula! Endlich kann ich dir schreiben.
Schon lange habe ich auf diesen Tag gewartet. Jeden Tag

denke ich an dich. Ich habe mich zuhause wieder gut ein-
gelebt. In Frankreich haben, wie in Deutschland auch, viele
Leute nichts zu essen, aber auf dem Land lebt sich's leichter.
Ich hoffe, das gilt auch für dich.

Eigentlich wollte ich dich zu mir holen, aber ich muss
einsehen, dass das nicht geht. Der Hass in Frankreich auf
alles Deutsche ist unüberwindbar. Du hättest in meinem
Dorf keine Chance. Dann habe ich überlegt, zu dir nach
Deutschland zurückzukehren. Aber auch das geht nicht. Ich
fürchte, die Nazis sind noch überall. Als Kriegsgefangener
war ich ein Knecht, deshalb haben mich manche Leute in
Sonnenfurt akzeptiert. Aber käme ich als freier Mann zu
dir, dann würden mich fast alle als Feind wahrnehmen und
mir die Hölle heiß machen.

Ich zermartere mir seit Wochen das Hirn, aber ich sehe
keinen Ausweg. Unsere Liebe hat keine Chance. Darum
lass uns gute Freunde sein. Jeder bleibt an seinem Platz
und schließt den anderen ins Nachtgebet ein. Bitte schreibe
mir bald. Serge.

Paula packt ein paar Sachen in ihren Rucksack, hinter-
lässt ihrem Vater und Martha Zeller eine kurze Notiz
und geht aus dem Haus. Sie schaut nicht nach links,
nicht nach rechts. Sie erwidert keinen Gruß. Schnur-
stracks geht sie über die Neidebrücke und dreht sich kein
einziges Mal um.

Nachtrag: Mein Vater, meine Mutter und ich führten
in Sonnenfurt ein beschauliches Leben. Vater verstand
sich gut mit den Bauern. Mutter engagierte sich im Kin-
dergottesdienst und in der Betreuung der Betagten. Ich
wurde von der Schule weg zur Wehrmacht eingezogen.

Mitte April 1945 war der Krieg in Sonnenfurt zu Ende. Zu der Zeit wussten meine Eltern nicht, ob ich noch am Leben war und wo ich mich aufhielt. Damit die Ungewissheit für meine Mutter erträglicher wurde, begann sie aufzuschreiben, was sie selbst erlebte, mein Vater berichtete und die Leute erzählten.

Am 30. Oktober 1945 traf gegen Mittag ein Transport von sechzig Personen ein, die aus den Gebieten östlich von Oder und Neiße ausgewiesen worden waren. Bürgermeister Balbach bat mich, ihm bei der Einquartierung und der ersten Verköstigung der Flüchtlinge zu helfen. Meine Mutter unterstützte uns, obwohl sie starke Kopfschmerzen hatte. Ich beschwor sie, sich hinzulegen, was sie schließlich auch tat. Keine Stunde später war sie tot. Mein Vater und ich konnten es nicht fassen. Zur Erinnerung an sie übergebe ich der Gemeinde Sonnenfurt die Aufzeichnungen meiner Mutter.

Kurt Krüger, im Dezember 1974.

1975

Unser Vater Karl Balbach wird im Juni 1975 fünfundsechzig Jahre alt. Zu diesem Geburtstag laden wir auf seine Bitte hin alle Sonnenfurter ein. Nicht nur die Ortsansässigen, sondern auch all jene, die hier einmal gewohnt haben. Unser Vater möchte eine Tradition stiften: die Sonnenfurter Heimattage. Selbst in der Fremde könne man im Herzen mit unserem Dorf verbunden bleiben. Davon ist er felsenfest überzeugt.

Zu diesem Anlass geben wir eine kleine Festschrift heraus, in der Sonnenfurter, auch ehemalige, über sich berichten.

An den Anfang setzen wir jedoch einen Auszug aus den Tagebüchern unseres Vaters. Von Mai 1945 bis Dezember 1972, also während seiner gesamten Amtszeit als Bürgermeister, hat er jeden Freitagabend in einem dicken großen Heft notiert, was er las, hörte, sah und tat. Auch Zeitungsartikel und andere gedruckte Materialien hat er eingeklebt. Einundsiebzig solcher Hefte sind es geworden. Daraus drucken wir die wichtigsten Ereignisse vom Herbst 1945 bis zum Ende des Jahres 1950 ab.

Sophie und Hans Balbach, im Juni 1975.

Tagebuchauszug

Im Mai 1945 mussten hundert Menschen in Sonnenfurt einquartiert werden, Obdachlose, Ausgebombte, von den Amerikanern Aufgegriffene. Ende Oktober 1945 kamen weitere sechzig Flüchtlinge zu uns, sie waren aus den deutschen Ostgebieten geflohen. Einheimische und kürzlich Zugezogene rückten erneut zusammen, wenn auch murrend. Glücklicherweise hatte der provisorische Gemeinderat bereits einen Plan für den Ausbau bestehender Gebäude und für die Errichtung preiswerter, einfacher Wohnungen beschlossen und mit dessen Verwirklichung schon begonnen. Viele Neubürger beteiligten sich an unseren Bauvorhaben. Manche schufteten Tag und Nacht am Bau ihrer eigenen Wohnung, einige bis zum Umfallen.

In den letzten Dezembertagen 1945 begann die systematische Vertreibung der Deutschen in Osteuropa. Zunächst wurden über drei Millionen Deutsche aus der Tschechoslowakei vertrieben, die meisten aus dem Sudetenland. Rund neunzig Personen hatten wir in Sonnenfurt aufzunehmen. Eingepfercht in Güterwaggons waren sie tagelang unterwegs gewesen.

Mitte Januar 1946 mussten die Deutschen aus Ungarn raus, die meisten mit der Eisenbahn. Fünfhunderttausend strandeten in den Auffanglagern Nordbadens und Nordwürttembergs. Dort blieben sie nur wenige Tage. Rasch wurden sie auf Dörfer und Kleinstädte verteilt. Wir hatten achtzig Ungarndeutsche unterzubringen. Drei Sonnenfurter widersetzten sich. Wenn man weiß, dass es in den meisten Gebäuden zwar genug Zimmer gab, aber nur eine Küche und einen Abort, dann wird schnell klar, wo sich Reibereien entzündeten. Küche und Abort mit Fremden teilen? Für manchen stolzen Bauern eine Zumutung. Den amerikanischen GIs war das egal. Mit vorgehaltenen Waffen erzwangen sie die gemeinsame Nutzung. Das Landratsamt wollte die ständigen Konflikte rasch entschärfen und rief die Spengler und Schmiede auf, defekte Herde vordringlich zu reparieren und sogenannte Einheitsherde, primitive Kochstellen aus Eisen, rasch herzustellen. Zweiundvierzig Reichsmark kostete ein Einheitsherd. Betroffene Familien erhielten aus der Gemeindekasse einen Zuschuss, wenn sie sich einen solchen Herd anschafften.

Meine Frau Elfriede und ich nahmen eine ungarische Familie mit drei erwachsenen Söhnen bei uns auf, weil das ausgebombte Ehepaar Niemann bereits im Dezember 1945 wieder in den Raum Stuttgart zurückkehrte. Die neue Familie kam aus Harast, einer Stadt an der Donau nahe Budapest. Tibor Manger, der Senior, war sechzig Jahre alt, als er bei uns einzog. Ein gelernter Maurer! Ein Segen für mich und das ganze Dorf! Seine Söhne, auf der Suche nach einer Arbeitsstelle, verließen Sonnenfurt schon bald wieder. Doch Tibor blieb. Er freundete sich mit Paul Schwörer an, unserem Schmied und Eisenbieger, und mit Franz Schober, dem Maurer und Landwirt. Zusammen mit dem Sägemüller Hans Bäuerle kümmerten sich die vier so intensiv um den Wohnungsbau, dass wir bis zum Frühjahr 1947 die größte Not überwunden hatten.

Etwa sechs Wochen nach den Ungarn brachten Militärlastwagen sechzig Flüchtlinge aus Schlesien, allesamt evangelisch, was die Aufnahme in manchen Familien erleichterte. Aber sie sprachen einen Dialekt, den wir nur schwer verstehen konnten.

Ende Oktober 1945 meldeten Radio Stuttgart und die Stuttgarter Zeitung, dass der Kontrollrat der Alliierten in seiner »Proklamation Nr. 3« Grundsätze für eine Rechtsreform in Deutschland beschlossen hatte, die auf den Errungenschaften der Demokratie, der Zivilisation und der Gerechtigkeit beruhten: Gleichheit vor dem Gesetz, gleichgültig welcher Rasse, Nationalität oder Religion jemand angehört. Garantie der Rechte der Angeklagten. Niemand darf seine Freiheit oder sein Eigentum ohne gesetzmäßiges Verfahren einbüßen. Das sogenannte »gesunde Volksempfinden«, bisher im deutschen Strafrecht vorgesehen, darf nicht mehr vor Gericht angewandt werden. Urteile, die unter dem Nazi-Regime aus politischen, rassischen oder religiösen Gründen verhängt wurden, werden aufgehoben. Alle außerordentlichen Hitler-Gerichte (Volksgerichtshof, Gerichte der NSDAP, Sondergerichte) sind umgehend aufzulösen und dürfen auch nicht mehr eingerichtet werden, denn die neue Rechtsprechung muss unabhängig sein.

Mitte November 1945 wurde bekannt, dass das Reichssicherheitshauptamt bereits 1942 heimlich sämtliche Gestapo-Dienststellen angewiesen hatte, jene deutschen Kriegsgefangenen in der Sowjetunion zu bespitzeln, die ihren Angehörigen in der Heimat schreiben durften. Die Gestapo hatte Namen, Anschriften und Inhalt der Gefangenenpost erfasst. Bestimmte Absender und Empfänger sollten nach Heimkehr der Gefangenen wegen Fahnenflucht und Feigheit vor dem Feind zur Rechenschaft gezogen und gerichtet werden. Sogar einigen Altnazis im Ort ging das über die Hutschnur. Pfarrer Krüger nützte die Gelegenheit und lud zur Aussprache ein. Ein wertvoller Dienst für unsere Gemeinde, denn von nun an wagte es niemand mehr im Dorf, sich öffentlich zu Nazi-Parolen zu bekennen.

Am 3. Dezember 1945 wies ich unseren Dorfbüttel an, eine Verfügung der US-amerikanischen Militärregierung auszuschellen: Weihnachtssonderzuteilung von 1 Kilogramm Mehl und 400 Gramm Zucker pro Kopf, damit in jeder Familie zum Fest Plätzchen und ein Kuchen gebacken werden konnten. Große Freude!

Eine Woche später meldeten Radio und Zeitung, dass die Amerikaner einen Ausschuss einsetzen, der klären soll, ob alle deutschen Staatsbürger künftig in drei Kategorien einzuteilen sind: Nichtbelastete, Minderbelastete und Belastete. Ministerpräsident Dr. Reinhold Mayer sagte, bei der bevorstehenden Kommunalwahl dürften ehemalige Parteimitglieder nicht wählen. Seine Regierung erarbeite gerade ein zuverlässiges Verzeichnis der NSDAP-Mitglieder. Dank der Liste, die Ortsgruppenleiter Diesche hinterlassen hatte, wusste ich, wer bei uns in Sonnenfurt keine Stimme abgeben durfte. Bei nächster Gelegenheit sprach ich mit den Betreffenden unter vier Augen. Alles blieb ruhig.

Nach langem, goldenem Altweibersommer brach der Winter mit Macht herein. Ab Mitte Dezember verteilten wir nach und nach das Brennholz, das wir vorsorglich im Herbst geschlagen und eingelagert hatten, an bedürftige Familien. Nur die allernotwendigsten Räume durften, so der Gemeinderatsbeschluss, beheizt werden. Wer dagegen verstieß, erhielt keine Zuwendungen mehr. Sogar Doppelfenster froren zu. Mit warmen Händen musste man Gucklöcher ins Eis bohren. Unser Dorf versank in Eis und Schnee.

Am dritten Adventssonntag berichtete Pfarrer Krüger in seiner Predigt von einem kürzlichen Besuch in Stuttgart: »Deutschland feiert zum ersten Mal seit vielen Jahren Weihnachten im Frieden und ohne das vorlaute Getöse der Nazis. Trotzdem wird auf den Weihnachtsmärkten und in den Läden weiterhin Militärspielzeug angeboten. Panzer, Kanonen, Gewehre, Zinnsoldaten. Etliches sogar nach dem Krieg hergestellt. Wollen wir unser kostbares Metall für Unnützes verplempern? Wollen wir unsere Kinder wieder mit militärischen Gedanken füttern?«

Am Nachmittag veranstalteten Pfarrer und Kirchenchor eine Kinderweihnachtsfeier in der Linde. Begleitet vom Chor sangen die Kinder alte Weihnachtslieder. Dann servierten Männer und Frauen aus der Gemeinde warmen Kakao und Kuchen. Und zum Schluss bekam jedes Kind eine Brezel und eine süße Schneckennudel. Ich war zu Tränen gerührt. Für mich war das die schönste Feier seit vielen Jahren.

Am zweiten Weihnachtstag ordnete die US-amerikanische Militärregierung für den 27. Januar 1946 Kommunalwahlen in Städten und Gemeinden bis 20 000 Einwohnern an. Am Tag danach gestattete sie in ihrer Zone den freien Reiseverkehr. Und am Silvestertag übergab sie die gesamte Zivilverwaltung der US-Zone den deutschen Behörden. In Stuttgart wurde ein vorläufiger Landtag für Württemberg-Baden einberufen.

Ende 1945 blühte unser Vereinsleben wie vor dem Krieg. Wie bisher, gehörte der Freitagabend den Vereinen. Die Fußballbegeisterten trainierten auf dem Sportplatz hinter der Schule, eine Halle hatten wir nicht. Der

Männergesangverein traf sich wieder zur Singstunde in der Linde. Der Posaunenchor probte wie eh und je in der Kirche. Die Freiwillige Feuerwehr, 1872 gegründet, kam im Spritzenhaus zusammen. Und die Blaskapelle übte im Rössle.

Zum Jahresende 1945 bilanzierte der Alliierte Kontrollrat die Zahl der Kriegsgefangenen. So meldeten alle deutschen Radios: Von den rund 6 Millionen deutschen Soldaten in amerikanischer Gefangenschaft seien 2 327 348 entlassen und weitere 1 738 492 an andere Alliierte übergeben worden. Somit befänden sich noch 1 474 074 Kriegsgefangene in Deutschland, Österreich, Italien und in den USA. In den kommenden Tagen würden alle deutschen Soldaten, die unter achtzehn und über fünfzig Jahre alt sind, aus amerikanischer Kriegsgefangenschaft entlassen, sofern sie nicht selbst Kriegsverbrecher oder wichtige Zeugen von Kriegsverbrechen sind. In jedem Landkreis der US-Zone werde ein Komitee die Gesuche von entlassenen Nationalsozialisten auf Wiedereinstellung in ihren alten Berufen prüfen. Dem Komitee gehörten sogar Deutsche an, wenn auch nur in beratender Funktion.

Gerade kam diese Meldung im Radio, da traf ich Frau Merker zufällig auf der Straße. Sie hatte auch die Zahlen gehört. Bitter beklagte sie sich. Um das Schicksal der Vermissten kümmere sich niemand. Als ich sie auf das Rote Kreuz hinwies, das doch zuverlässig arbeite, ging sie darauf nicht ein. Niemand habe ihr bisher sagen können, wo ihr Mann geblieben sei, beharrte sie. Ich konnte die Verbitterung der Frau gut verstehen.

Am 27. Januar 1946, einem eiskalten Sonntag, fanden

in der US-Zone Gemeinderatswahlen statt. In Württemberg–Baden wurde die neu gegründete Christlich Demokratische Union stärkste Partei. Die Sonnenfurter dagegen wählten nur engagierte Mitbürger, sechs Männer und das Fräulein Ledlein. Während meiner gesamten Amtszeit als Bürgermeister ist es keiner politischen Partei gelungen, bei uns einen Ortsverein zu gründen.

1946 war ganz Sonnenfurt eine einzige Baustelle. Von morgens früh um sieben bis abends um sechs wurde gewerkelt und geschuftet. Von Montag bis Samstag sah und hörte man Männer, aber auch Frauen hämmern, Steine schleppen, Mörtel anrühren, Kommandos befolgen. Nur am Sonntag ruhten die Arbeiten.

Tibor Manger, unser ungarischer Maurer, Paul Schwörer, Franz Schober sowie Hans Bäuerle bildeten die »Viererbande«, wie man sie im Dorf schon bald nannte. Tibor Manger war der Kapo, der sich von Sonnenaufgang bis Sonnenuntergang um die Baustellen kümmerte. Und das jeden Werktag, als sei er bei der Sonne angestellt und müsse sich an ihren Fahrplan halten. Seine drei Kumpel dagegen brauchten öfters eine Auszeit, mussten sie doch ihre eigenen Betriebe in Schwung halten. Darum heuerte Tibor Manger täglich Helfer an, insbesondere aus dem Kreis der Flüchtlinge. Er überwachte die Bauten, auf denen die künftigen Besitzer Eigenleistungen zu erbringen hatten. Er wies die Frondienstler ein, die jeden zweiten Samstag unentgeltlich als Hilfsarbeiter schufteten. Er hatte den Überblick und orderte das Baumaterial, das mit Wagners Traktor herbeigeschafft wurde.

Ende Oktober 1946 war die gröbste Wohnungsnot

beseitigt, das Schulhaus um einen Anbau erweitert, etliche Dachgeschosse ausgebaut, wohnliche Kammern in Scheunen eingebaut, Holzbaracken am Schulweg errichtet und neue Wohnungen am Neideweg Stein für Stein gemauert.

Am zehnten November, einem sonnigen Sonntag, feierten wir uns selbst. Auf dem Sportplatz gab die Blaskapelle um elf Uhr ein Ständchen. Dann bewirteten die Männer der Freiwilligen Feuerwehr die Besucher mit Grillwürsten und Getränken, alles Spenden von Dorfbewohnern. Um eins nahm der Männergesangverein Aufstellung und sang bekannte Volksweisen, ein paar hiesige und etliche aus der Heimat der Flüchtlinge. Es folgte ein Fußballspiel, ein Freundschaftskick zwischen dem FC Sonnenfurt und einem Nachbarverein. Unser FC, verstärkt mit ein paar sportbegeisterten Flüchtlingen, siegte. Und zum Schluss spielte der Posaunenchor »Nun danket alle Gott«. Die ganze Gemeinde sang lautstark mit.

Zuvor, im Mai 1946, waren die ersten Care-Pakete bei uns eingetroffen. Ich habe sofort den Gemeinderat zu einer außerordentlichen Sitzung einberufen und ihn eine Rangliste der Bedürftigen erstellen lassen. Der Büttel hat dann anhand dieser Liste die Pakete ausgetragen.

Die Ernte war durchschnittlich. Niemand im Dorf musste hungern, nicht zuletzt deshalb, weil die Flüchtlingsfrauen fleißig auf dem Feld mitgeholfen hatten und mit Nahrungsmitteln entlohnt worden waren.

Im November konnte ich mit einem Kinobetreiber einen Vertrag abschließen. Jeden zweiten Samstagabend kam er mit einem dreirädrigen Lieferwagen, im dem alles drin war: der Apparat, die Filmrollen und die Leinwand.

Abwechselnd in der Linde und im Rössle baute er seine Technik auf. Zuerst zeigte er die zehnminütige Wochenschau »Welt im Film«, eine gemeinsame Produktion der Amerikaner und Engländer. Sie wollte die Umerziehung der Deutschen fördern und sollte die nationalsozialistische Ideologie verteufeln. Dann folgte der Hauptfilm, mal mit lustiger, mal mit ernster Handlung, von einer amerikanischen Behörde zensiert und freigegeben.

Oft schnarrte der Apparat so laut, dass man den Filmton kaum verstehen konnte. Jede Vorstellung wurde ein- oder zweimal unterbrochen, wenn der Vorführer die Filmrolle wechseln musste. Dann wurde es plötzlich hell im Saal, und die jungen Leute in den letzten Reihen rückten blitzschnell auseinander. Die Burschen nahmen die Hände von ihren Nebensitzerinnen, und die Mädchen schauten mit hochroten Köpfen geradeaus. Bei Kussszenen im Film schnalzten manche Zuschauer mit der Zunge. Hüllte Nebel die Schauspieler ein, wurde »schärfer, schärfer!« geschrien.

Auch der zweite Nachkriegswinter 1946 auf 1947 war streng. Heizmaterial wurde wieder knapp. Die Klassenzimmer konnten nicht mehr ausreichend beheizt werden. Mit Billigung des Schulamts blieb unsere Schule zwei Wochen lang geschlossen: »Kohleferien!«

Im Mai 1947 startete die Schulspeisung, auch als Hoover-Speisung bekannt. Kinder aus bedürftigen Familien schlürften während der vormittäglichen Unterrichtspause warmen Kakao und löffelten zu Mittag ein warmes Essen, meist einen Eintopf oder eine nahrhafte Suppe. Als bedürftig galt, wer für sein Alter zu wenig wog oder nur von einem Elternteil versorgt werden konnte, weil der Vater gefallen oder vermisst war oder sich noch in Gefangenschaft befand. Darum wurden alle Schüler zu Beginn jeden Monats in der Schule gewogen und gemessen. Anordnung der Amerikaner.

Im Keller des Rathauses legten wir ein sicheres Vorratslager an. Auf Regalen, in Kisten, Schachteln und Säcken horteten wir Rosinen, Trockenmilch, Erbsenmehl, Haferflocken, Zucker, Büchsenfleisch, Schoko-Malz-Trunk, Kekse, Trockenei, Erdnussbutter und Fett. Als Bürgermeister hatte ich den Schlüssel zum Lager. Jeden Morgen musste ich im Beisein eines Gemeinderats die Ausgabe dieser Schätze an die beiden Wirte persönlich überwachen und in einem Protokollbuch festhalten, das vom anwesenden Gemeinderat gegengezeichnet wurde. Kakao und Speisen wurden mal in der Linde, mal im Rössle zubereitet und in Kübeln zur Schule gebracht. Jedes Kind musste eine Blechdose und einen Löffel in die Schule mitbringen.

Auf Weisung der Amerikaner bekamen Kinder aus Bauernfamilien die Schulspeisung nicht kostenlos. Darum beschloss der Gemeinderat, auch Bauernkinder dürften für zwei Mark achtzig pro Monat teilnehmen. Viele Familien nutzten dieses Angebot, weil ihre Kinder nicht vom Essen in der Schule ausgeschlossen sein wollten.

Zu besonderen Gelegenheiten, insbesondere vor Beginn der Sommerferien, zu Weihnachten und zu Ostern, gab es Überraschungen. Die verteilten die GIs persönlich in der Schule, damit jedermann sehen konnte, wer die Schulspeisung bezahlte. Mal schenkten die Soldaten jedem Kind eine halbe Tafel Schokolade, mal eine Rolle

Butterkekse, mal eine Blechdose mit Nüssen oder Rosinen. Oft auch selbst gebasteltes Spielzeug aus Holz.

Im August 1947 wurde ein ganzer Sack voller Dienstpost im Rathaus abgegeben, die der Amtsbote verteilen musste. Jeder Haushalt erhielt eine Postkarte oder einen Brief.

Die Postkarten bestanden aus Vordrucken, die jeder, der die Karte in die Hand bekam, lesen konnte. Die Briefe waren verschlossen, aber jeder wusste, was das bedeutete.

Auf der Rückseite der Postkarte stand, ohne persönliche Anrede: »Der öffentliche Kläger bei der Spruchkammer: Auf Grund der Angaben in Ihrem Meldebogen wird das Gesetz zur Befreiung vom Nationalsozialismus und Militarismus vom 5. III. 1946 auf Sie nicht angewendet.« Bei Jugendlichen unter achtzehn Jahren war noch der Zusatz eingestempelt: »Jugendamnestie vom 6. VIII. 1946«.

Von Hand, seltener mit Schreibmaschine war der Postkartenvordruck ergänzt: Name, Vorname, Anschrift und Geburtsdatum des Empfängers auf der Vorderseite; Aktennummer und Datum auf der Rückseite. »Persilschein« hieß die Bescheinigung im Volksmund. Wer eine solche Karte erhielt, konnte künftig nachweisen, dass er frei von Schuld war, die Nazizeit allenfalls als Mitläufer mitgemacht hatte oder, wenn er Dreck am Stecken hatte, Zeugen hatte beibringen können, die für ihn bürgten.

Wer als belastet galt, bekam ein Schreiben. Darin stand, aufgrund welcher Verfehlungen der Schuldspruch erfolgt war. Die Folgen waren nicht angenehm. Sie reichten vom Entzug der Wahlberechtigung bis hin zu mehrjähriger Zwangsarbeit in einer Gleisbaukolonne. In Sonnenfurt erhielten vierzehn Personen ein solches Schreiben. Sie galten künftig als belastet oder minderbelastet. Zwei von ihnen mussten ihre Strafe im Gleisbau abarbeiten. »Zum Wohle des deutschen Volkes«, wie es in der Begründung hieß.

Im Herbst 1947 verschärfte sich die Versorgungslage. Die Ernte war miserabel ausgefallen, beim Getreide erbrachte sie ungefähr nur ein Drittel eines Normaljahres, bei Kartoffeln etwa vierzig Prozent. Schuld waren die Hitze und die Trockenheit. Die Sonne brannte von April bis Oktober gnadenlos vom wolkenlosen Himmel. Die heißesten Sommermonate seit Beginn der Wetteraufzeichnungen. Und es regnete selten. Wiesen und Felder waren braun. Das Obst fiel unreif von den verdorrten Bäumen und Sträuchern. Wir verfütterten es ans Vieh, obwohl gesagt wird, man solle das nicht tun. Aber wir hatten einfach zu wenig Futter. Die Neide war nur noch ein Rinnsal, stellenweise ganz ausgetrocknet. Zum Glück bekamen die Schüler ihre tägliche Schulspeisung, und die Erwachsenen konnten auf die Erträge aus ihren Gärtchen zurückgreifen. Denn der Gemeinderat hatte auf Vorschlag des Sägmüllers Hans Bäuerle Ende Februar jeder bedürftigen Familie ein Stück Gartenland zugewiesen. Dort wuchsen Kartoffeln, Kürbisse, Gemüse, Salat und Mohn, den die Flüchtlingsfrauen zu Mohnkuchen verarbeiteten. Bäckermeister Otto Hölzle mischte viel Maismehl in den Teig. Das Brot schmeckte, frisch gebacken, ganz gut, wurde aber nach drei Tagen hart wie Stein.

Ganz anders das darauffolgende Jahr. Im Frühjahr

1948 regnete es oft. Hoffnungsfroh rackerten sich die Bauern auf ihren Feldern ab. Die Saat ging auf. Die Menschen freuten sich. Die Natur grünte und blühte. Die Neide war wieder voller Fische, und die Turbine in der Sägemühle surrte. An einem Sonntagmorgen im Mai setzte Regen ein. Er hörte nicht mehr auf. Es regnete ununterbrochen drei Tage lang. Die Bauern standen unter ihren Scheunendächern und warfen ängstliche Blicke zum Himmel hinauf. Dann ein paar trockene Tage. Im Juni kam der Regen zurück. So heftig, dass Äcker und Wiesen wochenlang unter Wasser standen. Die Neide trat über die Ufer. Auf den Auwiesen stand eine braune Brühe. Was gesät worden war, versank im Schlamm.

Am Abend des 18. Juni 1948, die Bankschalter waren längst übers Wochenende geschlossen, teilte Radio Stuttgart die Einzelheiten der Währungsreform mit. In der Nacht zum 20. Juni 1948, einem Sonntag, seien alle Schulden des Reiches erloschen und private Verbindlichkeiten und sämtliche Bank- und Sparguthaben im Verhältnis zehn zu eins abgewertet. Jeder Einwohner der drei Westzonen, auch jedes Neugeborene, bekäme sechzig neue D-Mark, das sogenannte Kopfgeld, in zwei Tranchen, zunächst vierzig, vier Wochen später zwanzig D-Mark. Man wolle den Markt durch zu starke Kaufkraft nicht belasten.

Am nächsten Tag erhielt ich schriftliche und telefonische Anweisungen. Unser Dorfbüttel schellte sofort aus, wie die Geldumstellung erfolgen werde. Am Sonntag um sechs Uhr in der Früh brachte ein Armeelaster das neue Geld. Um sieben Uhr, es goss in Strömen, bildete sich vor dem Rathaus eine lange Schlange. Ab halb acht zahlte ich, unterstützt von zwei Gemeinderäten, überwacht von einem amerikanischen Offizier und bewacht von vier GIs, das neue Geld aus. Pro Kopf vierzig D-Mark. Einen Zwanzigmarkschein, zwei Fünfmarkscheine, drei Zweimarkscheine, zwei Einmarkscheine und vier Einhalbmarkscheine. Die restlichen zwanzig D-Mark gab es genau vier Wochen später.

Ab Montag, 21. Juni, galt nur noch die D-Mark. Das alte Kleingeld blieb im Umlauf, auf ein Zehntel seines Nennwerts abgewertet. Alte Einmarkscheine hatten jetzt einen Wert von zehn Pfennig. Fünfzig und zehn Reichspfennig zählten jetzt als fünf beziehungsweise einen Pfennig. Neues Münzgeld blieb noch lange Mangelware. Barbeträge in Reichsmark mussten auf ein Sperrkonto eingezahlt werden. Konnte man die legale Herkunft des Geldes nicht nachweisen, wurde der Betrag zugunsten der Staatskasse konfisziert. Wie ein paar Jahre später in der Zeitung zu lesen war, kassierte der Staat rund siebzig Prozent der gesperrten Guthaben.

Der »Tag X« war lange geheim gehalten worden. Trotzdem wurde, weil alle ahnten, was bevorstand, in den Tagen vor dem 20. Juni in den Läden nichts mehr angeboten. Während die Geschäftsleute ihre Waren horteten, versuchte jeder, für seine wertlosen Reichsmark noch irgendetwas einzuhandeln. Ab dem 21. Juni 1948 änderte sich die Situation schlagartig. Die Ladenregale waren gut gefüllt. Die Preise stiegen. Der Schwarze Markt brach zusammen.

Durch das Währungsgesetz war bestimmt worden, dass ein deutsches Gesetz über den Lastenausgleich erlassen werden musste, denn die Währungsreform begünstigte einseitig die Besitzer von Sachwerten und kam einer weitgehenden Enteignung der Geldbesitzer gleich, weil nur das Geld abgewertet wurde. Erst im September 1952 trat nach langem politischem Streit das Lastenausgleichsgesetz in Kraft. Grund- und Immobilienbesitzer mussten Abgaben zahlen, Flüchtlinge bekamen auf Antrag Siedlungshilfe, und Existenzgründer erhielten Investitionshilfen.

Im Vorfeld des Gesetzes gab es wilde Diskussionen im Sonnenfurter Gemeinderat. Von Enteignung der Alteingesessenen war die Rede, manche sprachen sogar von Liquidierung des Bauernstands. Als das Gesetz dann endlich beschlossen war, verstummten die Kritiker jedoch ganz schnell. Das Haus- und Grundstückvermögen wurde rückwirkend nach dem Stand vom 21. Juni 1948 berechnet. Die Abgabe belief sich auf 50 Prozent des berechneten Vermögenswertes und konnte in Raten, verteilt auf 30 Jahre in den Ausgleichsfonds eingezahlt werden. Durch die Verteilung auf so viele Jahre betrug die Belastung tatsächlich nur 1,67 Prozent pro Jahr, weniger als der damalige Zinssatz. Nirgendwo wurde also das Vermögen angetastet.

Die letzten Lebensmittelkarten gab ich im Februar 1950 aus. In allen Bereichen ging es aufwärts. Das Wirtschaftswunder hatte bei uns im Dorf längst begonnen. Im November 1950 hockten wir alle vor dem Radio, denn das erste Fußballländerspiel nach dem Krieg, Deutschland gegen die Schweiz, wurde aus dem Stuttgarter Neckarstadion übertragen.

Karl Balbach

Am 26. September 1967 verabschiedete der Landtag von Baden-Württemberg das »Gesetz zur Stärkung der Verwaltungskraft kleinerer Gemeinden«. Seitdem droht rund zweitausendzweihundert Dörfern der Niedergang. Ich weiß, manche Zeitgenossen sehen das anders. Sie prophezeien, mit großzügigen Eingemeindungen werde alles besser. Nur Kommunen mit mindestens achttausend, in ländlichen Regionen mit wenigstens fünftausend Einwohnern könnten problemlos die Lasten von Schulen, Kindergärten, Freizeiteinrichtungen, Sport- und Schwimmanlagen sowie Kultur- und Sozialeinrichtungen stemmen. Reduziere man die Zahl der Gemeinden von 3379 auf 1111, könne man gleichwertige Lebensverhältnisse in Stadt und Land garantieren.

Und was bleibt dann von meinem geliebten Sonnenfurt übrig? Die Kirche, ein paar Häuser, Felder, Wälder. Über dreihundertfünfzig Jahre lang waren wir stolz auf unsere Schule. Gleich nach dem Krieg haben wir viele Flüchtlingsfamilien mit Kindern in Sonnenfurt aufgenommen und unser Schulhaus unter großen Opfern sogar erweitert. Jetzt wurde die Schule geschlossen. Den Kindergarten verlieren wir vielleicht auch. Die Poststelle kommt weg. Der Briefkasten sei ja noch da, tröstet man uns.

Lustig finde ich das nicht. Meine Sonnenfurter haben in Eigeninitiative und durch Frondienste all das erschaffen, was sich vorgeblich künftig nur noch große Gemeinden leisten können. Als kleine Gemeinde haben wir eine Schule, einen Kindergarten, einen Sportplatz, ein Vereinsheim, einen Friedhof und einen Badeplatz an der Neide betrieben. Auch unsere Ortsstraßen haben wir selbst unterhalten. Wenn das alles künftig die Großgemeinde macht, wird's bestimmt nicht billiger, und der Gemeinsinn erschlafft. Machen eh die im fernen Rathaus, werden die Leute sagen und sich zurücklehnen. Nehmen und Raffen sind angesagt, Beteiligen und Geben geraten außer Mode. Auch das demokratische Bewusstsein wird leiden, weil die zentrale Verwaltung anonymer, bürokratischer sein wird und nicht so bürgernah arbeiten kann, wie wir das in Sonnenfurt getan haben. Doch gegen die Plan- und Machbarkeitseuphorie dieser Tage kommen wir kleinen Leute vom Lande nicht an.

Die Sonnenfurter müssen künftig, wenn sie im Rathaus vorsprechen möchten, nach Neidenau fahren. Zu Fuß? Zu weit! Mit dem Auto? Die Älteren haben keines! Mit dem Bus? Eine brauchbare Busverbindung gibt es nicht! Bisher konnte man mich als Bürgermeister auch schon mal am Sonntagvormittag in Anspruch nehmen. Demnächst wird man an einem Werktag, während der eigenen Arbeitszeit, im fernen, fremden Amtsgebäude von Tür zu Tür geschickt.

Die Namen vieler jahrhundertealter Orte werden von der Landkarte getilgt. Die Territorialreformer setzen sich über Historisches und Heimatgefühle einfach hinweg. »Hau weg die alte Scheiße!«, hat mir kürzlich einer wutentbrannt ins Gesicht gesagt, als ich meine Bedenken vortrug.

Ich weiß, dass ich über mich berichten soll. Aber man

möge es mir verzeihen, wenn ich zuerst meinem Ärger Luft verschaffen musste.

*

Vor ein paar Monaten habe ich erfahren, dass Elke Krüger, die Frau unseres früheren Ortspfarrers, über die Zeit von Mai bis Ende Oktober 1945 Aufzeichnungen gefertigt hat. Ihr plötzlicher Tod hat mich damals tief erschüttert, denn sie war eine patente Frau, die viel für das Gemeindeleben tat, besonders in den allerersten Nachkriegswochen. Noch mehr hat mich betroffen gemacht, dass unser Pfarrer schon bald danach um Versetzung in eine Gemeinde im Raum Heilbronn bat. Vielleicht wollte er seine Trauer mit neuen Herausforderungen und viel Arbeit ersticken. Wahrscheinlicher ist jedoch, dass er seinem Sohn Kurt die Möglichkeit eröffnen wollte, wieder vor Ort eine Schule besuchen und die Reifeprüfung ablegen zu können. Jedenfalls stimmte der Oberkirchenrat dem Antrag sofort zu, und am Sonntag, dem 30. Dezember 1945 hielt Pfarrer Krüger seine Abschiedspredigt. Am 2. Januar 1946, einem kalten Mittwoch, verließen Vater und Sohn unser Dorf für immer.

Wir Sonnenfurter verdanken Pfarrer Krüger unendlich viel. Nicht zuletzt die Unversehrtheit unserer Gemeinde zum Ende des Krieges, war er es doch gewesen, der als Mitglied der Bekennenden Kirche unseren Ort angeleitet hat, sodass wir die Nazizeit mit Anstand und Würde überstanden haben. Es war auch seine Idee, Sonnenfurt kampflos den Amerikanern zu übergeben. Die Integration der ersten Flüchtlinge in unser Dorf lag ihm besonders am Herzen. Tag und Nacht hat er sich um Ausgleich bemüht. Vor allem ich selbst habe ihm viel zu verdanken. Ohne ihn hätte ich mein Amt als Bürgermeister, das mir die Amerikaner aufgedrängt haben, in der ersten Nachkriegszeit fachlich und menschlich nicht ausfüllen können.

Frau Krügers Tagebuch habe ich mehrfach gelesen. Mich beeindruckt, was diese mutige Frau beobachtet und wie sie das Geschehene dargestellt hat. Wüsste man nicht, dass sie die Autorin ist, könnte man meinen, ein Unparteiischer habe diese Chronik verfasst, so zurückhaltend beschreibt sie das Erlebte. Nur schade, dass ihr Bericht so plötzlich endet.

*

Sonnenfurt war, ist und bleibt meine Heimat. Ich behaupte nicht, dass es die Krönung der Schöpfung ist, aber ich liebe dieses Fleckchen Erde, weil ich hier geboren bin und mich hier zuhause fühle.

Heimat ist für mich ein Gefühlszustand, weit ab von jeder Blut-und-Boden-Mentalität. Wie bei der schwingenden Luftsäule, die in Blasinstrumenten den Ton erzeugt, könnte man auch von einer schwingenden Seelenlage sprechen, der eine zauberhafte Kraft zur inneren Ruhe innewohnt und die zugleich Schwingungen verursacht und tief drinnen in mir eine Musik erzeugt, die beruhigt und zugleich beschwingt. Hier in Sonnenfurt muss ich keine großen Erklärungen abgeben, muss ich mich nicht aufspielen, weil mich jeder kennt, so wie ich bin. Ich bin hier niemals neutraler Beobachter, sondern immer Mitspieler.

Heimat ist für mich kein geschlossenes Refugium, nur für Einheimische gedacht und nur von Einheimischen gemacht. Vieles, was wichtig war und ist, stammt aus der Fremde. Den Wein, der einst auf unserer Markung gedieh, und die Fernstraßen haben uns die Römer hinterlassen. Das Christentum haben uns Mönche aus Irland eingebläut. Die hohenloher Grafen und Fürsten haben von Anfang an über die Grenzen ihres Territoriums geschaut und Bauhandwerker, Künstler und höfisches Leben aus ganz Europa hierhergebracht. Und zahlreiche Werkzeuge und Gerätschaften, Schmuck, Lieder und Tänze, Sprichwörter und Erzählungen stammen aus der Fremde. Viel Importiertes ist im Lauf der Jahre sogar zur eigenen Tradition geworden.

Und noch ein Aspekt gehört dazu: Der Mensch wandert, seit es ihn gibt. Sonnenfurter sind ausgewandert. Vor allem im zweiten Jahrzehnt des 19. Jahrhunderts, als häufige Missernten in ganz Europa zu großer Hungersnot führten. Und Fremde sind zu uns gekommen und im Laufe der Zeit zu Einheimischen geworden. Vor allem nach dem Dreißigjährigen Krieg sind Bergbauern aus der Schweiz eingewandert.

Darum kann und will ich meine Herkunft nicht verleugnen, und gewiss nicht nur in der Färbung meiner Sprache. Auf den Landkarten ist Sonnenfurt selten verzeichnet. In den Augen vieler Autofahrer ist es eher ein Verkehrshindernis. Und weil es so klein ist, bilde ich mir auch nichts ein auf meine Zeit als Bürgermeister. Ich habe das Amt nicht angestrebt, aber ich habe es gern ausgeübt.

Wenn ich in meinen Tagebüchern blättere, wird mir

bewusst, dass wir in Sonnenfurt das Weltgeschehen im verkleinerten Maßstab miterlebt haben. Politisch, gesellschaftlich, wirtschaftlich war hier kaum etwas anders als in Bonn, Berlin, Hamburg, München oder Stuttgart, sehen wir einmal von der Zerstörung der Städte und den größeren Versorgungsengpässen ab. Aber alles, was die Städter erregte, kam bei uns gedämpfter, gemilderter und gemächlicher an. Darum meinten viele, wir Landbewohner seien hinterwäldlerisch und unbedeutend. Das Gegenteil trifft zu: Wir haben das geschwollene Getue der Großstädter und das aufgeblasene Weltgedöns nie ganz ernst genommen. Wir wissen, wer wir sind und was wir leisten können, wenn wir zusammenstehen.

Gerade die Überschaubarkeit macht Sonnenfurts Stärke aus. Weil bei uns alles übersichtlich ist, geht es in allen Dingen menschlich zu. Wir blasen uns nicht auf. Wir brauchen keine Windmaschinen. Wir sind erfahrene Reiter auf braven Ackergäulen. Uns greift niemand in die Satteltaschen. Manche können es kaum glauben, aber auch wir in Sonnenfurt benutzen dasselbe Alphabet wie die hohen Herren in Bonn und Stuttgart, nur kommen wir ohne die großen Buchstaben für die angeblich immer gewaltigeren Sensationen aus, die man uns Tag für Tag auftischt. Das Großmäulige ist nicht unsere Stärke, aber genau das macht uns stark.

Die größte Herausforderung in der Nachkriegszeit bestand darin, die vielen Flüchtlinge zu beherbergen und zu verköstigen. Ich glaube, wir in Sonnenfurt haben diese Aufgabe ganz gut gemeistert. Vermutlich sogar besser als jede Stadt, auch wenn wir, zugegebenermaßen, die besseren Ausgangsbedingungen hatten. Gewiss, die dörfliche Struktur änderte sich durch die Evakuierten und Flüchtlinge deutlicher, als ich zunächst wahrhaben wollte. Denn in fast jedem Gebäude mussten Zugewiesene untergebracht werden, auch in Häusern und Höfen, die für eine Teilung völlig ungeeignet waren. Meine Frau und ich haben das selbst erlebt. In unserem Haus lagen Küche und Wohnstube im Erdgeschoss, die Schlafräume im Obergeschoss. Wie Räume abtrennen? Und doch mussten wir zunächst das Ehepaar Niemann und dann die ungarndeutsche Familie Manger aufnehmen.

Seit 1950 hat sich viel, sehr viel verändert. Anfang der sechziger Jahre begann das Höfesterben. Inzwischen ist jeder zweite bäuerliche Betrieb aufgegeben worden. Teils war er zu klein für den Einsatz neuer Landmaschinen, teils unrentabel, teils wollten die Kinder den Hof nicht übernehmen und suchten sich eine besser bezahlte Arbeit in der Stadt. Mit ihnen verließen auch viele Flüchtlingsfamilien unser Dorf.

Nicht wenige, die das Gemeindeleben direkt nach dem Krieg geprägt haben, leben nicht mehr oder sind fortgezogen. Mein Schwiegervater Otto Hölzle starb vor elf Jahren. Seine Frau machte daraufhin Bäckerei samt Lebensmittelladen dicht. Hochbetagt wohnt sie noch in ihrem Haus. Wenig später mussten wir auch Johann Rieger, Inhaber des Lädle, zu Grabe tragen. Damit konnte man weder Lebensmittel noch Gebrauchsgüter des Alltags im Ort kaufen. Wer in Sonnenfurt blieb, musste sich ein Auto anschaffen. Und eine Tiefkühltruhe, damit man Vorräte anlegen konnte und nicht alle Naslang zum Einkaufen fahren musste. Die wenigen Bauern, die noch in unserem Dorf sind, haben sich spezialisiert. Auf Rindermast, auf Getreide-, Mais- und Rapsanbau oder, wie mein Schwiegersohn, auf Sonderkulturen.

*

Nach reiflicher Überlegung berichte ich über eine kleine Episode in meiner Jugend. Obwohl kein Ruhmesblatt für mich, mache ich das misslungene Abenteuer öffentlich, weil es mein ganzes Leben lang in mir genagt und mich gemahnt hat. Es könnte auch für andere lehrreich sein.

Doch zunächst will ich meiner lieben Elfriede gedenken, die vor über vier Jahren gestorben ist. Sie ist morgens aufgestanden, wie immer, hat Kaffee gekocht und über Schwindelgefühle geklagt. »Leg dich doch noch einmal hin«, habe ich ihr geraten. Sie hat sich im Wohnzimmer aufs Sofa gesetzt. Und als ich sie ein paar Minuten später fragen wollte, ob sie sich besser fühlt, fand ich sie liegend vor. Sie hat nicht geantwortet. Ich habe meine Frage wiederholt. Ich wollte sie wecken und habe sie auf die Stirn geküsst. Da spürte ich intuitiv, dass sie tot war. Sie lag so friedlich da. Für mich brach eine Welt zusammen, denn sie war mir rund fünfunddreißig Jahre lang eine treue Weggefährtin und verlässliche Partnerin gewesen, daheim und bei der Arbeit.

Über ein Jahr lang war ich neben der Spur. Meine Kinder und die Arbeit im Rathaus gaben mir Halt. Auch Paula Wagner, meine Nachbarin, hat sich rührend um mich gekümmert. Dabei muss man wissen, dass Paula und ich zusammen aufgewachsen sind. Wir waren bis zum fünfzehnten Lebensjahr jeden Tag zusammen, haben alles miteinander geteilt. Wir sind in die gleiche Klasse gegangen. Wir waren wie Bruder und Schwester. Und dann, von einer Sekunde auf die andere, war alles anders. Ich hatte Feuer gefangen. Paula auch, glaube ich, aber sie wollte es nicht zeigen.

Bald darauf war Kirmes in Öschelhain. Ich bin über den Kirmesplatz gelatscht, vorbei an Wurfbude, Schießstand, Rutschbahn, Hau-den-Lukas, Schiffschaukel, Kinderkarussell und Kino auf Rädern. Es hat genieselt, und doch habe ich mich großartig gefühlt. Paula war ja an meiner Seite. Bei jedem Schritt klimperten die Markstücke in meiner Hosentasche. Viel Geld für einen schlaksigen Fünfzehnjährigen mit Pickeln im Gesicht und Flaum am Kinn. Damit hätte ich den Überschlag an der Schiffschaukel probieren können, mir eine rote Wurst kaufen und einen anständigen Rausch leisten. Mindestens. Wollte ich aber nicht. Ich wollte Kavalier sein. Ich überließ Paula die Wahl. Sie war gut gebaut, alles dran, was man sich als junger Mann wünscht. Sie hatte lange Zöpfe und schlenderte neben mir her. Wochenlang hatte ich gefragt, gelockt, gebettelt, gedrängt, aber stets ein hochnäsiges Grinsen oder ein kategorisches Nein geerntet. Doch tags zuvor, aus heiterem Himmel, fragte Paula über die Straße, ob ich morgen auch zur Kirmes nach Öschelhain fahre.

»Wie kommst du da hin?«

»Mit dem alten Bäuerle. Der muss beim billigen Jakob ein paar Sachen besorgen.« Und dann gönnerhaft: »Kannst auch mit.«

Der Bäuerle war ein vermögender Mann. Kleine Landwirtschaft, Mühlenbesitz in sechster Generation, dazu viel eigener Wald, ein Sägewerk und seit der Jahrhundertwende auch noch eine Turbine.

Und so setzten wir uns am nächsten Tag auf Bäuerles Einspänner. Sie beim alten Müllermeister vorn auf den Kutschbock, ich auf den Notsitz genau über der Achse, mit Blick nach hinten und Ganzkörpermassage gratis. Zum Glück für mich waren es nur zehn, zwölf Kilometer bis nach Öschelhain. Dort stellte der Bäuerle Gaul und Kutsche bei einem befreundeten Bauern ein. Paula sprang entspannt vom Bock, während ich ein paar Streck- und Dehnübungen brauchte, bis ich wieder senkrecht stehen und geradeaus gehen konnte.

Der Bäuerle verabredete mit uns die Rückfahrt. Dann kramte er einen Zettel aus der Hosentasche, den er im Auftrag seiner Frau abarbeiten musste. Die Fahrgeschäfte und die anderen Attraktionen lockten ihn nicht. Zielstrebig suchte er die Buden auf, die bis oben hin gefüllt waren mit Hosen, Hemden, Mützen, Filzpantoffeln, Küchen- und Taschenmessern, Fliegenklatschen, Fliegenfängern, Kochlöffeln, Vesperbrettchen, Rettichschneidern, Krauthobel, Spielzeug, Lebkuchen, Bonbons, Lutschern, Liebesperlen, Magenbrot, gebrannten Mandeln und vielen anderen Leckereien und nützlichen Dingen.

Ich dagegen interessierte mich nicht für solchen Krimskrams. Ich führte Paula, brünett, klug und begehrenswert, über den Rummelplatz, wo ich ihr imponieren wollte. Doch sie stiefelte ziemlich lustlos neben mir her und verströmte einen Maiglöckchenduft, der mich in der Nase kitzelte und meinen Hormonhaushalt gewaltig stresste. Am liebsten hätte ich … Aber das traute ich mich nicht.

Ich wollte ihr an der Schießbude eine Papierblume schießen. Sie wollte nicht. Ich wäre gern mit ihr eng umschlungen die Rutschbahn hinabgesaust. Sie schüttelte den Kopf. Ich führte sie zum Eingang der Geisterbahn. Sie sperrte sich.

»Jetzt sag halt, was du magst!«

Sie wollte eine Zuckerwatte. Besorgte ich. Sie wollte ein geblümtes, baumwollenes Halstuch. Kaufte ich. Sie wollte …

Meine Hormone fuhren Achterbahn. »Magst nicht mit mir ins Kino?«

»Warum?«

»Weil's da finster ist.«

Ein Schlag. Ich hielt mir die Backe. Sie rannte weg.

Endlich, nach einer Bratwurst, sechs Maß Bier und vier Schnäpsen schwankte ich im Regen zum vereinbarten Treffpunkt. Niemand da. Keine Spur von Paula. Erst recht keine vom Bäuerle und dessen Einspänner. Und der Tag ging schon zur Neige. Was jetzt?

Notgedrungen machte ich mich auf den Heimweg. Zehn Kilometer zu Fuß im strömenden Regen. Und im Vollrausch. Ich torkelte, kreiselte, stolperte, fiel hin, rappelte mich auf, taumelte, hielt mich an einem Baum fest und rutschte, Wange an Rinde, langsam zu Boden. Ein Weilchen streckte ich mich aus, ich war ja so unendlich müde. Schließlich stemmte ich mich am Stamm wieder hoch, schwankte weiter, die Backe blutig, schlingerte, bis mir die Beine wegknickten. Mitten im Dreck blieb ich liegen. Speiübel war mir. Schwer ging mein Atem. Ich würgte, krabbelte auf allen vieren noch ein paar Meter und übergab mich. Einmal. Zweimal. Dreimal.

Ich wälzte mich zur Seite, hockte mich hin, den Kopf an einen Baum gelehnt und … Dann wusste ich nichts mehr.

Langsam, ganz langsam verflüchtigte sich der Alkohol. Die Kälte kroch mir in alle Knochen und ernüchterte mich allmählich.

In stockdunkler Nacht kam ich heim, keinen trockenen Faden am Leib. Verdreckt, als hätte ich mit den Säuen im Schlamm gesuhlt.

Meine Mutter hat, wie sie mir Jahre später beichtete, in finsterer Kammer gewartet und gewartet und schließlich durch den Vorhangschlitz beobachtet, wie ich ins Haus gewankt bin.

Der Bäuerle hat mich ein paar Tage später gefragt, ob ich mit dem Viehhändler gut heimgekommen sei. Da wusste ich, dass die Paula ein ausgekochtes Luder war. Und noch etwas wusste ich und weiß es für alle Zeiten: nie mehr als ein Bier und einen Schnaps.

Meine Erinnerungen an die Kirmes in Öschelhein sind inzwischen zerfranst und lückenhaft. Ich weiß nur noch, dass ich Paula ein Jahr gemieden habe wie die Pest. Einmal kam sie mir auf der Straße entgegen, da witschte ich in eine andere Gasse hinein. Ein andermal betrat sie die Kirche durch das Hauptportal, da schlich ich mich durch den Seiteneingang in den Gottesdienst. Schleppte sie morgens ihre Kannen zum Milchhäusle, wartete ich, bis sie weg war. Erst dann zog ich meinen Handwagen zum Molker und lieferte die Milch ab.

Paulas Vater, ein selbstsicherer Patron mit blankem Schädel und wettergegerbtem Gesicht, wollte lange nicht in den Kopf, dass Paula und ich uns nichts mehr zu

sagen hatten, waren wir doch als Kinder unzertrennlich gewesen. Gern hätte er mich zum Schwiegersohn
gehabt, das hörte ich von allen Seiten. Eines Tages, der
missratene Kirmesbesuch lag schon etliche Jahre zurück,
stellte er mich zur Rede: »Ich will wissen, was du gegen
meine Paula hast.« Missvergnügt zog er die Nasenwinkel
hoch. »Hinkt sie? Schielt sie? Stinkt sie? Ist sie blöd? Sag
endlich, was los ist mit euch.« Mit zusammengekniffenen
Augen im kantigen Schädel musterte er mich.

Ich senkte den Blick, schaute hilflos an mir hinab und
zuckte abweisend die Schultern. Ich stellte den einen Fuß
vor, dann den anderen. Die eigenen Stiefel, fiel mir dabei
auf und weiß es bis heute, als wär's erst gestern gewesen,
sahen doch schon arg ausgelatscht aus, das Oberleder ris-
sig und nicht mehr wasserdicht. Himmel, ich brauch ein
paar neue Schuhe, bevor es Winter wird, ging mir durch
den Sinn. Da sah ich aus den Augenwinkeln Paula am
Gartenzaun stehen. Hatte sie ihren Vater vorgeschickt,
gut Wetter zu machen?

»Nichts ist los«, sagte ich schließlich nach reiflicher
Überlegung und schaute nicht auf. »Das bildest du dir
nur ein.«

Wagner ließ nicht locker. »Könntest net ab und zu
meiner Paula helfen? Ich hab's so im Kreuz.«

Hol dich der Teufel, lag mir auf der Zunge. Im letzten
Augenblick zügelte ich mich und sagte: »Warum heiratet
sie net? Es gibt doch genug Jungbauern, die lieber heut
als morgen bei dir einheiraten täten. Aber sie lässt ja keinen an sich ran.« Ich zuckte noch einmal die Schultern
und machte mich davon.

Dem alten Wagner ging ein Licht auf. Sogleich stellte

er seine Tochter zur Rede. Ich hörte ihn poltern: »Hast du mit dem Karl Streit gehabt?« Sie widersprach energisch und behauptete, ich hätte längst eine andere.

Ganz unrecht hatte sie nicht. Meine flammende Liebe war in jener Kirmesnacht erloschen. Dachte ich. Als meine Wut verraucht war, spürte ich es nicht mehr brodeln, wenn ich Paula sah oder die Sprache auf sie kam. Sie war mir scheinbar egal geworden. Erst ging ich an ihr vorbei, als wäre sie Luft. Dann sprach ich wieder mit ihr, nur das Nötigste zwar, aber bewusst so gleichgültig und wurstig, dass sie jede Hoffnung fahren ließ, es könnte wieder wie früher werden.

So lebten wir nebeneinander her, bis ich im Frühjahr 1938 Elfriede Hölzle heiratete, die einzige Tochter des hiesigen Bäckers. Elfriede wusste nichts von meiner erkalteten Liebe zur Nachbarin. Unbefangen sprach sie mit Paula, brachte ihr ein Versucherle, wenn sie gebacken hatte und saß mit ihr manchen Abend auf der Bank vor ihrem Haus. Im Sommer vor Kriegsausbruch wurde Sophie geboren, drei Jahre später Hans, und an beiden Tauffeiern nahm Paula teil, auf Einladung von Elfriede. Ich nahm es unwidersprochen hin.

Mit Paula habe ich mich lange nicht ausgesprochen. Wenn wir uns auf der Straße oder sonst wo im Ort trafen, hatte ich zuweilen den Eindruck, sie bereute, wie sie mich damals auf der Kirmes abgefertigt hatte. Nach dem Tode meiner Elfriede wurde sie mir zur unentbehrlichen Stütze. Sie setzte sich zu mir auf die Hausbank, plauderte mit mir und tröstete mich. Sie lud mich sonntags zum Nachmittagskaffee ein. Und an einem regnerischen Tag im letzten Herbst sprach sie den missratenen Kirmesbummel in Öschelhain an. Ich erzählte ihr genau das, was ich hier niedergeschrieben habe. Sie lachte verlegen und gestand mir nach nunmehr fünfzig Jahren, dass sie damals auch in mich verschossen war, aber nicht gewusst habe, wie sie sich verhalten soll. Auch nach meinem missglückten Annäherungsversuch habe sie jeden meiner Schritte mit Wohlwollen und Zuneigung beobachtet.

Woche für Woche sind wir uns wieder nähergekommen. Wir haben geheiratet, und sie ist zu mir gezogen. Es war ein kleiner Umzug über die Straße, aber für uns beide ein großer Schritt in die Zukunft und eine große Freude.

Fünfzig Jahre lang habe ich jenen Kirmesbesuch für mich behalten, beichte ihn aber jetzt, weil ich beobachte, dass das Entsorgen von Gefühlen und das schnelle Trennen in Mode kommen. Das bedauere ich sehr, weil ich selbst erfahren habe, dass die großen Empfindungen und Sinnesreize aus der Jugendzeit ein Leben lang vorhalten, auch wenn sie zeitweise von anderen Einwirkungen überlagert werden. Ich hätte damals gleich mit Paula reden müssen, spätestens nach vier, fünf Jahren. Wie ich heute weiß, hatte sie auf eine liebende Geste von mir gehofft, und ich hatte auf ein verzeihendes Wort von ihr gewartet. Darum habe ich meinen beiden Kindern oft genug gesagt und rate allen Leuten: Redet miteinander! Geht über Missverständnisse nicht achselzuckend hinweg.

Paula Balbach

Von den Vorbildern, Originalen und Sonderlingen, die den Alltag in unserem Dorf prägten, möchte ich drei würdigen. Alle drei haben nicht die hiesige Volksschule besucht, denn sie sind erst nach dem Krieg zu uns gekommen. Sie haben auf ihre Weise unsere Gemeinschaft bereichert. Alle drei ruhen auf unserem Friedhof einträchtig nebeneinander.

*

Serge, der französische Kriegsgefangene, der auf unserem Hof Knecht und umsichtiger Helfer in allen Lebenslagen gewesen war, hatte mir einen Brief geschrieben, der mich aus dem Haus trieb. Ich wollte ein paar Tage allein sein und suchte Zuflucht in einer Waldhütte, die ich kannte. Als ich die Tür der Hütte öffnete, stand ein Mann vor mir. Ich erschrak zu Tode, und er starrte mich entgeistert an, fasste sich jedoch schnell, lächelte mich beruhigend an und stellte sich vor: »Sergej, russischer Offizier auf der Flucht.«

Serge – Sergej! Welch ein Zufall!

Sergej begann zu erzählen. Er sei mit zwei Kameraden bei Nacht und Nebel Richtung Süden marschiert. Und als er krank geworden sei, habe er seine Freunde gebeten, ihn in dieser Hütte zurückzulassen, weil er ihre Flucht nicht behindern wollte.

Monatelang habe er sich tagsüber in der Hütte versteckt und nachts etwas zu essen organisiert. Es wurde Herbst. Der erste Frost kam. Er habe geahnt, dass er den Winter ohne Hilfe nicht überstehen würde.

Sergej hat mir sein Bett überlassen und auf dem Fußboden geschlafen. Drei oder vier Tage lang hausten wir nebeneinander her. Ich ging tagsüber spazieren oder kaufte im nächsten Ort ein. Er verließ die Hütte nur nachts.

Am dritten oder vierten Tag hörten wir gegen Abend einen Traktor, und mein Vater schaute durchs Fenster herein.

In großer Sorge um mich hatte er alle Orte abgeklappert, die ich in meiner Kindheit und Jugend besucht hatte. Kurt, der Sohn des Pfarrers, hatte den Traktor gefahren. Im Dorfladen dann die erlösende Nachricht: Ja, ich sei da gewesen.

Mein Vater, Kurt und ich redeten über eine Stunde lang mit Engelszungen auf Sergej ein. Er solle nach Sonnenfurt mitkommen. Er sträubte sich. Soldaten der Weißen Armee, die ins Ausland geflohen waren und sich nicht bei sowjetrussischen Auslandsvertretungen gemeldet hatten, sei die Staatsbürgerschaft aberkannt worden, sagte er uns. Er sei staatenlos und rechtlos. Auch müsse er befürchten, dass die Amis ihn an die Sowjets ausliefern. Mein Vater versprach, er werde mit Bürgermeister Balbach reden. Der könne Papiere besorgen. Schließlich hat sich Sergej breitschlagen lassen. Mitten in der Nacht waren wir wieder in Sonnenfurt.

In den nächsten Tagen hat sich Sergej in unserer Scheune eine kleine Wohnung eingerichtet. Er sprach nicht viel, und wir ließen ihn in Ruhe. Karl Balbach stellte ihm eine Aufenthaltsgenehmigung aus, gab ihm Lebensmittelmarken und sprach ihm Mut zu.

Sergej war ein stattlicher Mann, sechzig Jahre alt, noch

kein einziges graues Haar auf dem Kopf, stets sauber rasiert, kräftig, höflich und zurückhaltend. Bis spät in die Nacht brannte ein Licht in der Scheune, denn er las gern und lieh sich ständig Bücher aus. Er las laut, wie ich selbst gehört habe. Manche Sätze wiederholte er mit seinem tiefen Bass einige Male und vervollständigte so sein Deutsch.

Sergej lebte zwar zurückgezogen, doch immer, wenn ich Hilfe brauchte, war er zur Stelle und packte wortlos an. Eines Abends, als er an unserer Haustür vorbeischlenderte, blieb er stehen.

»Bitte, wie viel Uhr ist es?«, fragte er mit seiner wohlklingenden Stimme. Ich sagte es ihm. So wechselten wir ein paar belanglose Sätze. Weil es kalt war, lud ich ihn in unsere Küche ein und brühte Tee auf. Wir plauderten über dies und das.

»Darf ich dich etwas Persönliches fragen?«

Er nickte.

»Du bist doch Russe. Warum bist du nicht in deiner Heimat und musst hier den Knecht spielen?« Dass Sergej ein gebildeter Mann war, ahnte jeder im Dorf. Man munkelte, er habe vielleicht sogar studiert. Sergej gewährte selten Einblicke in sein Leben.

»Weil ich nicht mehr nach Hause kann«, sagte er. »Die Kommunisten stellen mich sofort an die Wand, wenn sie mich erwischen.«

»Warum das denn?« Ich musste wohl ein ungläubiges Gesicht gemacht haben.

Er erklärte mir, dass in Russland gegen Ende des Ersten Weltkriegs ein Bürgerkrieg tobte: Kommunisten gegen Demokraten und Nationalisten, Rote Armee gegen

Weiße Armee. Er sei Hauptmann in der Zarenarmee gewesen und dann Oberstleutnant bei der Weißen Armee. Die Roten siegten. Russland wurde zur Sowjetunion. Er sei nach Litauen geflohen und habe sich 1941 der Ersten Russischen Nationalarmee angeschlossen, die an der Seite der deutschen Wehrmacht gegen das Sowjetregime und für Demokratie und Freiheit in Russland kämpfte.

»Hab ich schon mal gehört«, sagte ich. »Wenn ich's noch recht weiß, nahmen die deutschen Truppen einen russischen General gefangen, der sich als Kriegsgefangener, unterstützt von deutschen Offizieren, an die Spitze einer russischen Befreiungsbewegung stellte, die in Russland die Demokratie einführen und mit Deutschland Frieden schließen wollte.«

Sergej lächelte nachsichtig: »Du meinst die Russische Befreiungsarmee des Generals Wlassow.« Er nippte an seinem Tee. Dann sagte er: »Auf deutscher Seite kämpften im Zweiten Weltkrieg viele russische Verbände. Ich gehörte nicht zu Wlassows Leuten, sondern zur Truppe des Generals Artur Holmston, der eigentlich Boris Alexejewitsch Smyslovky hieß. Unsere sechstausend Mann starke Armee bestand aus besiegten Weißarmisten, aus Flüchtlingen, die sich den deutschen Truppen angeschlossen hatten, und aus verarmten russischen Adligen.«

Sergej berichtete weiter, der Vormarsch der Sowjetarmee im Frühjahr 1945 habe Holmston gezwungen, sich mit seinen Soldaten in den Süden Deutschlands zurückzuziehen. Holmston bat die Schweiz um Asyl, doch die lehnte ab. So setzte er sich schließlich mit rund fünfhundert Getreuen nach Liechtenstein ab, wo alle interniert wurden. Die übrigen Soldaten dieses Freiwilligenverbands fielen auf dem Rückzug oder wurden in viele kleine Grüppchen zersprengt, die sich selbstständig durchschlagen mussten.

Seit jenem Abend habe ich Sergej regelmäßig zum Abendbrot eingeladen, und er revanchierte sich, indem er mir spannende Zusammenhänge der deutsch-russischen Geschichte aufzeigte. Täglich half er bei der Stallarbeit und ging mit aufs Feld. Jeden Samstag zahlte ich ihm den Wochenlohn eines Knechts. Oft lieh er sich bei der Gelegenheit ein Buch. Aber weitere Einblicke in seine Biografie gewährte er auch mir nicht.

Ungefähr zwei Jahre vor seinem Tod erfuhr ich doch noch etwas über ihn, denn eines Tages stand ein Mann vor meiner Tür. Es war Alexej, Sergejs jüngerer Bruder, der in Argentinien lebte und auch unter General Holmston gegen die Sowjets gekämpft hatte. Ob er seinen Besuch angekündigt hat oder ohne Anmeldung hier aufkreuzte, habe ich nie erfahren. Jedenfalls blieb Alexej zwei Wochen, und ich habe ihn verköstigt.

Sergej erzählte mir, General Juan Peron, Präsident von Argentinien, habe sich 1947 bereit erklärt, Exilrussen im Rahmen eines Einwanderungskontingents in seinem Land aufzunehmen. Nach einer gewissen Zeit habe er ihnen sogar die argentinische Staatsangehörigkeit verliehen. Sergej sagte das mit einem Vorwurf in der Stimme, als wolle er die deutsche Regierung kritisieren, die sich bisher zu keiner derartigen humanitären Entscheidung durchringen konnte.

Jedem im Dorf, der am Schicksal der Brüder Anteil nahm, erklärte Sergej, sein Bruder sei zunächst, wie Holmston, in Liechtenstein interniert worden, bevor er

1949 nach Argentinien auswanderte in der felsenfesten Überzeugung, Bruder Sergej sei längst tot, hatten doch Sergejs Fluchtbegleiter berichtet, sie hätten ihn gegen Kriegsende todkrank in einer Waldhütte zurücklassen müssen. Zwölf Jahre später habe Alexej an einem Treffen ehemaliger Kameraden in Vaduz teilgenommen und aus einem unbestimmten Gefühl heraus einen Antrag ans Internationale Rote Kreuz gestellt, man möge das Schicksal seines Bruders aufklären. Dann die schier unglaubliche Nachricht: Sergej lebt!

Sergej war in der Zwischenzeit zu einer Institution in Sonnenfurt geworden. Er kümmerte sich um Alte und Kranke und gab sein Geld bis auf den letzten Pfennig für andere aus. Er schloss damit eine Lücke, denn nach den Krügers hatten sich die drei nachfolgenden Pfarrer aufs Predigen, Taufen, Trauen und Beerdigen konzentriert und die Arbeit in der Gemeinde vernachlässigt. Fräulein Ledlein, die Lehrerin, sagte einmal etwas ironisch zu mir: »Früher sind die besten einer Schulklasse Pfarrer geworden. Heute ist das leider nicht mehr der Fall. Klugheit und Belastbarkeit der Theologen haben doch arg gelitten, seitdem viele im schwarzen Rock den Nazis nachgelaufen sind.«

Sergej war das egal. Er sah die Not, und er handelte. Und er tat es umsichtig, als habe er sein ganzes Leben lang nichts anderes gemacht. Hörte er, jemand sei krank, dann ging er am Abend hin und erkundigte sich, woran der Betreffende litt. Er verfügte über Kräuterwissen und einen großen Fundus an Heilkräutern, die er sammelte, trocknete und in seiner Kammer in Gläsern aufbewahrte. War er unsicher, schrieb er einen Zettel, gab ihn der alten Lina und bat sie, Doktor Waller in Öschelhain aufzusuchen und das verordnete Medikament gleich in der Apotheke zu besorgen. Hatte der Kranke kein Geld, dann zahlte Sergej die Arznei aus der eigenen Tasche.

Sergej, wiewohl selbst schon ein alter Mann, kümmerte sich rührend um die Alten im Dorf, die bettlägerig waren oder am Leben verzagten. Nach dem Abendvesper dankte er mir mit Handschlag und machte sich zu Hausbesuchen auf. Meist wurde er sehnsüchtig erwartet, brachte er doch etwas zu essen und trinken mit, wenn er wusste, dass der Leidende unversorgt war.

Konnte er nicht helfen, dann besprach er sich mit mir, meinem Vater oder Fräulein Ledlein. Gemeinsam suchten wir nach einer Lösung.

Vorletztes Jahr starb Sergej. Sein Tod kam plötzlich. Er half mir beim Rübenverziehen und schmiedete noch Pläne für die Zeit nach dem Dreschen. Mitten im Satz sank er zu Boden.

Seine Beerdigung war die größte, die Sonnenfurt je gesehen hat. Fräulein Ledlein hielt eine Rede an seinem Grab. Ein Satz ist mir im Gedächtnis geblieben: »Sonne, Mond und Sterne halten sich seit urdenklichen Zeiten gehorsam an den göttlichen Fahrplan. Sergej war für uns Sonne, Mond und Sterne. Auch er hat sich an einen Fahrplan gehalten, den der Gerechtigkeit und der Nächstenliebe. Wo er war, da war immer Licht, bei Tag und bei Nacht, im Sommer wie im Winter.«

*

Da war Lina. Eigentlich hieß sie Karoline. Sie kam im Februar 1946 aus Ungarn zu uns. Herrmann Mühlberg nahm sie in sein Haus auf. Schon damals war sie eine alte Frau, wenn ich mich recht erinnere. Sie war allein, als sie kam. In ihrer Heimat hatte sie sich als Magd verdingt. In Sonnenfurt half sie bei den Bauern aus und entdeckte schon bald eine weitere Einkommensquelle: den Botendienst. Unser Dorf hatte keinen Anschluss an die Eisenbahn, es fuhren auch keine regelmäßigen Busse. Noch besaßen die wenigsten ein Auto. Wer in Öschelhain etwas zu besorgen hatte, stand vor der Quadratur des Kreises. Wie dort hinkommen? Woher die Zeit für einen Behördengang oder eine Reparatur nehmen? Womit den großen Aufwand rechtfertigen?

Lina beherrschte zwar nicht die höhere Mathematik, aber sie hatte einen praktischen Verstand. Darum bot sie schon bald ihre Dienste als Botin an. Zweimal wöchentlich machte sie sich auf den Weg nach Öschelhain, ging auf die Ämter, zum Arzt, zum Apotheker, zum Uhrmacher, zum Buchhändler, zum Drogisten, auf die Bank, zur Post und besorgte, was man bestellt hatte. Sie nahm Aufträge und Vollmachten entgegen und erledigte selbst ausgefallene Wünsche pünktlich und gewissenhaft.

Zu Lebzeiten sah man sie stets gleich gewandet, sommers wie winters. Genagelte Stiefel, vier nachtblaue und schwarze Röcke übereinander, dunkles Hemd, dunkle Strickweste, dunkler Zwilchkittel, roter Filzhut, roter Stockschirm und auf dem Rücken einen großen Rucksack. Man hörte und roch sie schon von weitem. Hut und Schirm schützten sie bei Regen. Die rote Farbe sollte sie im Wald vor schießwütigen Jägern und auf der Straße vor rasenden Motorrad- und Autofahrern bewahren. Den Stock benutzte sie, um streunende Hunde zu verscheuchen, auch sollte er ihr notfalls geldgierige Landstreicher vom Leib halten.

Sie ging nie der Straße nach in die Kreisstadt, sondern stets querfeldein, der Nase nach, dem Zinken, wie man im Dorf sagte. Durch Wiesen, Wälder, Felder. Zuweilen ein Stück auf der Landstraße. Sie orientierte sich an hochragenden Bäumen und Auffälligkeiten am Horizont. So hatte sie nicht zehn oder elf Kilometer vor sich, wenn sie lostiefelte, sondern höchstens acht. Weil sie ihr ganzes Leben viel in der frischen Luft gearbeitet und täglich weite Strecken zurückgelegt hatte, war ihr Schritt lang, gleichmäßig und zügig. Nach längstens anderthalb Stunden marschierte sie in Öschelhain ein.

Dort folgte sie einer über die Jahre verfeinerten Strategie. Zuerst zu Doktor Waller, wo ihr die Sprechstundenhilfe kostenlos Kaffee und Brötchen servierte, während der Arzt die schriftlichen Patientenwünsche studierte und die erbetenen Rezepte ausstellte. Beim Apotheker die Rezepte abgeben. Dann, unter Vorlage von Vollmachten, Vorsprache bei den Behörden. Jetzt bei diversen Handwerkern Schadhaftes abgeben und Repariertes abholen. Weiter zu den Fachgeschäften und dort spezielle Aufträge erledigen. Zurück zum Apotheker und die Medikamente abholen. Danach mit Vollmachten und vertraulich überlassenen Ausweispapieren zur Bank und zur Post. Und schließlich in die Mauergasse zur Babette, Ungarndeutsche wie sie, ein Schwätzchen halten und das Vesperbrot für den Heimweg mitnehmen.

Auch als in den fünfziger und sechziger Jahren etliche

Sonnenfurter ein eigenes Auto hatten, nahmen viele Linas Dienste weiterhin in Anspruch. Sie war zuverlässig und diskret, sie verlangte nicht viel für ihre Botengänge, und sie hatte sich im Lauf der Jahre ein Spezialwissen angeeignet. Sie wusste, wo was zu kaufen ist. Sie wusste, wer was repariert. Sie wusste, wie man bei Behörden schnell zum Ergebnis kommt. Und sie wusste, wem zu trauen ist und wem nicht.

Vorletztes Jahr ist unsere Lina gestorben. Sie hatte kein leichtes Leben und wurde dennoch fünfundneunzig Jahre alt. Sie hinterließ ein Sparbuch über siebzigtausend Mark und ein Testament. Darin verfügte sie, dass der Kindergarten jährlich dreitausend Mark für Anschaffungen bekommen soll.

*

Und da war Johann. Er, Lina und Sergej bildeten ein segensreiches Dreigestirn in unserem Dorf. Sergej kümmerte sich um die Alten und Kranken. Lina bot ihre Dienste als Besorgerin an. Und Johann, ein einfältiger Riese, der wochentags unrasiert und ungepflegt war, saß jeden Morgen gegen halb acht vor dem Rathaus und wartete auf Aufträge, wenn man ihn nicht schon am Vorabend engagiert hatte.

Überall da, wo man einen Muskelprotz brauchte, war er zur Stelle. Er spuckte in die Hände und – hau ruck! – schon stand ein Schrank an neuem Platz, schob er eine volle Schubkarre wohin man wollte, hieb er Baumwurzeln aus dem Boden, schnitt er Hecken und Sträucher, belud er Ernte- wie Möbelwagen, schaufelte er auf dem

Friedhof ein Grab, wuchtete er Säcke auf den Speicher. War die Arbeit getan, die man ihn geheißen hatte, wartete er wieder auf dem Kirchplatz auf einen neuen Auftrag.

Jeden Samstagabend kam er zu mir. Ich hieß ihn in den Badezuber steigen, die Haare waschen, sich rasieren und frisch einkleiden. Ich besorgte seine Wäsche und passte auf, dass er nicht verwahrloste und nicht im Chaos versank. Vorletztes Jahr ist Johann gestorben und mit ihm das letzte Faktotum unserer Gemeinde und zugleich der letzte Sonderling.

Hans Balbach

Vor vier Jahren habe ich Irene Bäuerle geheiratet, die Tochter des Sägmüllers. Sie ist drei Jahre jünger als ich. Beinahe täglich begegneten wir uns auf dem Weg zur Schule und auf dem Schulhof, hatten uns aber nichts zu sagen. Ich blieb nach der Schulentlassung in Sonnenfurt, während sie einige Zeit in Öschelhain lebte und dort die Berufsfachschule für Erzieherinnen besuchte. Eines Tages war sie wieder da. Der Gemeinderat hatte ihr den hiesigen Kindergarten anvertraut. Morgens gegen halb acht eilte die attraktive Brünette, der die Männer nachstarrten, von ihrem elterlichen Haus, der Sägemühle, die Hauptstraße hinauf zum Kindergarten, der gegenüber der Volksschule liegt, die im Zuge der Schulreform geschlossen wurde. Nachmittags, kurz nach vier, schlenderte sie den gleichen Weg zurück und plauderte mit jedem, der ihr über den Weg lief. Beim Faschingsball des Sportvereins hat es zwischen uns gefunkt. Seit jener Nacht sind wir unzertrennlich. Vor zwei Jahren wurde uns eine Tochter geschenkt: Lena, ein Sonnenschein.

In meiner Kindheit und Jugend verbrachte ich vor allem winters viel Zeit in der Werkstatt meines Vaters. Angeleitet von meinem Vater und Hermann Hofmann, dem erfahrenen Spielzeugmacher aus Böhmen, beherrschte ich schon bald die Techniken der Holzbearbeitung. Darum wollte ich Schreiner werden.

An den Sommersonntagen spazierte mein Vater, gleich nach dem Gottesdienst, mit meiner Schwester Sophie und mir aus dem Ort hinaus, zeigte seine Felder und Wiesen, erklärte die Getreidearten nach Farbe, Wuchs und Ähre, erläuterte die anstehenden Feldarbeiten und erhellte uns den Zusammenhang von Pflanzen, Regen, Wind und Wärme. In den kalten Monaten marschierte er mit uns an der Neide entlang oder durch den Wald und erzählte von seiner Arbeit im Rathaus und den Herausforderungen, vor denen die Gemeinde stand. Bevor wir zum Mittagessen heimgingen, führte er uns in seine Amtsstube und zeigte die Schriftstücke, die er unterwegs erwähnt hatte.

Als ich vierzehn war und die Schule hinter mir hatte, gab es in Sonnenfurt keine Schreinerei mehr. Also musste ich in Öschelhain in die Lehre. Und weil der Bus unregelmäßig fuhr, schwang ich mich sommers wie winters um halb sieben aufs Rad und strampelte bei jedem Wind und Wetter dorthin.

Nach der Hochzeit habe ich mich selbstständig gemacht. Ich betreibe eine kleine Manufaktur. Über die Wintermonate beschäftige ich ganztags zwei Bauern, die

Holzspielzeug auf Vorrat produzieren: Baukästen, Kaufläden und Spielhäuser, Lastwagen, Autos, Roller, Dreiräder und Holländer. Bei Bedarf helfen mir die beiden auch sommers.

Außer Holzspielzeug stelle ich Lehr- und Lernmaterialien für Kindergärten und Grundschulen her, allerdings in kleinen Serien: Tafeln, Rechenhilfen zur Flächen-, Volumen- und Gewichtsberechnung, Klangstäbe, Klangschalen und vieles mehr. Ich weiß, dass mein Sortiment sehr groß ist, doch solange ich noch keinen festen Kundenstamm habe, arbeite ich nach dem Grundsatz: Wer vieles anbietet, wird manchen anlocken.

Irene hat viele Ideen. Ich fertige daraus Modelle, die sie in den Kindergarten mitnimmt und die Kinder damit spielen lässt. Dabei beobachtet sie die Kleinen genau und berichtet mir, was zu verbessern ist. Auch Fräulein Ledlein, bei der ich in die Schule gegangen bin, hilft mir. Seit einem halben Jahr ist sie pensioniert. Aufgrund ihrer langen Berufserfahrung hat sie bei Unterrichtsmaterialien ein sicheres Urteil.

Inzwischen können Irene und ich ganz gut von meiner Firma leben, zumal ihr Großvater die Wasserturbine uns überschrieben hat. Sie sichert unser Grundeinkommen.

Als Kind vom Land durfte ich in meiner Kindheit und Jugend mehr ausprobieren als ein Stadtkind, lauern dort doch überall Gefahren. Ich dagegen bin mit meinen Freunden am Fluss entlang, habe Forellen geangelt und den Fischreihern zugeschaut, Lägerchen im Wald gebaut, Stecken und Pfeifchen geschnitzt und bin sogar in Fuchsbauten gekrochen. Darum weiß ich, was Kinder zum Spielen anstiftet und was sie sich zum Geburtstag und zu Weihnachten wünschen.

So kam ich vor ein paar Jahren, der alte Hofmann lebte noch, auf die Idee, ein preiswertes, aber für Kinder in seiner Funktionsweise durchschaubares Gefährt auf den Markt zu bringen, einen sogenannten Holländer. Seine Technik verdeutlicht jedem, wie Muskelkraft wirkt. Darum hat die Idee sofort gezündet. Die Aufträge steigen immer noch. Der Holländer war das Tor zu meiner Selbstständigkeit. Leider hat Meister Hofmann nicht mehr miterlebt, wie sein Wissen zur Grundlage meiner Firma wurde.

Mein Holländer besteht, bis auf die Vorderachse, die Hinterachse mit Kurbelschwinge und den Reifengummi, ganz aus Holz. Das Gefährt hat einen Hinterradantrieb. Rudert man die Deichsel mit den Armen vor- und zurück, dann bewegt sie über eine Holzstange die Kurbelschwinge, an der die Hinterräder montiert sind. Mithilfe eines Hebels an der rechten Seite kann man die Räder auf Vorwärts- oder Rückwärtsgang umstellen. Der Hebel an der linken Seite bedient die Schleifbremse. Gelenkt wird der Holländer mit den Füßen auf der Vorderachse.

Immer wieder werde ich von Kunden gefragt, warum ich meine Firma abseits der großen Handelsrouten gegründet habe. Da, wo sich Fuchs und Hase gute Nacht sagen, bekomme man doch nichts mit von der Welt.

Über diese Hochnäsigkeit kann ich nur lachen. Wir in Sonnenfurt hausen nicht mehr auf Bäumen. Wir zünden keine Kienspäne mehr an, wenn es dunkel wird. Wir zerstampfen den Weizen nicht mehr im Mörser.

Wir entleeren unseren Nachthafen nicht mehr durchs Fenster, weil wir gar keinen mehr haben. Bei uns stehen nicht einmal Gartenzwerge vor dem Haus, und hinterm Haus erst recht nicht. Wir besitzen auch schon Messer und Gabel, elektrischen Strom und inzwischen auch fließendes Wasser.

Im Ernst, ich zum Beispiel zahle keine Miete für meine Werkstatt. Ich habe Strom, so viel ich brauche. Kostenlos sogar. Ich habe Holz in Hülle und Fülle vor der Haustür, zum Heizen und für meine Werkstatt. Ich bin sofort im Grünen, wenn ich mittags oder abends an die frische Luft will. Direkt vor meiner Nase fließt die Neide und lockt sommers zum Baden. Nur ein paar Schritte ins Dorf, schon bin ich bei meinen Freunden, die ich seit frühesten Kindertagen kenne. Ich bin im Posaunenchor, den mein Vater seit vielen Jahren dirigiert. Im Sportverein spiele ich Feldhandball. In fünf Minuten bin ich im Wald, wenn mir danach ist. Meine Frau braucht drei Minuten zu ihrem Arbeitsplatz. Und unsere Lena kann im Freien herumtollen. Nächstes Jahr nimmt sie Irene mit in den Kindergarten. Gibt es ein schöneres und entspannteres Leben?

Alle Dorfbewohner, erst recht Familien mit Kindern, genießen größere Freiheiten und haben eine höhere Lebensqualität als Städter. Wir Sonnenfurter sind wie eine Großfamilie. Wenn man etwas dringend braucht oder etwas nicht selbst hinkriegt, dann geht man zu einem Nachbarn. Und weil die Zahl der Einwohner überschaubar ist, lernt man mit der Zeit die Eigenheiten, Stärken und Schwächen aller Mitbürger kennen. Ganz nebenbei bekommt man viel über ihre Sorgen und Nöte mit, studiert in aller Ruhe ihre Persönlichkeit und erwirbt sich eine breite Menschenkenntnis. Ein Dorf ist wie ein Experimentierfeld der Gesellschaft.

Die Schule im Dorf hat nicht die Bedeutung, die Pädagogik und Politik ihr gerne zuschreiben. Vermutlich ist es in der Stadt auch nicht anders. Was man in der Schule gelernt hat, vergisst man fast ganz. Der Lernstoff wird völlig überbewertet. Heute wie vor hundert Jahren. Aber die Erinnerung an Lehrer und Mitschüler bleibt frisch wie am ersten Tag, denn sie alle sind der heimliche Lehrplan. Diese Lektionen verwelken nie. Und sie schärfen die Sinne, nach Vorbildern, Originalen und Sonderlingen Ausschau zu halten, die den Alltag prägen und, gewollt oder ungewollt, den sozialen Zusammenhalt fördern.

Denke ich an meine Klassen- und Schulkameraden, könnte ich Geschichten erzählen, die ihresgleichen suchen. Aber das gehört sich meines Erachtens nicht. Im Dorf lebt man so eng zusammen, einer weiß fast alles vom anderen, dass man sich mit öffentlichen Äußerungen zurückhalten sollte.

Nur so viel: In meiner Schulzeit gab es alle in der Psychologie bekannten Typen von Zeitgenossen, wie in jeder Stadtschule auch. Den arroganten Pinsel, der sich schon mal werktags mit weißem Hemd und Schlips verkleidete und, eine Melone auf dem Kopf, die paar Meter zur Schule radelte. Den lernunwilligen Dauerlächler, der schwieg, wenn er aufgerufen wurde, und sich pomadig in der Bank räkelte, als gehöre er nicht in die Klasse. Das verkannte Genie, das sich zu jeder Frage meldete, angeblich alles wusste und nie lernen musste. Die kleine Streberin, die ihr Wissen ihrem unermüdlichen Fleiß verdankte und keinen abschreiben ließ. Den ewigen Stenz, der sich schon in der vierten Klasse parfümierte und mit den Mädchen flirtete. Den Hallodri und Herumtreiber, der kein Fest ausließ, erst tief in der Nacht beschwingt heimtrudelte, was seinen Eltern egal war, und morgens im Unterricht pennte. Die Geschäftstüchtige, die mit allem, was ihr in die Finger kam, einen schwungvollen Handel trieb, mit Haar- und Zopfspangen, mit billigen Broschen und Ringen, mit Sammelbildchen und Briefmarken. Die Fromme, die Süßholz raspelte und bei jeder Antwort den Blick himmelwärts richtete. Das Modepüppchen, das mit Duftwolke und Haarpomade auf den letzten Drücker zur Klassenzimmertür hereinschwebte und kesse Blicke um sich warf.

Lena Ledlein

Ich weiß noch gut, wie wir, meine Mutter und ich, in Sonnenfurt angekommen sind. Pfarrer Krüger und Bürgermeister Balbach trugen unser Gepäck ins Pfarrhaus, wo wir freundlich aufgenommen wurden. Schon bald verdienten meine Mutter und ich unseren Lebensunterhalt mit Schneidern, Stricken, Häkeln und Sticken. Im selben Sommer durfte ich den ersten Lehrgang für angehende Lehrer und Lehrerinnen besuchen. Im September 1945 war ich wieder im Schuldienst. Bald darauf wurde Alma Zeller meine Kollegin. Zu ihr muss ich nicht viel sagen. Sie war kinderlieb, nahm nichts übel, sah den Kleinen viel nach. Die Kinder liebten sie heiß und innig.

Dann heiratete sie und zog zu ihrem Mann nach Öschelhain. Schade! Ich habe ihr nachgetrauert.

Auch deshalb, weil in den Sommerferien ein merkwürdiger Mensch in Sonnenfurt aufkreuzte: Alfred Harwich. Er wirkte vom ersten Auftreten an ungepflegt, trug täglich denselben abgewetzten Kittel, hatte knochige Finger mit abgenagten Fingernägeln und große, abstehende Ohren. Das ganze Gesicht drückte Qual aus, was seltsam zu seinem selbstherrlichen Gehabe kontrastierte. Die Schüler nannten ihn schon bald »den Bohrer«. Vom allerersten Tag an gab es nur noch ein Schulfach: unser Herr Lehrer. Ich meine damit sowohl sein narzisstisches Auftreten als auch seine entsetzlichen Selbstinszenierungen. Gleich in der ersten Schulwoche breitete er seinen ganzen Lebenslauf vor seinen Schülern aus. Er wollte angehimmelt werden. Sogar den Kindern war das peinlich.

Ich habe ihn zweimal zu Blümchenkaffee und Kuchen eingeladen. Dann nie mehr, denn er breitete mit akribischer Detailversessenheit seinen Lebenslauf vor mir aus.

Ursprünglich stammte er aus Pommern. Als er zwölf war, verunglückte seine Mutter tödlich. Gleich im ersten Kriegsjahr starb sein Vater auf dem Polenfeldzug, er hatte sich freiwillig zu den Soldaten gemeldet. Ein unverheirateter Onkel nahm sich des verwaisten Jungen an, richtete ihm in seinem Haus in Ulm ein Zimmer ein. Bett, Tisch, Stuhl, Anrichte und Wandregal, alles von Alfreds Eltern ererbt, sonst nichts. Der kargen Einrichtung entsprach auch die eintönige Gestaltung der Tage und Wochen, so Lehrer Harwich vor der Klasse.

Kamillen- oder Pfefferminztee, sonntags oft schwarzer Tee, Quittengelee oder Zwetschgenmarmelade, das waren die Alternativen, die pünktlich um Viertel vor sieben entschieden sein mussten und griffbereit auf dem Küchentisch zu stehen hatten.

Schweigend frühstückten die beiden, denn der Onkel war, wie jeden Morgen, in die Zeitung vertieft. Nur das gelegentliche Rascheln des Papiers war zu hören. Der viertelstündigen Lektüre folgte die fünfminütige Information aus dem Volksempfänger. Wieder war Schweigen geboten. Alfred hatte längst gelernt, dass Zeitung und Radio dem Onkel heilig waren.

Alfred war mit seinen zwischenzeitlich fünfzehn Jahren erwachsen genug, um seinem Onkel für die Aufnahme in dessen Haus dankbar zu sein. Dennoch atmete er erleichtert auf, wenn sich der Onkel in seine Uhrmacherwerkstatt verabschiedete, die im Erdgeschoss des Hauses lag. Erst zwei Jahre vor Alfreds Einzug hatte der Onkel die Werkstatt um ein paar Quadratmeter verkleinert und um einen Uhrenladen erweitert.

Nicht die teuren Weltmarken für die feinen Damen und Herren lagen hier aus, sondern Wecker, Küchen- und Büffetuhren, Armband- und Taschenuhren für die Nachbarschaft sowie Kommunions- und Konfirmationsgeschenke, dazu Barometer und Thermometer für Haus und Garten. Und natürlich Uhrenketten aller Art, Zierrat für die Taschenuhren und Sonntagskittel, beliebt bei den alten Herren und neuerdings auch bei den jungen Offizieren.

War der Onkel in sein Tagesreich ins Erdgeschoss verschwunden, räumte Alfred gleich den Küchentisch ab, spülte Geschirr und Besteck, holte sein Fahrrad aus dem Keller und strampelte zur Oberschule, allerdings erst, nachdem er Schulmappe und Hausaufgaben kontrolliert hatte, wie vom Onkel eingetrichtert.

In der Schule war Alfred ein Außenseiter. Seine Klassenkameraden mochten ihn nicht, denn er ließ nicht abschreiben. Die Mädchen hielten eher Distanz zu ihm. Den Lehrern war er egal, weil er im Unterricht unauffällig blieb. Zum Militär taugte er nicht. Er hatte es auf der Lunge, wie er selbst sagte.

Nach dem Abitur wollte ihn der Onkel bei einem anderen Uhrmachermeister in die Lehre geben. Denn für ihn stand die Uhrmacherei über allen Techniken und Künsten. Sie sei die Krönung des technischen Zeitalters, behauptete er. Ohne Uhrmacher sei die Zeit unberechenbar. Nur mit Hilfe der Uhrmacher könne man Vergangenheit, Gegenwart und Zukunft ausmessen.

Doch Alfred wollte partout aufs Lehrerseminar. Nach der Lehramtsprüfung wurde er vom Schulrat einer Esslinger Volksschule zugewiesen. Die Arbeit machte ihn glücklich, aber seine Schüler litten große Not, denn ihr Lehrer entpuppte sich als schwieriger und eigenwilliger Charakter. Das zeigte sich in seinem Unterricht, der wenig kindgerecht, eher staubtrocken war, und in seinem selbstsüchtigen Auftreten. Die Eltern liefen Sturm, die Schulbehörde reagierte.

Und so kam Harwich nach Sonnenfurt. Der Schulrat hatte wohl gedacht, einen so schwierigen Charakter könne man nur noch Landkindern zumuten. Doch auch hier präsentierte sich der neue Lehrer wie an alter Stelle. Ohne Rücksicht auf die Kinder schnurrte er sein Pensum herunter. Ja, er belustigte sich sogar über die Schüler, die etwas nicht verstanden. Er verhöhnte sie, wenn sie sich seine staubtrockenen Predigten nicht zu Herzen nahmen, weil er sich persönlich beleidigt fühlte. Täglich rieb er ihnen unter die Nase, man müsse sich schinden, wenn man sich Wissen aneignen wolle; sie sollten sich ihn zum Vorbild nehmen. Er war verrückt nach sich selbst.

Tolldreist waren seine Klassenarbeiten. Er hatte einen Matrizendrucker (Marke Greif, Goslar, Baujahr 1927) und einen ganzen Kofferraum voller Matrizenpapier in einem klapprigen Renault, Baujahr 1935, nach Sonnenfurt mitgebracht. Und wo immer möglich, ließ er Tests schreiben, wie er seine wöchentlichen Leistungskontrollen nannte. Stolz führte er mir eines Tages seine pädagogische Erfindung vor. Er hatte Fragen auf eine Matrize geschrieben, zu jeder Frage eine richtige und drei falsche Antworten notiert und vor alle Antworten kleine Kreise zum Ankreuzen gemalt. Vor meinen Augen spannte er die Matrize in den Spiritusdrucker ein und kurbelte die Testaufgaben auf spezielles Papier. Die Schüler müssten jetzt nur noch die richtigen Antworten auf den Aufgabenblättern ankreuzen. Dann lege er die sauber gestapelten Arbeiten aufs Pult und durchbohre, vor den staunenden Kindern, die »richtigen« Kreise mit einem Drillbohrer. Testbogen für Testbogen halte er gegen das Licht und zähle die Löcher an richtiger Stelle auf jedem Blatt. In längstens zwanzig Minuten, prahlte er, könne er so die ganze Klasse zensieren, und zwar fehlerfrei, wie es objektiver nicht möglich sei. Er werde die Pädagogik umkrempeln und vom Kopf auf die Füße stellen.

In den Sommerferien zur fünften Klasse verschwand der pädagogische Bohrer wieder, wie er gekommen war. Er tuckerte mit seinem alten Renault über die Neide-

Brücke und war nie mehr gesehen. Ob sich Eltern beim Schulrat beschwert haben, weiß ich nicht.

Danach sind andere Lehrer und Lehrerinnen gekommen und wieder gegangen. Ich bin geblieben. Sonnenfurt ist mir längst zur neuen Heimat geworden Hier fühle ich mich wohl, hier will ich bleiben. Seit nunmehr dreißig Jahren dirigiere ich den Kirchenchor und spiele Orgel, nicht nur bei Gottesdiensten, sondern auch bei Taufen, Hochzeiten und Beerdigungen. Fast genauso lange bin ich im Gemeinderat. Mittlerweile bin ich im Ruhestand, wohne aber noch im alten Schulhaus unter dem Dach.

Alma Zeller

Zunächst war ich Schulpraktikantin, angeleitet von der erfahrenen Lena Ledlein. Nach zwei Fortbildungskursen wurde ich zur Schulhelferin ernannt. Im ersten Dienstjahr wohnte ich noch bei den Wagners im Souterrain, zusammen mit meiner Mutter und meiner Schwester. Täglich besprach ich mich mit Lena, wie man eine Schulstunde gestaltet. Schon bald hatte ich so viel Routine im Unterrichten, dass Lena mir die Grundschulkinder anvertraute, während sie sich auf die Mittel- und Oberstufenschüler konzentrierte. Ich hatte jetzt ein bescheidenes Einkommen und vor allem genug zu essen, auch dank der Zuwendungen vieler Eltern.

Im April 1946 teilte mir das Kultusministerium mit, ich sei zur Lehrerausbildung zugelassen. In Esslingen, Künzelsau, Markgröningen, Nürtingen und Schwäbisch

Gmünd würden demnächst Lehrerseminare eröffnet. Ich solle mich bereithalten. Die Ausbildung dauere ein Jahr. Wenig später eine zweite Nachricht: Im Mai geht's los. Dann die Gewissheit: Ich müsse mich am 10. Mai in Künzelsau einfinden. Zwei Wolldecken, Bettwäsche, Essbesteck und eine Tasse mit Unterteller seien mitzubringen. Schulgeld werde nicht erhoben, aber die übrigen Kosten für Verpflegung, Ausstattung, Wäsche und Lernmittel seien selbst aufzubringen.

Meine Mutter bat ihre Eltern in Zürich um Hilfe. Die schickten über das Konsulat in Stuttgart Leibwäsche, Kleider, Röcke und Blusen. Das Konsulat legte noch Wolldecken und Bettwäsche dazu, denn das konnte ich nirgendwo kaufen, weil ich als ledige junge Frau keinen Anspruch auf einen Bezugsschein hatte.

Im Lehrerseminar angekommen, einem ehemaligen Schloss, mussten wir Seminaristen Stühle und Tische schleppen, Schränke auswaschen, Betten aufschlagen und die Zimmer und Waschräume säubern. Dann das erste gemeinsame Abendessen im Speisesaal, in dem ein Klavier stand. Jeder musste sich kurz vorstellen. Ein erster Überblick über die Gruppe, ein erstes Kennenlernen. Neunzehn junge Frauen, alle um die zwanzig, und sechsundfünfzig Männer zwischen fünfundzwanzig und dreißig. Abiturientinnen mit Unterrichtserfahrung wie ich, Kriegsteilnehmer aller Waffengattungen, gerade aus der Kriegsgefangenschaft entlassen. Mehr Flüchtlinge als Einheimische. Etliche trugen noch die Uniformjacke, auf der PW, Prisoner of War, zu erkennen war, trotz vieler Reinigungsversuche. Nach dem kärglichen Mahl, Schalkartoffeln mit Kraut, setzte sich ein junger Mann ans Klavier, klimperte ein bisschen, bis er ein paar Gassenhauer intonierte, die alle mitsangen.

Am nächsten Tag, einem Samstag, fand in der Künzelsauer Stadtkirche die Eröffnungsfeier statt. Vertreter der Militärregierung, des Kultusministeriums und der Stadt begrüßten uns. Dazu brausende Orgelmusik, und ich mittendrinn. Mir lief ein Schauer über den Rücken, als die Musik erklang. Spätestens jetzt überkam mich das Gefühl, auf dem Weg zu neuen Idealen zu sein.

Der Stundenplan platzte aus allen Nähten: Unterrichtslehre, Wandtafelzeichnen, Pädagogik, Psychologie, Religion, Deutsch, Englisch, Biologie, Musik. Zwei Tage in der Woche hospitierten wir in den Schulen in und um Künzelsau und schnupperten den Schulalltag. Und immer wieder Ernteeinsätze. Heumachen, Erbsen ernten und schälen, Kartoffellese. Dazwischen zwei Wochen Ferien. Im Juli 1947 Abschlussprüfungen. Alle haben bestanden.

Ich durfte wieder zurück nach Sonnenfurt. Lena Ledlein und Bürgermeister Balbach hatten sich beim Schulamt für mich eingesetzt. Doch als ich heimkam, eröffnete mir meine Mutter, dass sie und Elsa in der folgenden Woche in die Schweiz übersiedeln würden. Zugleich teilte sie mir mit, dass ihr der Scheidungsrichter neunzehntausendvierhundertzehn Mark zugesprochen habe. Ein Drittel davon stünde mir zu: rund sechstausendsechshundert Mark. Sie habe für mich ein Sparbuch bei der Post beantragt, ich müsse nur noch unterschreiben. Aber ich solle das Geld mit vollen Händen ausgeben. Die Gerüchte, bald entwerte eine neue Währung die alte Reichsmark, wollten nicht verstummen.

Am selben Tag, an dem meine Mutter und meine

Schwester Sonnenfurt verließen, bezogen Lena Ledlein und ich die Lehrerwohnung im Dachgeschoss des Schulhauses. Lenas Mutter war im Frühjahr gestorben, und der neue Pfarrer beanspruchte das ganze Pfarrhaus für sich und seine sechsköpfige Familie. Drei Zimmer, mit Blick über den Ort, eine kleine Küche und eine Art Badezimmer mit Plumpsklo. Zwar hatten wir noch kein fließendes Wasser, aber die Rohrleitungen waren schon verlegt, fehlte nur noch der Anschluss an die Wasserversorgung, die für die kommenden Jahre geplant war. Bis dahin hing im Badezimmer ein Wasserbehälter, den man per Handpumpe füllen konnte.

Im Seminar hatte ich Willi kennengelernt. Er war fünf Jahre älter und im Krieg Panzerkommandant gewesen. Er unterrichtete an der Knabenvolksschule in Öschelhain. Und er hatte ein altes Auto. Immer öfter besuchte er mich am Wochenende. Mit ihm machte ich Ausflüge in die Umgebung. In den Sommerferien 1949 heirateten wir, und ich zog zu ihm. Der Schulrat hat mich wunschgemäß dorthin versetzt. Öschelhain ist ja nicht weit von Sonnenfurt, mit dem Auto zehn Minuten. Ich werde meinem ersten Dienstort immer verbunden bleiben.

Vroni Zeller

Denke ich an Sonnenfurt, fühle ich Dankbarkeit und Beklemmung zugleich. Ich bin dankbar, dass ich mich nach den Wirren des Krieges in dem Dorf an der Neide ausruhen durfte und wieder zu mir finden konnte. Zugleich wird mir das Herz schwer, fällt mir doch sofort die schrecklichste aller Nachrichten ein, die mich in Sonnenfurt ereilte: Mein lieber Junge lebt nicht mehr.

Ich neige schon seit Kindertagen dazu, das Leben eher pessimistisch anzugehen. Das verstärkte sich noch nach Eugens Tod. Nachts, wenn die Arbeit getan war und die Geräusche des Alltags verklangen, fokussierte ich mich ganz auf meine freudlosen Gedanken. Ich verfiel ins Grübeln, hing trübsinnigen Fiktionen nach und geriet in eine Art Trance. Meine Erinnerungen und Gefühle liefen auf Hochtouren, bauschten sich auf, wurden grauer und verzweifelter und drehten sich im Kreis. Mein Blick verengte sich, ich bewertete mich ständig selbst, verzerrte die Realitäten und stellte unnütze Fragen. Und so kam, was kommen musste: Ich fiel in eine unendliche Traurigkeit und Hilflosigkeit.

Zum Glück hielten meine Eltern zu mir. Sie freuten sich, dass ich den Kriegswirren unbeschadet entkommen war. Kein einziges Wort des Vorwurfs. Vielmehr sprachen sie mir in langen Briefen Mut zu. Sie wohnten immer noch im Baselbiet, dem Halbkanton um Basel, wo ich geboren bin. Die Nachricht, ich wolle mich scheiden lassen, begrüßten sie überschwänglich. Sie besorgten umgehend eine amtliche Bescheinigung, dass ich von Geburt an Bürgerin einer Baselbieter Gemeinde und damit Schweizer Staatsbürgerin war, und schickten sie ans Konsulat in Stuttgart.

Dann die Fahrt nach Hamburg. Konsul Suter hatte Wort gehalten. Ich saß im Zug, ausgestattet mit einem Erlaubnisschein der US-Behörden und speziellen Reiselebensmittelmarken. Die Fahrt war abenteuerlich und nervenaufreibend. Fuhr man vor dem Krieg in einer Nacht im D-Zug an die Elbe, ohne umzusteigen, so musste ich mich nun mit vielen Unterbrechungen zurechtfinden. Gleisanlagen und Bahnhöfe lagen teilweise in Trümmern. Bahnbrücken waren zerbombt, Anschlusszüge unpünktlich oder fielen ganz aus.

Nach drei Tagen kam ich übermüdet, erschöpft und hungrig in Hamburg an. Doch, o Wunder, eine Mitarbeiterin des Schweizerischen Konsulats stand auf dem Bahnsteig und nahm mich in Empfang. »Ja«, sagte Martha Besson und lachte, »beim vierten Versuch hat es endlich geklappt.« Sie fuhr mich im Auto mit CC-Kennzeichen durch das zerstörte Hamburg. Im Konsulat durfte ich sofort duschen, mich umziehen und am gedeckten Tisch Platz nehmen. Dann brachte mich Frau Besson ins Gästezimmer unterm Dach des Hauses.

Kaum im Bett, konnte ich nicht schlafen, obwohl ich hundemüde war. Zu viel hatte ich erlebt, zu viel spukte mir im Kopf herum. Morgen, so hoffte ich, durfte ich meinem geliebten Eugen noch einmal nahe sein. Ich wälzte mich von der einen Seite auf die andere, bis ich endlich, weit nach Mitternacht, in einen tiefen Schlaf fiel.

Am nächsten Morgen empfing mich Vizekonsul Schulz. Er erklärte mir, warum sein Amt die Exhumierung des Verstorbenen nicht befürwortet habe. Man wolle mir den schrecklichen Anblick ersparen. Auch dürfe seine Behörde kein Grab ohne Zustimmung der Militärbehörden antasten.

Ursprünglich wollte ich tatsächlich den Sarg ausgraben und in meinem Beisein öffnen lassen. Ich konnte mir einfach nicht vorstellen, dass mein Eugen sich das Leben genommen hatte.

Kurz vor der Abreise hatte ich mein Ansinnen meinen beiden Töchtern gebeichtet. Sie waren entsetzt, redeten mir ins Gewissen und öffneten mir schonungslos die Augen. Eugen habe sehr wohl gewusst, dass ihm Gefängnis drohte und als ehemaligem KZ-Wachmann das Leben schwer würde. Darum sei er auf der Flucht gewesen und habe schließlich im UNRRA-Lager seine ausweglose Lage erkannt.

»Wach auf, Mutti«, hatte mich meine Älteste gemahnt, »lass die Vergangenheit ruhen. Fahr nach Hamburg. Schau dir alles an. Vielleicht begreifst du dort, was Eugen umgetrieben und letztlich den Lebensmut geraubt hat. Dann verstehst du ihn besser, als wenn du seine halb verweste Leiche anstarren würdest. Kümmere dich vor allem darum, dass du bald geschieden wirst. Viel zu lange hast du nach Papas Pfeife getanzt. Und danach denke bitte nur noch an deine eigene Zukunft. Auch wollen dich deine Eltern endlich wiedersehen. Vergiss das nicht.«

Bereitwillig nahm ich das Angebot von Vizekonsul Schulz an, in Begleitung von Frau Besson die wichtigsten Orte aufzusuchen, an denen mein Eugen in seinen letzten Tagen gewesen sein musste.

Wir fuhren zum Frachthafen, spazierten an den Landungsbrücken entlang und setzten uns an der Binnenalster auf ein Mäuerchen. Hier erzählte ich meiner Begleiterin, dass mein Eugen das Knabengymnasium besucht hatte und ein ruhiger Schüler gewesen war. Er liebte das Turnen und die Naturkunde und hätte so gerne Biologie studiert, aber sein Vater duldete es nicht. Er wollte partout einen Offizier aus ihm machen.

Wir fuhren von der Binnenalster weiter zum Karl-Muck-Platz, wo das mächtige Ringgebäude nahezu unversehrt stand, trotz der vielen Bomben, die auf die Hansestadt gefallen waren. Frau Besson hatte uns tags zuvor telefonisch beim Lagerverwalter angemeldet. Er führte uns in den sechsten Stock. Mir wurden die Knie weich. Frau Besson legte den Arm um mich. Ich musste mich an der Wand abstützen, als er die Tür zu Zimmer 606 öffnete, wo sich mein Eugen zum Schluss aufgehalten hatte.

»In den Akten steht«, sagte der Verwalter, »dass Eugen Zeller in Zivilkleidung ins UNRRA-Lager gekommen ist.«

Ich starrte ihn entsetzt an. Er ließ mir Zeit, bis sich mein Atem so weit beruhigte, dass ich fragen konnte: »Kam er aus freien Stücken?«

»Darüber ist nichts bekannt. Aber so, wie ich den Laden hier kenne, ist er freiwillig gekommen.«

Ich brach in Tränen aus. Da stand ich nun in diesem armseligen Raum, starrte auf die kahlen Wände, die beiden Stockbetten, den kleinen Tisch vor dem Fenster und die zwei Stühle.

»Er hat sich Eugeniusz Zelensky genannt und sich als polnischer Zwangsarbeiter ausgegeben«, sagte der Verwalter. »Können Sie sich das erklären?«

Frau Besson reichte mir ein Taschentuch. Ich trocknete mir die Tränen. »Mein Eugen hat recht gut polnisch gesprochen«, sagte ich endlich, »weil viele Arbeiter auf dem Gut, das mein Mann in der Nähe von Kattowitz verwaltete, aus Polen stammten.«

Und dann händigte mir der Mann unter vielen Entschuldigungen einen Umschlag aus, den mein Eugen in seiner Gesäßtasche hatte, als er tot aufgefunden wurde.

Versehentlich sei der Umschlag im Büro liegen geblieben und nicht mit der Todesnachricht verschickt worden. Nein, versicherte der Verwalter, sonst habe der Verstorbene nichts bei sich gehabt, auch sein Spint sei leer gewesen. Vermutlich habe er alles vernichtet, verbrannt oder weggeworfen.

Mit zittrigen Fingern öffnete ich den Umschlag. Darin waren Eugens Geburtsurkunde, mein letzter Brief an ihn und ein Zettel: »Verzeih, Mama. Ich will nicht mehr.« Ich brach erneut in Tränen aus und konnte mich minutenlang nicht beruhigen.

Er gehe davon aus, sagte der Verwalter und sah zum Fenster hinaus, dass der Verstorbene mit den Schriftstücken bezwecken wollte, dass man mich ausfindig machen und benachrichtigen konnte. Was ja auch gelungen sei.

In diesem Augenblick spürte ich instinktiv, was mein Eugen in seinen letzten Stunden gefühlt und gedacht haben musste. Zunächst wollte er wohl fliehen, nicht nach Osten, auch nicht im nahen Polen untertauchen, denn überall dort standen russische Soldaten und Milizionäre der neuen polnischen Volksarmee. Die hätten mit einem KZ-Wächter kurzen Prozess gemacht. Also floh er nach Westen, ins nicht allzu weit entfernte Hamburg, die weltoffene Stadt. In der Masse der Flüchtlinge, Heimatlosen, Obdachlosen und umherziehenden Fremd- und Zwangsarbeiter wollte er untertauchen. Gewiss streifte er viele Male durch den Hamburger Hafen und hielt Ausschau nach einer günstigen Gelegenheit, unbemerkt an Bord eines Schiffes schleichen zu können.

Eine einzige Frage stellte sich mir: Warum wurde er als SS-Mann enttarnt? Doch wer, außer Eugen, könnte das schon mit Gewissheit sagen. Darum schwieg ich lieber. Wenn ich künftig nachts nicht schlafen kann, werde ich meinen Eugen fragen.

Wir verabschiedeten uns und fuhren weiter zum Friedhof in Ohlsdorf. Frau Besson ging voraus.

»Sie waren schon einmal hier?«

»Ja, vor einer Woche. Vizekonsul Schulz wollte, dass ich das Grab Ihres Sohnes identifiziere, bevor Sie anreisen. Hätte ja sein können, wir finden es nicht gleich und müssten umherirren.«

Auf einem hellen Kreuz aus Fichtenholz stand in schwarzer Schrift Eugens Name und sein Geburts- und Todestag. Davor ein Stückchen Erde, grasbewachsen. Darauf ein großes Einmachglas mit einem verwelkten Blumenstrauß.

Ich fiel auf die Knie, faltete die Hände und weinte still in mich hinein. Dann rappelte ich mich auf und begann wie von Sinnen, mit bloßen Händen das Grab zu säubern.

»Moment!« Frau Besson rannte weg und kam mit einer Hacke und einem Rechen wieder. Dann sagte sie: »Bin gleich wieder da. Ich muss etwas aus dem Auto holen.«

Ein paar Minuten später brachte sie in einem Karton eine Handvoll Blumenzwiebeln und fünf Setzlinge, vier Erika und einen Rosenstock. »Unser Hausmeister hat einen grünen Daumen. Er hat mir heute Morgen etwas für Ihr Grab mitgegeben, das auch ohne Pflege gut wächst und das ganze Jahr über blüht.«

*

Wieder in Sonnenfurt, fuhr ich mit dem Zumpel in die Kreisstadt. Woher der Viehhändler den Sprit für seinen alten Mercedes hatte, war vielen im Dorf ein Rätsel, denn Benzin war rationiert. Manche munkelten, er schläuchle den Treibstoff besoffenen GIs aus dem Tank.

Zumpel, so erzählte man mir damals öfter, habe ein Auge auf mich geworfen, weil ich blond sei. »Für den«, sagte mir der alte Wagner, »ist eine blonde Schweizerin in diesen finsteren Zeiten wie ein Regenbogen nach schwerem Gewitter. Etwas Besonderes eben.«

Wann immer sich eine Gelegenheit ergab, umgarnte mich der Zumpel, machte mir Komplimente und bot seine vielfältigen Dienste an. Falls ich irgendwohin fahren müsse, sei es eine Ehre für ihn, mich dorthin zu chauffieren. Und am Tag nach meiner Rückkehr aus Hamburg brachte er mir ein schönes Stück Fleisch. Damit könne ich endlich mal wieder Züricher Geschnetzeltes für mich und meine Töchter zubereiten, sagte er grinsend. Ich fragte ihn, ob er Mäuse fangen will. »Natürlich«, prahlte er, »mit Speck fängt man jede Maus. Man muss nur Geduld haben.« Ich solle doch bei ihm einziehen, wenn die Scheidung durch sei, schlug er vor, er garantiere für ein sorgenfreies Leben. Es hatte sich auf geheimnisvolle Weise im Dorf herumgesprochen, dass ich in Scheidung lebte. Mit einem Vielleicht vertröstete ich ihn und sagte zugleich, ich müsse demnächst tatsächlich etwas in der Stadt besorgen. Was, verriet ich ihm nicht.

Und so saß ich neben dem Viehhändler auf dem Beifahrersitz, obwohl ich wusste, dass seine Zuneigung so beständig war wie die Butter in der Sonne. Falls eine jüngere Blondine daherkäme, würde er sich von mir abwenden, das war mir klar. Aber noch war er mopsfidel, lenkte mit einer Hand, rauchte eine dicke Zigarre und redete ohne Punkt und Komma, wenn er nicht gerade Dampf inhalieren oder ausblasen musste. Über das Wetter, die schlechten Zeiten, über die bösartigen Vorbehalte gegen Flüchtlinge, und vergaß, dass er schon ganz andere Töne gespuckt hatte.

Viele Brücken waren gesprengt, darum musste Zumpel seinen Mercedes zweimal durch Furten lenken, aber auch das nahm er gelassen. Ich hingegen starrte angstvoll aus dem Fenster: Was wäre, wenn das Auto mitten in der Neide stecken bliebe?

Trotz aller widrigen Umstände kamen wir heil an. »Darf ich Sie ins Café einladen?«

»Café?« Ich war irritiert. »Gibt es so etwas überhaupt noch?«

Er redete so lange auf mich ein, bis ich schließlich einwilligte. Doch zuvor müsse ich etwas erledigen.

Ich ging zur Post und legte drei Sparbücher auf den Schalter, mein eigenes und die meiner Töchter. Ich staunte nicht schlecht, als der Beamte die Sparguthaben anerkannte, ohne mit der Wimper zu zucken, und in jedes zweieinhalb Prozent Zins für 1945 gutschrieb. Dann hob ich hundert Mark von meinem Konto ab und ließ mir den Weg zum Amtsgericht zeigen.

Der Gerichtssaal war leer. Doch der Aushang neben der Tür verkündete, was hier in wenigen Minuten stattfinden sollte. »Scheidungsfall Zeller«, stand da, »Veronika Zeller (Klägerin) gegen August Zeller (Beklagter).«

Klägerin, wie das klang. Ich konnte mir ein Lächeln

nicht verkneifen. Dass ich einmal meinen August vor Gericht verklagen würde, das hatte ich mir in meinen kühnsten Träumen nicht vorgestellt. In Hamburg war mir endgültig klar geworden, wie rücksichtslos mein Mann gewesen war. Den eigenen Sohn ans Messer liefern, ungeheuerlich! Sollte ich ihm das Foto vom Grab in Ohlsdorf zeigen? Frau Besson hatte viel fotografiert und mir einige Abzüge vor der Heimreise geschenkt.

Im Auto war ich noch die Ruhe selbst, doch jetzt ging ich angespannt auf und ab. Schließlich setzte ich mich auf die Bank vor dem Saal.

Kurze Zeit später kam mein Mann, bewacht von zwei amerikanischen Soldaten. Er sah an ihr vorbei. Die drei Männer stellten sich neben die Tür.

»Du hast unseren Sohn auf dem Gewissen!«, fuhr ich ihn an. »Willst du sein Grab sehen?«

Er winkte ärgerlich ab und vermied jeden Blickkontakt. Zum Glück rief uns in diesem Moment ein Justizbeamter in den Saal und wies uns unsere Plätze an.

Der Richter betrat, gefolgt von einer Frau ohne Robe, den Raum durch eine zweite Tür, eröffnete sofort die Sitzung und erfragte unsere Personalien. Irritiert stellte er fest, dass beide Parteien ohne Rechtsbeistand erschienen waren.

»Sind Sie Ihrer Sache so sicher?«, wandte er sich an mich. Ich war zwar nervös, hatte mich aber schriftlich vorbereitet, unterstützt von Alma. Ich entnahm meiner Handtasche den Zettel und trug dem Richter in knappen Sätzen vor: »Ich begehre die Scheidung, weil ich mich über die persönlichen Eigenschaften meines Ehemanns geirrt habe.« Ich musste tief Luft holen, um mich zu beruhigen. Erst nach der Eheschließung hätte ich begriffen, dass er rechthaberisch, besserwisserisch, uneinsichtig und querulatorisch veranlagt ist. In den wenigen Wochen in Sonnenfurt an der Neide habe er sich mit allen Bewohnern überworfen. Hätte ich sein wahres Wesen schon vor der Ehe erkannt, hätte ich ihn niemals geheiratet.

Mein Mann hüstelte, stierte aber demonstrativ auf den Tisch vor sich, wie ich aus den Augenwinkeln sah.

»Ich begehre die Scheidung«, fuhr ich fort, »weil mein Mann die Ehe durch schwere Verfehlungen tief zerrüttet hat. Diverse außereheliche Beziehungen habe ich ebenso erdulden müssen wie die Brutalität, mit der er unseren Sohn zur SS gedrängt hat.«

Die häusliche Gemeinschaft bestehe schon seit über drei Jahren nicht mehr. Nur während der Flucht vor den Russen und wegen der Zwangseinquartierung hätten wir noch unter einem Dach zusammen gewohnt, nicht zusammen gelebt. Unsere Ehe sei tiefgreifend und unheilbar zerstört, weshalb für mich ein gemeinsames Leben mit ihm nicht mehr in Betracht komme.

Auch sei die Scheidung im wohlverstandenen Interesse der beiden Kinder. Die ältere Tochter Alma werde demnächst volljährig, arbeite inzwischen als Schulhelferin und könne in Kürze das Lehramtsstudium nachholen. Die jüngere Tochter Elsa wolle in einem Internat ihre Schulbildung abschließen und dann studieren. Beide Töchter lehnten den Vater inzwischen kategorisch ab. Das Schweizerische Konsulat in Stuttgart habe für beide Kinder Unterstützung in Aussicht gestellt, weil ich wieder eidgenössische Staatsbürgerin werden könne, nicht aber meine Töchter. In der Schweiz vererbe nur der Vater die Staatsbürgerschaft an seine Kinder, nicht die Mutter.

Der Richter war, wie ich bereits während meiner Rede bemerkte, von meinen präzisen Ausführungen überrascht und beeindruckt zugleich. Er bat die Protokollantin, die auf Armlänge neben ihm saß, um ihre Aufschriebe, überflog noch einmal das Gehörte und fragte dann meinen Mann, ob er meinen Aussagen widersprechen oder etwas hinzufügen wolle.

»Nein, Herr Richter.«

»Sie wissen aber schon, dass Sie sich damit für schuldig bekennen?«

»Ja, Herr Richter, das weiß ich.« Er plusterte sich auf. »Ich will die Scheidung. Alles andere ist mir egal. Schreiben Sie in Ihr Urteil hinein, was Ihnen passt.«

Mit einem ironischen »Na, dann sind wir ja gleich fertig« wandte sich der Richter wieder mir zu und belehrte mich: »Sie und ihre Töchter haben Anspruch auf einen angemessenen Unterhalt. Sie können wählen zwischen einer monatlichen Rente oder einer einmaligen Abfindung.«

Vom Vermögen meines Mannes sei nach Krieg und Flucht nicht mehr viel übrig, antwortete ich. Und Arbeit werde mein Mann so schnell nicht finden. Aber er besitze ein Sparbuch mit hohem Guthaben. Davon würde ich für mich und meine Töchter den gesetzlich zustehenden Anteil beanspruchen.

»Wie viel Kapital besitzen Sie, Herr Zeller?«

Statt einer Antwort legte mein Mann sein Sparbuch aufgeschlagen vor den Richter hin. Der las es und unterhielt sich dann flüsternd mit seiner Protokollantin.

Laut sagte er schließlich: »Bitte erheben sie sich. Im

Namen des Volkes ergeht das folgende Urteil: Die Ehe von August und Veronika Zeller wird wegen Verschuldens des Beklagten geschieden. Die Klägerin behält den Familiennamen des Mannes. Der Beklagte hat binnen einer Frist von zwei Wochen nach Rechtskraft des Scheidungsurteils sechzig Prozent seines Vermögens in Höhe von neunzehntausendvierhundertzehn Mark an die Klägerin zu überweisen. Der Überweisungsbeleg ist innerhalb dieser Frist dem Amtsgericht vorzulegen. Ebenfalls binnen dieser Frist von zwei Wochen nach Rechtskraft des Scheidungsurteils müssen die geschiedenen Eheleute dem Vormundschaftsgericht einen schriftlichen Vorschlag unterbreiten, wem das Sorgerecht für die beiden Kinder zustehen soll. Falls es nicht zur Einigung kommt, entscheidet das Vormundschaftsgericht. Der Eheteil, dem die Sorge für die Kinder nicht zusteht, behält dennoch die Befugnis, mit diesen persönlich zu verkehren. Das Scheidungsurteil geht beiden Parteien in Kürze schriftlich zu. Die Sitzung ist geschlossen.«

Noch am selben Tag, an dem mir das Urteil zugestellt wurde, sandte ich es meinen Eltern mit der Bitte, sie mögen bei meiner Heimatgemeinde vorstellig werden und um meine Wiedereinbürgerung nachsuchen. Ich selbst legte dem Konsul in Stuttgart in einem Brief dar, dass und warum ich meine Eltern in der Schweiz baldmöglichst besuchen wolle.

Doch bevor ich diese Reise antreten durfte, musste ich auf Weisung von Leutnant Brown im Februar 1946 in der *Linde* einen Film anschauen. Den Filmtitel habe ich leider vergessen. Aber die Bilder gehen mir bis heute nicht aus dem Kopf. Zu sehen waren entsetzliche Aufnahmen aus verschiedenen Konzentrationslagern nach der Befreiung durch alliierte Soldaten. Gefilmt wurden Opfer, Peiniger und Besucher der Lager, freiwillige und unfreiwillige. Viele Nächte konnte ich nicht schlafen, haderte und rechtete mit meinem Eugen. Dann, endlich, kam die Genehmigung zum Besuch meiner alten Heimat. Ohne meine Eltern, die mich liebevoll empfangen haben, wäre ich in jener Zeit an meinen Zweifeln zerbrochen.

*

Ende Juli 1947, Alma war erst ein paar Tage zuvor als examinierte Lehrerin an die Schule in Sonnenfurt zurückgekehrt, bereitete ich die Übersiedlung in die Schweiz vor. Zwei Wochen später bestiegen Elsa und ich den Zug und fuhren über Stuttgart und Karlsruhe nach Basel, wo uns mein Vater abholte. Ein Verwandter meines Vaters bot mir eine Stelle in seinem Hotel in der Baseler Innenstadt an, wo ich immer noch als Empfangsdame an der Rezeption arbeite.

Alma blieb in Sonnenfurt, heiratete im übernächsten Sommer einen Kollegen, den sie im Lehrerseminar in Künzelsau kennengelernt hatte, zog zu ihm und wurde an die dortige Schule versetzt. Elsa besuchte die Schule in Basel und bestand die Matur mit Glanz und Gloria. Sie studierte an der Baseler Uni Literaturwissenschaft, Geschichte und Philosophie, promovierte über die deutschsprachigen Romane der Schweiz im neunzehnten Jahrhundert und habilitierte über moderne Schweizer Autorinnen. Seit fünf Jahren lebt sie als Professorin in

Bern, zusammen mit Kurt Krüger, der in Heidelberg Medizin studiert hatte und jetzt als Oberarzt am Berner Klinikum arbeitet.

Vor zwanzig Jahren stand plötzlich mein geschiedener Mann an der Hotelrezeption und wollte ein Zimmer für eine Nacht. Er müsse mit mir reden, sagte er. Doch ich wies ihm die Tür, denn es gäbe nichts mehr zu besprechen. Noch am selben Abend traf er sich mit Elsa in einem Restaurant zum Essen. Bis zu seinem Tod schrieben sich die beiden zu Weihnachten und zu den Geburtstagen.

Martha Merker

In Sonnenfurt habe ich eigentlich nur gute Tage erlebt, wenn ich die Zeit vom Februar 1947 bis zum August 1951 weitgehend ausklammere. Über diesen Zeitraum will ich nur kurz berichten, damit jeder versteht, was ich damals durchmachen musste.

Am 14. Februar 1947 bekam ich Post vom Deutschen Roten Kreuz. Den Tag werde ich nie mehr vergessen. Mein Mann Eugen Merker lebt, teilte man mir mit. Er sei in sowjetischer Kriegsgefangenschaft und vor kurzem ins Lager 406/10 verlegt worden. Von dort aus habe er eine Suchanfrage ans Auskunftsbüro beim Deutschen Roten Kreuz in Berlin gerichtet und angegeben, seine Familie sei nach der Flucht aus Pommern zuletzt in Thüringen gemeldet gewesen.

Ich brach zusammen. Ich war fassungslos, ging ich doch bisher davon aus, dass mein Mann in den letzten

Kriegswochen gefallen war. Seit Februar 1945 hatte ich kein Lebenszeichen mehr von ihm erhalten. Als ich weinend zuammenbrach, schrien meine Kinder so laut, dass Paula Wagner herbeirannte und die Hände über dem Kopf zusammenschlug. Dann lief sie über die Straße zu den Balbachs. Paula und Herr Balbach legten mich aufs Bett. Frau Balbach machte mir kalte Umschläge auf Stirn und Nacken, bis ich wieder ansprechbar war.

Ich zeigte den Brief und wollte mehr über den Verbleib meines Mannes wissen. In meinem Auftrag wandte sich Balbach ans Evangelische Hilfswerk für Internierte und Kriegsgefangene in Erlangen. Schon bald bekam ich Auskunft von Bischof Heckels Büro: Jedes sowjetische Lager habe eine Nummer, die identisch sei mit einem Postfach. Das Hauptlager 406 liege nahe der russischen Stadt Mzensk, nordöstlich der Bezirkshauptstadt Orjol. Zum Hauptlager 406 gehörten mehrere Außenlager. Das Außenlager 406/10 befinde sich südlich von Mzensk. Die dortigen Gefangenen arbeiteten an einer neuen Staatsstraße, die von Moskau ans Schwarze Meer führen solle. Sie müssten Bäume fällen, das Straßenbett ausgraben und Schotter einbringen. Alles von Hand. Die Unterkunft sei ordentlich, die Verpflegung ausreichend. Aber darüber dürfe man den Kriegsgefangenen auf keinen Fall schreiben. Denn die Sowjets hielten alles geheim. Trotzdem habe man aus den Angaben der entlassenen Kriegsgefangenen nach und nach das sowjetische Lagersystem entschlüsselt.

Post sei so zu adressieren: Postfach 406/10 mit dem Zusatz »Kgf. Eugen Merker«, mehr nicht. Monatlich sei ein Brief erlaubt, aber nur im offenen, ungefütterten

Briefumschlag, frankiert mit 75 Pfennig. Fotos dürften beigefügt werden. Die Gefangenenpost müsse man in einen größeren Umschlag stecken und an das Evangelische Hilfswerk Erlangen, Universitätsstraße 26, senden, von wo sie an den Kriegsgefangenen weitergeleitet werde.

Ich schrieb sofort. Zwei Monate später kam tatsächlich eine Postkarte. Unter dem Datum des 26. April 1947 schrieb mein Mann auf schlechtem, weichem Papier: »Meine allerliebste Martha! Nach unendlichem Warten erhielt ich mit größter Freude die erste Nachricht von dir. Ob du dir vorstellen kannst, was dein erstes Lebenszeichen für mich bedeutet? Wie kamt ihr dorthin, wo ihr jetzt seid? Und wieso sind mein Bruder Anton und meine Schwester Ruth nicht bei euch? Solche und viele andere Fragen quälen mich. Schreib mir bitte, wovon ihr lebt und wie es Ursula und Walter geht. Mir geht es den Verhältnissen entsprechend, bin gesund und erhoffe dasselbe von euch. Hast du etwas von meiner und von deiner Mutter gehört? Ich erwarte also viel Neues von dir. Du siehst ja, dass ich immer wieder ins Grübeln verfalle. Alles Gute dir und den Kindern. Mit herzlichen Küssen bin ich in Gedanken bei dir. Dein Eugen.«

Der Text war mit schwarzer Tinte eng geschrieben und schlecht zu lesen, weil die Schrift auf dem faserigen Papier zerflossen war. Auf der Vorderseite der Karte, einem Vordruck, stand in russischer und französischer Sprache: »Carte postale du prisonnier de guerre«. Darunter »Franc de port«. Dann folgten vorgedruckte Zeilen für die Anschrift des Empfängers sowie Zeilen für den Absender: »Kgf. Eugen Merker, Moskau. U.d.S.S.R. Rotes Kreuz. Postfach 406/10.«

Ich schrieb ihm regelmäßig, meist alle vierzehn Tage. Seine Antworten erreichten mich unregelmäßig. Mal zwei Postkarten innerhalb einer Woche. Dann zwei, drei Monate keine. Nie ein Brief. Er schrieb immer das gleiche. Wahrscheinlich musste er das: Mir geht es ordentlich, bin gesund, wie geht es euch? Und auf jeder Karte erfragte er den Verbleib eines Verwandten, eines Bekannten, bis er 1949 über alle ihm Vertrauten Bescheid wusste.

Im Juli 1947 fügte er seinen stereotypen Ausführungen einen merkwürdigen Schlusssatz an: »Ich bin sehr dankbar, dass du und die Kinder das Gespenst des Hungers nicht kennenlernen müssen.« War das ein verschlüsselter Hinweis? Musste er hungern, während den beiden Kindern und mir nichts fehlte? Ich hatte ihm nämlich berichtet, dass Paula Wagner und ihr Vater gut für uns sorgen.

Am 11. August 1948 schrieb er: »Mich bewegt eine neue Sorge, die Währungsreform. Wie bist du abgekommen? Hast du auf den Banken etwas retten können? Sind unsere Versicherungen erhalten geblieben? Hast du mit den Banken schon Verbindung aufnehmen können?«

Mir blieb die Spucke weg. Ein Kriegsgefangener, der in einer Baracke fernab der Zivilisation hauste, wusste keine drei Wochen später, dass bei uns eine Währungsreform stattgefunden hatte? Wie konnte das sein? Ich besprach mich mit Bürgermeister Balbach. Er verriet mir, dass manche einen Code benutzten, wenn sie nach Russland schreiben. Ich entschied, das nicht zu tun. Ich wollte meinen Mann nicht in Schwierigkeiten bringen.

Am 10. September 1948 klagte er: »Post bleibt aus!?!

Es wird kälter, damit verfliegen viele Hoffnungen.«
Vierzehn Tage später war er verzagt: »Mit dem Ab-
sterben der Natur fällt auch merklich das Hoffnungs-
barometer.«

Am 21. November 1948 schwankte seine Stimmung
zwischen Ärger und Trost. Ich hatte ihm gebeichtet, dass
von unseren Ersparnissen nicht mehr viel übrig war.
»Monatelang blieb deine Post aus. Viel lieber hätte ich
keine mehr empfangen, wenn ich dafür ein persönliches
Wiedersehen mit euch feiern könnte. Wie traurig, dass
du mit unseren Ersparnissen nicht gut genug umgegan-
gen bist. Aber lass mich mal erst heimkommen, dann
wird vieles wettgemacht.«

Über vier Monate kam keine Post. Endlich, am 6. April
1949, berichtete er verzweifelt: »Von Tag zu Tag, Woche
zu Woche, Monat zu Monat, Jahr zu Jahr hofft man auf
die Erfüllung der Hoffnungen, und man hofft vergeb-
lich. Was denkt man eigentlich in der Heimat über unser
Schicksal? Weiß man in Deutschland, dass hier noch
welche sind?« Am 19. Mai 1949 schrieb er: »Deine ange-
kündigten Briefe trafen leider nicht ein, seit Wochen fehlt
Post von dir. Woran das wohl liegen mag? Schreibst du
mir nicht mehr?« Und am 3. September 1949 ließ er alle
Hoffnung fahren: »Im April sollten wir im Juli fahren, im
Mai, im Juni, im Juli, im August. Und jetzt im September
ist's bald wieder Winter. Wieder kein Brief von dir. Denkst
du noch an mich? Ob es für uns noch ein Hoffen gibt?«

Die Post wurde immer spärlicher. Doch dann, ohne
jede Vorankündigung, telegrafierte er im Oktober 1950:
»Wieder in Freiheit. Ankomme übermorgen, Dienstag,
11.46 Uhr Bahnhof Neidenau.«

Über alles weitere soll mein Sohn berichten. Ich kann bis heute nicht über die folgenden Monate sprechen. Nur noch so viel: 1955 heiratete ich Franz Schober, einen ehrenwerten Maurermeister. 1948 hatte er seinen eigenen Baubetrieb gegründet. Er ist verständnisvoll und fleißig. Seit der Hochzeit bin ich für die Buchhaltung und die kleine Nebenerwerbslandwirtschaft zuständig, die Franz von seinen Eltern geerbt hat. Der Hof, die Äcker und Wiesen sind meine große Leidenschaft. Außer Hühnern und Gänsen haben wir keine Tiere mehr; Milch, Fleisch und Wurst kaufe ich beim Nachbarn. Wann immer ich kann, helfe ich Paula Wagner auf ihrem Hof, dafür darf ich mir ihre Maschinen ausleihen.

Walter Merker

Als wir, meine Mutter, meine Schwester Ursula und ich, in Sonnenfurt ankamen, war ich vier Jahre alt. Ich weiß nur noch, dass ich todmüde von einem Lastwagen gehoben wurde. Jemand händigte meiner Mutter einen Zettel aus. Darauf stand, wo wir wohnen sollten. Das Zimmer, das man uns zuwies, war groß und hell. Ich schlief in einem Doppelbett zwischen meiner Mutter und Ursula.

Am anderen Morgen war die Welt für mich wieder in Ordnung, denn Frau Wagner, die ich schon bald Tante Paula nannte, brachte mir eine große Tasse Kakao. Und ein Honigbrot. Jeden Morgen und jeden Abend tat sie das.

Nach meiner Erinnerung freundete ich mich schon am nächsten Tag mit Hans Balbach an, dem etwa gleichaltrigen Jungen von der anderen Straßenseite. Wir spielten zusammen, wenn wir nicht mit aufs Feld mussten. Von morgens bis abends. Nur von Ursula und Sophie beaufsichtigt. Mal auf der Straße. Mal auf dem großen Hof, der den Balbachs gehörte. Und öfter auch auf dem gepflasterten Kirchplatz vor Rathaus, Pfarrhaus und Kirche. Meistens hüpften und rannten wir, balancierten und schaukelten irgendwo oder stromerten durchs Dorf und an der Neide entlang.

Im Februar 1947 brach meine Mutter vor meinen Augen zusammen. Ich war fassungslos. Geduldig erklärten mir Tante Paula und ihr Vater, den ich inzwischen Opa Wagner nannte, dass mein Vater lebte und warum er nicht bei uns sein konnte. Es folgten euphorische Tage. Meine Mutter kannte nur noch ein Thema: die Heimkehr meines Vaters. Sie sprach morgens, mittags und abends über ihn. Jeden Tag fieberte sie dem Postboten entgegen. Fast immer wurde sie enttäuscht. Postkarten aus Russland, die sich wie Fließpapier anfühlten, trafen selten ein. Meine Mutter schrieb dennoch regelmäßig. Karten und Briefe. Manchmal legte sie Fotos von meiner Schwester und mir bei. Opa Wagner hatte meiner Mutter sogar ein mit Blumen bemaltes Kästchen aus Holz geschenkt, in dem sie die Gefangenenpost aufbewahren konnte. Doch das Kästchen wollte sich nicht füllen.

Im September desselben Jahres kam ich in die Schule. Das war für mich viel spannender als das endlose Warten auf Post. Natürlich saß ich neben Hans, denn inzwischen waren wir unzertrennlich. Und sind es bis heute, obwohl ich viele Jahre nicht in Sonnenfurt lebte.

1955 wechselte ich nach der Volksschule aufs Aufbaugymnasium in Michelbach an der Bilz über, einem Internat für gute Volksschüler vom Land. Dort bestand ich das Abitur. Danach studierte ich Agrarwissenschaften an der Universität Hohenheim. Am Institut für Kulturpflanzen spezialisierte ich mich auf Pflanzenbau und Düngung, Ernährung und Ertrag von Sonderkulturen sowie die Qualität pflanzlicher Erzeugnisse. In meiner Diplomarbeit untersuchte ich die Ackerböden rund um Sonnenfurt und lotete den Anbau von Sonderkulturen aus. Ich kam zur Überzeugung, mit Feingemüse und Arzneipflanzen könnte man viel höhere Erträge erwirtschaften als mit Getreideanbau und Viehwirtschaft.

In dieser Zeit, ich wohnte vorübergehend wieder bei Tante Paula, verbrachte ich manche Abende bei Karl Balbach, der zu der Zeit mit dem Gedanken spielte, sein Amt als Bürgermeister niederzulegen. Mit ihm, der über ein enormes Fachwissen verfügt, erörterte ich die Ergebnisse meiner Untersuchung. Und jedes Mal begegnete ich Sophie, die noch bei ihren Eltern wohnte. Sie war Arzthelferin geworden. Mit dem eigenen Auto fuhr sie zur Arbeit nach Neidenau. Eines Abends, als sie mir die Haustür öffnete und mich hereinbat, bemerkte ich zum ersten Mal ihre grünen Augen. Irgendwie fühlte ich mich angesprochen, denn grüne Augen sind rar und tiefgründig. Spontan fragte ich sie, ob ich sie zu einem Spaziergang am Sonntag einladen darf. Sie sah mich erstaunt an, lächelte und nickte. Wir verbrachten zusammen einen wunderbaren Tag. Daraus wurden viele gemeinsame Tage. Wir gestanden uns unsere Liebe und beschlossen zu heiraten, sobald ich das Studium beendet und eine feste Arbeit gefunden hätte.

Tante Paula, der ich das eines Tages beichtete, grinste

mich an und legte ihre Hand auf meine. »Wie wär's«, sagte sie spitzbübisch und sah mir in die Augen, »wenn du das, was du in deiner Diplomarbeit herausgefunden hast, selbst ausprobierst?«

Wie? Und vor allem wo? Ich war konsterniert.

»Vertrauen gegen Vertrauen«, sagte Tante Paula und verriet mir, dass sie schon bald Nachbar Balbach heiraten werde, dessen erste Frau gestorben war. Sie ziehe dann über die Straße zu ihm und gebe ihren Hof auf. Eigene Kinder und nähere Verwandte habe sie nicht. Darum wolle sie mich entweder als Erben oder zumindest als Erbpächter einsetzen. Alles weitere werde sie demnächst mit ihrem künftigen Mann besprechen.

Sophie und ich heirateten, zogen in Paulas Haus, übernahmen ihren Betrieb und wagten uns an den Anbau von Heil- und Gewürzpflanzen. Gut beraten von Paula und meinem Schwiegervater, setzten wir im ersten Jahr auf Zwiebeln, Dill, Melisse, Minze, Schnittlauch und hatten Erfolg. Im zweiten Jahr nahmen wir Basilikum, Fenchel und Kamille hinzu. Durch Vermittlung meines Schwiegervaters wurden wir im dritten Jahr Vertragsbauern für die pharmazeutische und kosmetische Industrie und schlossen uns einer Erzeugergemeinschaft für Medizin- und Gewürzkräuter an. Sophie kündigte ihre Stelle und verschrieb sich ganz unserer Idee. Und ihr Vater, von den ersten Erfolgen überzeugt, übergab uns zum Ende des letzten Jahres auch seinen Hof. Er werde uns weiterhin mit Rat und Tat zur Seite stehen, versicherte er. Wir sind ein starkes Team: Paula, Karl, Sophie und ich.

*

Nun zu einem schwierigen Kapitel in meiner Familiengeschichte. Meine Mutter bat mich, es kurz anzusprechen. »Die Sonnenfurter sollen wissen, wie das damals gewesen ist, als dein Vater aus Russland kam«, sagte sie. Sie selbst ist immer noch nicht in der Lage, über jene furchtbaren Monate zu reden.

Im Oktober 1950 kam mein Vater aus sowjetischer Kriegsgefangenschaft heim. Ich erinnere mich ganz genau, denn da habe ich drei Tage schulfrei gekriegt. Und so zuckelten wir, meine Mutter, meine Schwester und ich, mit einem geliehenen Handwägelchen zum Bahnhof in Neidenau.

Ursula und ich hatten den Mann, der dann aus dem Zug stieg, bewusst noch nie gesehen. Er war uns fremd, aber meine Mutter weinte und fiel ihm um den Hals. Die Leute auf dem Bahnsteig blieben stehen, gafften und kommentierten. Einer von der Kreiszeitung machte ein Foto. Ein «Spätkriegsheimkehrer", wie man damals sagte, war etwas Besonderes.

Das also war mein Vater. Er war aschfahl und aufgedunsen im Gesicht. In der rechten Hand hatte er ein kleines, grünes Holzköfferchen. Über dem linken Arm trug er einen Mantel. Er sah sehr müde aus. Die letzten anderthalb Kilometer setzte er sich ins Wägelchen, und wir zogen ihn heim.

Zuhause legte er sich sofort ins Bett. Aus bleichem Gesicht stachen große Augen hervor. Er lächelte mich an, aber ich wusste nicht warum. Ich kannte ihn doch nicht. Als er aufstand, sah ich, dass er schwach war. Wegen Krankheit sei er entlassen worden, berichtete er. Russische Ärzte hätten Malaria und Wassersucht diagnostiziert.

Am selben Abend öffnete er sein Köfferchen und zeigte mir den Inhalt: ein Handtuch, das er in Ulm bekommen habe, die Post meiner Mutter, ein selbst gesägter Kamm aus Aluminium und die Fotos, die meine Mutter geschickt hatte. Das war's. Er erzählte, er sei auf der schier endlosen Fahrt von Russland bis Neidenau neunmal umgestiegen.

Zwei Tage habe er im Heimkehrerlager in Ulm-Kienlesberg bleiben müssen. Dort habe er alles bekommen, was er am Leib trug: eine Unterhose, ein Unterhemd, ein Hemd, ein Paar Socken, einen Anzug, ein Paar Schuhe, einen Mantel. Dazu das Handtuch aus dem Köfferchen. Während der Gefangenschaft sei die Verpflegung sehr schlecht gewesen, aber das habe er nicht schreiben dürfen. Auch die einheimischen Kalmücken, Viehzüchter an der Wolga, hätten gehungert.

Wenige Tage später musste er wieder für eine Woche fort, auf Befehl der Amerikaner. Die hätten ihn tagelang ausgefragt, erzählte er später. Für alles hätten sie sich interessiert, was er in der Sowjetunion gesehen und gehört habe. Auch der amerikanische Geheimdienst habe sich eingeschaltet und ihn ausgiebig ausgehorcht. Mein Vater sprach recht gut Russisch. Darum wurde er mehrfach in andere Kriegsgefangenenlager verlegt, musste den sowjetischen Lagerkommandanten als Dolmetscher dienen und bekam viel mit.

Als er wieder bei uns war, ging die Fragerei erst richtig los. Fast jede Woche besuchten uns Leute vom Suchdienst des Deutschen Roten Kreuzes. Sie legten ihm Fotos vor und wollten hören, ob er vom Verbleib gesuchter Soldaten etwas wusste. Auch Angehörige von Vermissten kamen, die wissen wollten, ob mein Vater ihre Männer oder Söhne in einem Lager gesehen hatte. Nicht selten saßen weinende Mütter vor großen Fotoalben bei uns.

An zwei Einzelschicksale erinnere ich mich. Mein Vater hatte auf einen sechzehnjährigen Hitlerjungen, der in Kriegsgefangenschaft geraten war, aufgepasst und schließlich beim Lagerkommandanten erreicht, dass der Junge Anfang 1948 heimfahren durfte. Als mein Vater endlich auch zuhause war, hat uns dieser junge Mann öfter mit dem Motorrad besucht und jedes Mal Fleisch und Wurst in der Dose, Mehl und Milch mitgebracht, denn er bewirtschaftete zusammen mit seiner Mutter einen großen Hof. Im anderen Fall wusste mein Vater, dass sich ein Siebzehnjähriger, der als vermisst galt, vor lauter Heimweh und Verzweiflung das Leben genommen hatte. Er hatte Seife gegessen und war unter Qualen drei Tage später gestorben. Die Mutter dieses jungen Mannes besuchte uns an einem Sonntag und konnte über Stunden nicht fassen, was ihr Junge sich und ihr angetan hatte.

Meinen Vater nahm das alles sehr mit, denn er war ja selbst krank. Nachts konnte er nicht mehr schlafen. Morgens stand er nicht mehr auf. Er brauchte Beruhigungs- und Schlafmittel. Und trotzdem erregte er sich zuweilen so, dass er mich grundlos ohrfeigte, Ursula an den Haaren zog und meiner Mutter schwere Vorwürfe machte. Sie habe sein Vermögen verschludert, habe seine Sachen in Pommern zurückgelassen und nur ihre eigenen gerettet. Anfangs wies das meine Mutter zurück, dann schrie er und schimpfte, sie sei eine verlogene Missgeburt. Später biss sie sich auf die Lippen und verließ weinend das Zimmer. Sein Zustand verschlimmerte sich von Woche zu Woche. Doktor Waller kam regelmäßig, stellte Rezepte aus und beriet sich mit meiner Mutter.

An einem für mich unvergesslichen Sonntag stand Doktor Waller unangemeldet vor der Tür, brachte Kaffee und Kuchen mit und blieb lange. Wir Kinder wurden zum Spielen vors Haus geschickt. Nach einer Ewigkeit hörten wir meinen Vater so laut schreien und weinen, dass wir es draußen hören konnten. Dann weinte auch unsere Mutter. Als Doktor Waller aus dem Haus ging und auf seinem Motorrad davonknatterte, liefen wir ins Haus und fanden unsere Eltern in Tränen aufgelöst auf dem Bett sitzen. Sie waren außerstande, uns zu erklären, was vorgefallen war.

Am übernächsten Tag fuhr ein Auto vor und nahm Vater und Mutter mit. Meine Mutter kam nach ein paar Tagen völlig aufgelöst wieder. Tante Paula kümmerte sich liebevoll um uns. Wie ich heute weiß, brachte man meinen Vater in ein Versorgungskrankenhaus für Hirnverletzte und nervenkranke Kriegsopfer. Dort wurde er gepflegt, aber man konnte ihm nicht mehr helfen. Etwa vier Monate später kam ich von der Schule heim. Meine Mutter saß tränenüberströmt auf ihrem Bett. »Dein Vater ist gestorben«, sagte sie und zeigte mir das Telegramm.

Brieflich teilte uns das Versorgungskrankenhaus wenig später mit, mein Vater habe vor zwei Ärzten zu Protokoll gegeben, dass er im Falle seines Todes eingeäschert und in aller Stille auf dem kleinen Friedhof, der zur Klinik gehörte, beigesetzt werden wolle. Meine Mutter fuhr allein und kam niedergeschlagen zurück. Wochenlang machte sie sich schwere Vorwürfe. Bis heute leidet sie an den seelischen Wunden, die nicht heilen wollen.

Ich bin der Meinung, dass sie mehr getan hat, als man von einem Menschen erwarten kann. Sie hat Ursula und mich in den schrecklichen Tagen und Wochen gegen Ende des Krieges behütet und bewacht. Sie ist mit uns von Pommern bis hierher nach Sonnenfurt geflüchtet, hat geschuftet, um unseren Lebensunterhalt zu sichern, hat um ihren Mann gebangt und ihm jahrelang regelmäßig geschrieben, als sie wusste, dass er lebt. Seinen Zorn, seine Beschuldigungen und Beleidigungen hat sie klaglos ertragen, als er endlich da war. Was hätte sie anders machen können? Nichts.

Und mein Vater? Er war krank, als er kam, schwer krank. Sechs Jahre Krieg und fünf Jahre Kriegsgefangenschaft haben ihn zerbrochen an Körper, Geist und Seele. Er musste sein Schicksal tragen, meine Mutter musste seines und ihres ertragen. Ich bewundere sie.

Baldur Diesche

Wie jeder in Sonnenfurt weiß, war mein Vater Otto Diesche Ortsgruppenleiter. Viel Gutes kann ich leider nicht über ihn sagen. Als ich ein gewisses Geschichtsverständnis entwickelt hatte, erzählte mir meine Mutter, dass er sich bei Ulm der Verhaftung durch Selbstmord entzogen habe.

Wir wurden im Ort gemieden. Ich sage das ohne Bitterkeit, schließlich hat mein Vater großes Unheil angerichtet und vielen ein Leid angetan. Meine Mutter hat das sehr belastet. Bekanntlich ist sie vor zehn Jahren in Sonnenfurt gestorben, aus Gram, denke ich. Meine beiden Brüder, meine Schwester und ich sind schon vorher fortgezogen.

Umso dankbarer sind wir, dass Bürgermeister Balbach uns zum ersten Sonnenfurter Heimattag eingeladen hat. Er hat unsere Familie oft unterstützt, ohne viel Worte zu machen. Aus naheliegenden Gründen werden meine Geschwister und ich dennoch nicht zum Fest kommen, aber wir wissen es zu schätzen, dass man uns weiterhin zu den Sonnenfurtern zählt. Vielleicht besuche ich den nächsten oder übernächsten Heimattag.

Für dieses Jahr erlaube ich mir, die ehemaligen Bekannten und Schulfreunde aus der Ferne zu grüßen und allen eine schöne Feier zu wünschen. Es gäbe von unserer Seite viel zu berichten. Das Wichtigste schon heute schriftlich.

*

Im Frühjahr dieses Jahres machte einer meiner Arbeitskollegen Urlaub auf Lanzarote, das zu den Kanarischen Inseln zählt und rund hundertfünfzig Kilometer westlich der mauretanischen Sahara im Atlantik liegt. Auf La Graciosa, einem Inselchen nördlich von Lanzarote, sei er einem etwa sechzigjährigen Tomatenbauern begegnet, der sich als Otto Diesche vorgestellt und Deutsch gesprochen habe. »Ist das ein Verwandter von dir?«, fragte mich der Kollege.

Ich erschrak zu Tode. Als ich mich wieder gefangen hatte, sagte ich barsch, Vater und Mutter seien tot, und außer meinen Geschwistern hätte ich keine Verwandten.

Für meinen Kollegen war die Sache damit erledigt. Nicht für mich. Ich beriet mich mit meinen Brüdern und meiner Schwester. Wir kamen schnell zur Überzeugung, dass wir uns so bald wie möglich Gewissheit verschaffen mussten, wollten wir nicht Tag und Nacht düstere Gedanken wälzen. Meine Geschwister beauftragten mich, das Rätsel zu lösen.

In einem Reiseführer fand ich einiges über La Graciosa, das zu den Kanarischen Inseln gehört. Etwa sechshundert Menschen wohnten ganzjährig im Fischerdorf Caleta de Sebo an der Westküste von La Graciosa. Dort sei ein Gemeindezentrum, eine Grundschule, ein gut sortierter Supermarkt, eine Bäckerei, drei Bars und ein Taxi, das Tagestouristen über die Sandpisten zu den Stränden schaukelt. Das einstige Fischerdorf Pedro Barba an der Ostküste sei nur noch Ferienkolonie und werde sommers überwiegend von Spaniern bevölkert, die drei Vulkane, viel goldgelben Sand und menschenleere Badestrände genießen könnten.

Ich buchte einen Flug nach Lanzarote und landete in Arrecife, der Inselhauptstadt. Am Flughafen mietete ich einen Kleinwagen. Verschwitzt und durstig kam ich in Orzola an, einem kleinen Fischerdorf an der Nordküste. Den Wagen gab ich in einer schmalen Gasse, die zwischen Meeresbrandung und erster Häuserzeile verlief, der Agentur zurück. Dann aß ich in einer Hafenbar zu Mittag und bummelte am Strand entlang. Kurz vor fünf zahlte ich bei einem älteren Mann, der am Landungssteg stand, meine Schiffspassage und ging an Bord der Maria del Pino.

Kartons, Kisten und Koffer, Reisetaschen und Rucksäcke stapelten sich auf dem Schiff, versperrten Treppen und Flure, belegten die wenigen Sitzplätze. Ich hatte nur einen Rucksack dabei, gepackt für ein paar Übernachtungen, und konnte mich deshalb zu einem guten Stehplatz an der Reling zur Landseite durchschlängeln.

Etwa zehn Minuten nach fünf kündigte die Schiffssirene das bevorstehende Auslaufen an. Das geschäftige Hin und Her auf dem Landungssteg ebbte nicht ab. Erst beim zweiten Signal wurden die Haltetaue des Schiffes gelöst und der Steg geräumt. Kurz darauf ertönte das dritte Signal, und die Maria del Pino legte ab.

Durch die Meerenge von Arriba führte der Kurs. Links das prächtige Felsenpanorama der Nordküste Lanzarotes. Rechts die breite Sandküste Graciosas, einem Vulkankegel vorgelagert, der die ganze Insel zu beherrschen schien. Nach einer halben Stunde legten wir in Caleta del Sabo an. Einheimische saßen auf der Hafenmauer zum abendlichen Tratsch.

Ich betrat die Bar El Marinero am Hafen, ein weißes Haus mit großer Terrasse und Blick auf viele Segelboote. Sie war Touristenbüro, Straßencafé, Weinkneipe, Restaurant und Pension in einem. In Zweierreihen standen Männer am Tresen, knackten mit den Zähnen kleine Schnecken, kauten Käsehappen und gebackene, erkaltete Paprikaschoten, griffen ab und zu über Schultern hinweg und zwischen gestikulierenden Händen hindurch nach ihrem Weinglas.

Ich kämpfte mich durch die Menschentraube zum Wirt vor und fragte nach einem Zimmer für zwei, drei Nächte. Er gab mir mit der linken Hand meinen Zimmerschlüssel, während er mit der rechten mehrere Weingläser gleichzeitig füllte. Mit knappen Worten erklärte er mir den Weg zu meinem Zimmer.

Es war ein spartanisch möblierter Raum, aber die Wäsche war sauber, auch die Etagendusche. Ich verstaute meine Tasche im Schrank und machte mich auf den Weg, Dorf und Insel zu erkunden.

*

Im Hafen wurde die Fracht der Maria des Pino auf Karren verladen. In den Gassen stand noch die Hitze der Mittagssonne. Nur ein paar Kinder spielten vor den Haustüren.

Ich wandte mich nach Norden und schlenderte auf einem Sandweg an allerlei Gemüsefeldern und Rebflächen vorbei. Die Pflanzen standen meist in kleinen Mulden. Mit Händen und Füßen fragte ich einen vorübergehenden Bauern, ob auf La Graciosa auch »alemanes«, Deutsche, lebten. »Si, uno, Otto!« Er lachte und deutete auf einen Mann, der in einiger Entfernung in einem Tomatenfeld arbeitete. Ich steuerte querfeldein auf ihn zu.

Das sollte mein Vater sein? Diese abgerissene Gestalt? Erste Zweifel stiegen in mir auf. »Entschuldigen Sie«, eröffnete ich das Gespräch auf Deutsch, »weshalb stehen die Pflanzen in trichterförmigen Vertiefungen?«

Der Mann, der gerade einen Korb mit reifen Tomaten füllte, richtete sich auf, blickte auf seine sandigen Hände, während er sie rieb, und warf mir einen lauernden Blick zu.

»Der Mann da hinten«, ich deutete in die Richtung, »sagte mir, dass Sie Deutscher sind.«

Er ging darauf nicht ein und meinte nur: »Der Boden ist für Gemüse ideal, aber Süßwasser fehlt. Darum setzt man die Sämlinge in kleine Mulden, wo viel Tau hängen bleibt.«

Ich spürte, dass er nicht auf Deutschland angesprochen werden wollte. Deshalb unterhielt ich mich mit ihm ausschließlich über seine Tomaten. Dabei, so schien es mir, entspannte er sich, denn ich musste immer weniger fragen. Er redete in einem fort, ich musterte ihn aufmerksam und hörte zu. Das war nicht der große, zackige, eitle Mann, als den man mir meinen Vater geschildert hatte und wie er auf Fotos posierte. Er hatte auch nichts Herrisches, Hochfahrendes und Fanatisches an sich, das dem Herrn Ortsgruppenleiter nachgesagt wurde. Dieser korpulente, unrasierte Mann mit den zottigen Haaren und den wasserblauen Augen wirkte bieder, harmlos, ehrlich und umgänglich auf mich.

Er erzählte, dass dort, wo die Lava die einst kultivierte Landschaft zerstört hatte, wieder fruchtbare Felder seien. Mit Strohballen und Holzbrettern werde der Boden vor dem Austrocknen geschützt. Oft wehe der Passat scharf übers Land. Und trotzdem sei den Bauern das Kunststück gelungen, Landbau ohne Bewässerung zu betreiben. Weil die Vulkanasche, die sie hier Picon nennen, porös sei, könne sie, wie ein Schwamm, die nächtliche Feuchtigkeit aufsaugen und an die Wurzeln der Pflanzen weiterleiten. Zudem schütze der Picon den Boden vor der sengenden afrikanischen Sonne und sorge für drei, manchmal sogar für vier gute Ernten im Jahr.

Der Mann, etwa Mitte sechzig, grauhaarig und reichlich beleibt, sagte mit einem Lächeln, er sei mit seinen

Ernten sehr zufrieden. Er beliefere Graciosa und vor allem Lanzarote bis hinunter zu den aufblühenden Touristenorten an der Südküste.

Gute zehn Minuten standen wir zwischen den Tomatenstöcken. Er stützte sich auf seine Feldhacke, und ich belastete abwechselnd das linke und das rechte Bein, musterte ihn immer wieder aus den Augenwinkeln, spitzte die Ohren und ritzte mit meinen Schuhen Striche in den Boden.

Plötzlich brach er das Gespräch ab, schaute auf seine Armbanduhr und bat um Verständnis. Er müsse seine Arbeit zu Ende bringen.

Tief in Gedanken ging ich den Küstenweg weiter. Auch wenn dieser Mann Otto Diesche heißen sollte, konnte er unmöglich mein Vater sein. Das sagte mir mein Gefühl. Größe, Figur, Ausstrahlung, innere Ruhe – nichts passte zu den Schilderungen, die ich in meinem Gedächtnis gespeichert hatte.

Der Weg gabelte sich. Ein schmaler Pfad schlängelte sich auf der Südseite einen Vulkan hinauf. Eine von Karrenspuren zerfurchte Sandpiste führte durch die Felder zum Dorf zurück. Am Strand zelteten ein paar Burschen. Hinter einer Landzunge leuchtete eine blaue Lagune. Noch ein Stück weiter, am Fuß eines gelben Bergkegels, ankerten Segelboote in einer Bucht. Und in der Ferne ragte eine unbewohnte Vulkaninsel aus dem Meer.

Die Hände auf dem Rücken schlenderte ich auf dem Sandweg zurück zur Bar, vorbei an meist einstöckigen Häusern und kleinen Vorgärten, in denen jetzt Frauen und Kinder saßen. Vor den weiß getünchten Fassaden mit den blauen und grünen Türen und Fenstern strahlten weiße, blutrote und blauviolette Bougainvilleen, leuchteten mannshohe rote Geranien und goldgelbe Rudbeckien. Zum Glück war Ebbe. So spazierte ich über die Küstenstraße am Meer entlang in den Ort. Bei Flut stand, wie ich später mit eigenen Augen sah, diese Straße unter Wasser.

Ich setzte mich an einen Tisch vor der Bar und bestellte das typische Essen der Einheimischen: gebratenen Ziegenkäse und frischen Thunfisch mit Kartoffeln und Mojo, einer scharfen Soße. Von meinem Platz konnte ich das lebhafte Treiben in der Bar und das Kommen und Gehen im Dorf beobachten.

Bald war die Bar überfüllt, auch alle Tische im Freien waren besetzt. Darum tranken etliche Gäste ihren Wein im Stehen und stellten ihr Glas auf eines der Fenstersimse. Auch an meinem Tisch wurde es eng. Ich plauderte mit meinem Tischnachbarn, soweit mein Englisch es zuließ. Dieser, ein junger Mann in Arbeitskleidung, fragte mich, ob ich hier Urlaub mache und wie lang ich bleiben wolle.

Ich genoss meinen zweiten Tinto de Verrano, einen eisgekühlten Rotwein mit Orangensaft, als ich den Deutschen die Gasse heraufkommen sah. Er holte sich irgendwoher einen Stuhl und drängte sich an den Nebentisch. Beim Setzen bemerkte er mich und nickte mir kurz zu.

Mein Tischnachbar rief: »He, Otto, du hast Besuch aus Deutschland!« Dabei deutete auf mich.

Der Grauhaarige winkte lässig zurück und war schon im nächsten Moment ins Gespräch vertieft. Noch ein Beweis, dass er nicht mein Vater sein konnte, denn andernfalls hätte er spätestens jetzt nervös reagiert.

»Als Otto vor über zwanzig Jahren zu uns gekommen ist, war er arm wie eine Kirchenmaus«, flüsterte mir mein Gesprächspartner zu.

»Haben Sie seine Ankunft selbst erlebt?«

»Ich war noch klein. Aber meine Mutter hat mir erzählt, er habe nur eine Reisetasche besessen. In den ersten Wochen wohnte er bei unserem Nachbarn und arbeitete für ihn. Mein Nachbar, müssen Sie wissen, ist der reichste Gemüsebauer auf der Insel. Er hat Otto gezeigt, wie man Tomaten anbaut, sie ausgeizt, sie düngt. Otto war ein gelehriger Schüler. Schon bald brachte er eigene Tomaten und später auch anderes Gemüse nach Lanzarote auf den Markt und in die Gemüseläden.«

»Woher ist er gekommen?«

»Aus Deutschland! Hat er selbst gesagt. Anfangs verstand er kein Wort Spanisch. Deshalb hatte er früher immer ein Wörterbuch dabei. Aber jetzt spricht er wie einer von uns.«

»Und in all den Jahren bekam er nie Besuch aus Deutschland?«

»Nie! Das weiß ich genau, denn wir sind ein kleines Dorf. Da kennt jeder jeden.«

Bis spät in die Nacht hinein saß ich vor der Bar, lauschte dem lebhaften Singsang der Einheimischen und amüsierte mich am gestenreichen Gespräch der Leute. Der Mann, den sie Otto nannten, blieb noch lange. Als er sich gegen Mitternacht verabschiedete, grinste er mich an und winkte mir zu.

Ich ging auf mein Zimmer und breitete meine Mitbringsel aus. Fotos von meinem Vater und unserer Familie, einen Brief von ihm mit seiner Unterschrift. In

Gedanken verglich ich den Mann auf den Fotos mit dem Grauhaarigen. Keine Ähnlichkeit. Mein Vater sei rank und schlank gewesen, sagte man mir, zackig und wie aus dem Ei gepellt. Der Tomatenbauern dagegen kam abgerissen und ungepflegt daher, wirkte aber entspannt und zufrieden.

*

Anderntags machte ich mich in aller Frühe auf den Weg zum größten Berg, die Kopie einer gezeichneten Karte von Graciosa in der Gesäßtasche und einen Feldstecher um den Hals. Die Karte hatte ich in der Bar erstanden, das Fernglas ausgeliehen.

Pedro Barba, so hieß mein Ziel, war ein erloschener Vulkankegel mit gleichmäßigen Flanken, nur 266 Meter hoch. Er beherrschte die Insel. Der Weg hinauf war mühsam. Der Schweiß rann mir über den Rücken. Kein Baum, kein Strauch spendete Schatten. Nur Flechten und spärliches Gras gediehen auf der Vulkanasche. Aber der Ausblick von oben wog die Strapazen zehnmal auf. Unter mir lagen die Felder und Wege wie ein riesiges Spinnennetz. Braun- und Grüntöne in allen Schattierungen. Die hölzernen Feldhütten mit ihren Dächern aus Teerpappe und den rabenschwarzen Schatten sahen aus wie Spinnen auf der Lauer. Fünf auf sieben Kilometer schätzte ich die Insel anhand der Karte. Die Längsachse zeigte genau nach Norden. Rundum, in allen vier Himmelsrichtungen, menschenleere Sandstrände. Weit im Norden ein zweiter, kleinerer Vulkankegel. Und in einer kleinen Bucht im Westen, nahe einer niedrigen Felsenbank, ein paar Häuser, offenbar der zweite, nur sommers bewohnte Ort, wie mir die Karte verriet.

Mit dem Feldstecher suchte ich systematisch die Gegend rund um den Vulkan ab. Arbeitete er wieder auf einem seiner Felder? Oder verkaufte er seine Ernte gerade auf Lanzarote?

Schließlich entdeckte ich ihn. Offensichtlich geizte er Tomatenstöcke aus und häufelte mit der Feldhacke die Vulkanasche um die Pflanzen.

Ist er ein Aussteiger, der vor der Geschäftigkeit in Deutschland davongelaufen ist? Oder hat er etwas ausgefressen und versteckt sich hier auf dieser einsamen Insel?

Wenn er schon seit fünfundzwanzig Jahren auf Graciosa lebt, dann wurde er gewiss mehrfach von Francos Polizei überprüft. Unter dem Diktator blieb kein Fremder auf spanischem Boden unbehelligt. Also dürfte sein Name wohl in keinem Fahndungsbuch stehen. Auch hat er vermutlich ordentliche Papiere und ist hier unter seinem richtigen Namen gemeldet. Und noch etwas sprach für seine wahre Identität: Ein gerissener Gauner mit falschem Pass und erfundenem Lebenslauf schickt sich nicht in ein solch eintöniges, bescheidenes Leben, schon gar nicht über eine derart lange Zeit.

Ein letzter Blick nach Norden, zur kleinen, unbewohnten Nachbarinsel Montaña Clara, die aus der Ferne betrachtet mit Graciosa verwachsen schien, und zum Vulkan auf Alegranza, der Insel weit draußen im Meer. Dann machte ich mich auf den Weg zu dem Tomatenmann.

Die Sonne stand im Zenit, als ich ihn begrüßte. Der Schweiß lief mir in Strömen übers Gesicht. Mein Hemd klebte am Körper, die Zunge am Gaumen. Der Mann sah sofort, dass ich Schatten brauchte und etwas zu trinken.

»In meiner Hütte ist ein Korb mit einer großen Flasche. Da ist kalter Tee drin.« Und nach einer kleinen Pause: »Brot, Käse und Tomaten sind reichlich da. Bedienen Sie sich. Stellen Sie den Klapptisch und die Stühle vor die Hütte und spannen Sie den Sonnenschirm auf.«

Seine Hütte war aus alten Brettern gezimmert, rund drei Meter im Quadrat, mit einem weit vorgezogenen Dach über dem Eingang. Die Tür stand offen. Drinnen ein Eisenbett, ein Blechtisch, den man zusammenklappen konnte, und drei Caféhausstühle mit geflochtenen Sitzen, die Gestelle aus Eisen. Auf dem Tisch stand der Korb.

Ich setzte die Flasche an den Mund, genehmigte mir einen großen Schluck und legte sie dann in den Korb zurück. Neben dem einzigen Fenster, durch das man das Meer sah, standen auf einem Hängeregal ein paar Bücher. Ich nahm eines in die Hand, es war ein deutsches Buch ...

»Lassen Sie das!«

Erschrocken fuhr ich herum. Ich hatte ihn nicht kommen hören.

Ärgerlich warf er seine Hacke vor die anderen Werkzeuge, die geputzt und gerade ausgerichtet neben dem Fenster standen.

»Mich hat das Buch interessiert«, verteidigte ich mich. »Ich lese gern.«

Ottos buschige Augenbrauen verfinsterten sich. Er wandte sich ab, hob den Korb vom Tisch, schnappte sich einen Stuhl und ging nach draußen, kam mürrisch wieder, klappte den Tisch zusammen und trug ihn hinaus in den Schatten der Hütte. »Bringen Sie sich einen Stuhl mit!«, rief er mir über die Schulter zu.

Er goss Tee in einen Becher und legte Käse, Tomaten und Brot auf einen Teller, den er mir samt Becher und einem scharfen Küchenmesser vor mich hinstellte. Dabei sah er mich nicht an. »Gabeln gibt's hier draußen nicht«, sagte er mit gerunzelter Stirn.

Ich dankte. Er schälte eine rohe Zwiebel und schnitt sie bedächtig in Scheiben. Dann blickte er gedankenverloren aufs Meer hinaus, schob sich Käse, Tomaten und Zwiebeln in den Mund und kaute langsam. Er schien mich vergessen zu haben. Er schaute und schaute, kaum dass er einmal die Augen schloss.

Träumte er von zuhause? Mit offenen Augen starrte er geradeaus, als betrachte er einen Film in der Ferne. Dabei starrte er auf den Dunststreifen zwischen Meer und Himmel. Er suchte nicht den Horizont ab, senkte nicht die Lider, verengte nicht die Pupillen. Seine Bilder waren wohl in ihm. Bilder von guten Tagen? Von schlechten Erinnerungen und alten Erfahrungen?

Jetzt ist nicht die Zeit, Fragen zu stellen, sagte ich mir.

Als wir satt waren, löste er seinen Blick vom Meer, warf sein Messer in den Korb und sagte unvermittelt: »Ich habe schon immer Tomaten mit Zwiebeln gemocht. Noch lieber ist mir ein Tomatensalat mit Zwiebeln, Gurken, Schafskäse, Oliven und frischen Kräutern.«

»Sie mögen Tomaten wohl sehr?«

»Die Tomate ist etwas Besonderes. Roh oder gekocht, gebacken oder gedünstet, ich mag sie auf jede Art. Und für einen frischen Tomatensaft, gesalzen und gepfeffert, lasse ich jedes andere Getränk stehen.«

Er verschränkte die Hände im Nacken und streckte die Beine aus. Inmitten seiner Tomatenstöcke fühlte er sich sichtlich wohl.

Es war die Gelegenheit, ein paar Fragen zu stellen: »Sie haben es wohl zum erfolgreichen Tomatenzüchter gebracht?«

»Züchter bin ich nicht. Ich habe einfach alles gesammelt, was man über die Tomaten wissen muss. Mal hier, mal dort gefragt und auch mal was ausprobiert. Ich hege und pflege meine Tomaten, so gut ich kann. Ich rede mit ihnen jeden Tag. Ich tröste sie, wenn die Sonne gnadenlos vom Himmel brennt. Ich entschuldige mich, bevor ich sie pflücke. Ich schütze sie bei schlechtem Wetter. Und sie danken es mir mit einer reichen Ernte.«

Er nippte an seinem Tee. »Die Tomate ist bodenständig, wie keine andere Pflanze. Sie braucht ihren Stammplatz. Am besten gedeiht sie, wenn sie Jahr für Jahr auf derselben Stelle wächst. Sie braucht Beständigkeit und hasst Veränderungen. Am immer gleichen Platz bleibt sie auch gesund. Düngt man sie mit ihren eigenen Abfällen, dann wächst sie noch besser. Ich meine, wo Tomaten wachsen, können auch Menschen heimisch werden. Denn da ist Wasser, Sonne und Leben.«

Heimisch werden? Ich spitzte die Ohren. Ob er noch tiefere Einblicke in sein Leben gewährte? Deshalb entgegnete ich: »Aber sagt man nicht manchen Menschen nach, sie seien treulose Tomaten?«

»Das behaupten nur Leute«, er wurde heftig, »die nichts von Tomaten verstehen! Treulose Tomate meint, jemand sei unbeständig und wankelmütig.« Er lehnte sich zurück und wurde wieder gelassener: »Die Tomate ist das genaue Gegenteil. Sie ist standorttreu. Sie will gut gepflegt werden und erwartet das zurecht, weil man sich auf sie verlassen kann.«

Er stand auf und trug den Korb und seinen Teller in die Hütte. »Sie können sich hier noch gern ausruhen bei meinen Tomaten«, sagte er mit dem Anflug eines Lächelns, nahm seine Hacke wieder auf und stapfte zurück ins Tomatenfeld.

Ich blieb noch eine gute halbe Stunde sitzen und hing meinen Gedanken nach. Dann machte ich mich auf den Weg zurück, trank in der Bar ein kühles Bier und wanderte, als die Schatten schon recht lang waren, zum Hafen und wieder zurück zur Bar.

Dort hatte schon der allabendliche Rummel begonnen, den ich bis kurz nach Mitternacht genoss. Auch Otto war wieder da. Zu später Stunde hörte ich ihn sagen, morgen müsse er nach Lanzarote und ein paar Gemüsehändler beliefern.

Am anderen Morgen, das Fährschiff war längst ausgelaufen, lief ich zu seiner Hütte. Ich durchstöberte alle Ecken und blätterte in seinen Büchern.

Hinter den Gerätschaften fand ich einen Schnuller mit Anhänger, darauf ein Name eingraviert: Eva. Auf dem Schmutztitelblatt der meisten Bücher stand seine Unterschrift in blauer Tinte: Otto Diesche. Und in Ernst Jüngers Kriegsbuch »In Stahlgewittern« steckte eine Fotografie, reichlich abgegriffen und ausgebleicht. Sie zeigte eine Frau mit vier kleinen Kindern. Auf der Rückseite der handschriftliche Bleistiftvermerk: Sonnenfurt, März 1945.

Ich hatte genug gesehen.

Das gleiche Foto hatte ich zuhause, aus dem Nachlass meiner Mutter. Der Schnuller gehörte Eva, meiner Schwester. Handschrift und Unterschrift stimmten mit dem mitgebrachten Brief überein.

Ohne jeden Zweifel: Mein Vater lebt!

Ich musste mich setzen. Mir war, als würde ich ersticken. Ich japste nach Luft und trank den abgestandenen Tee aus der Flasche in kleinen Schlucken, bis mein Atem wieder gleichmäßig wurde.

Dann fotografierte ich alles, die Felder, die Tomaten, die Hütte, den Schnuller mit Anhänger, die Buchseiten mit Unterschrift, das Foto samt Rückseite.

Mit zittriger Hand schrieb ich einen Zettel: »Danke, dass du mich gestern bewirtet hast. Ich bin Baldur Diesche. Meine drei Geschwister und ich grüßen dich. Wir wohnen schon lange nicht mehr in Sonnenfurt. Unsere Mutter ist vor etlichen Jahren gestorben, aus Gram. Umseitig meine Adresse und meine Telefonnummer. Schreib mal oder ruf mich an.«

Den Zettel legte ich auf den Tisch und beschwerte ihn mit der Flasche und den beiden Gläsern.

Die Maria del Pino brachte mich am späten Nachmittag wieder nach Orzola, zurück zu zwei angenehmen Urlaubstagen auf Lanzarote.

Zuhause informierte ich meine Geschwister. Dann ging ich zur nächsten Polizeiwache und meldete dem Diensthabenden, auf der spanischen Insel La Graciosa verstecke sich ein Deutscher namens Otto Diesche.

»Und deshalb kommen Sie zu uns?«, fragte der Polizist ungläubig.

»Er kam mir verdächtig vor. Könnte es nicht sein, dass er gesucht wird?«

Der Polizist verließ den Raum und kam nach ein paar Minuten wieder: »Der wird nicht gesucht. Kein Haftbefehl.«

»Aber er war, so hörte ich, in der Nazizeit Ortsgruppenleiter.«

»Ach«, der Polizist winkte ab, »das ist schon so lange her. Das interessiert doch keinen mehr.«

2010

Am 17. Juni 2010 feiert mein Vater Karl Balbach seinen hundertsten Geburtstag. »Wie wär's, wenn du aus deinem bewegten und arbeitsreichen Leben berichten würdest? Du könntest damit etwas zur Auseinandersetzung mit alten und doch stets gegenwärtigen Fragen beitragen«, sagte ich ihm.

Er lachte. »Meine Konzentration ist nicht mehr wie früher. Das Schreiben strengt mich zu sehr an.«

»Dann komme ich ein paar Abende zu dir, und du erzählst mir, was du zu sagen hast. Ich nehme alles mit dem Mikrofon auf, und der Computer schreibt es nieder. Notier dir schon mal ein paar Gedanken, damit du nichts vergisst.«

Er war skeptisch. »Dein Computer kann aufschreiben, was ich sage?!«

Auf seine Frage, wozu er sich dieser Mühe unterziehen solle, sagte ich ihm: »Dein Leben ist wie ein Album voller Geschichten. Viele Sonnenfurter wollen es anschauen und etwas über dich und unseren Ort erfahren.«

Der Lebensweg meines Vaters ist in vielerlei Hinsicht ungewöhnlich und doch irgendwie charakteristisch für seine Zeit. Eigentlich wollte er Schreiner werden, aber nach dem frühen Tod seines Vaters musste er in jungen Jahren den elterlichen Hof übernehmen. Gleich nach Kriegsende, im Mai 1945, setzten ihn die Amerikaner ins Amt des Bürgermeisters ein. Sie ließen ihm keine Wahl. So bewirtschaftete er nicht nur seine Äcker, Wiesen und Felder, sondern verbrachte siebenundzwanzig Jahre lang auch noch unzählige Stunden im Rathaus.

Im Zuge der Kommunalreform verlor Sonnenfurt seine Selbstständigkeit und wurde Teilort von Neidenau, wie alle Dörfer an der Neide. Gemeinden, die sich freiwillig eingemeinden ließen, köderte die Landesregierung durch großzügige Sonderzuschüsse für kommunale Projekte wie den Bau eines neuen Sportplatzes oder einer Festhalle unter drei Bedingungen: Bis Anfang April 1972 musste eine Bürgeranhörung stattfinden. Der Gemeinderat musste die Eingemeindung beschließen. Und die Eingemeindung musste spätestens bis zum Jahresanfang 1973 vollzogen sein.

Die Sonnenfurter stimmten jedoch dagegen, und der Gemeinderat hielt sich an das Votum seiner Bürger. Die Landesregierung blieb hart. Darum legte mein Vater an Silvester 1972 sein Amt als Bürgermeister nieder.

Hans Balbach, im Juni 2010.

*

Umgeben von lieben Menschen, zahmen Tieren, herrlichen Blumen und einer sanften Landschaft blicke ich auf hundert Lebensjahre zurück. Hundert Jahre, das klingt nicht nur gewaltig, das ist gewaltig. »Und wenn's köstlich gewesen ist, so ist es Mühe und Arbeit gewesen«, heißt es im neunzigsten Psalm. Doch das ist nur die halbe Wahrheit, denn am Anfang dieses Psalms steht: »Unser Leben währet siebzig Jahre, und wenn's hoch kommt, so sind's achtzig Jahre.« Ich habe also doppeltes Glück gehabt. Ich werde hundert, und mein Leben bestand nicht nur aus Mühe und Arbeit. Das auch, aber es waren – trotz aller Irrtümer und Torheiten, Sorgen und Nöte – auch erfüllte, erregende und bunte Jahre. Anfangs folgten sie einem schnellen, öfter auch mal feurigen Rhythmus, und ich lief, rannte und flitzte durch die Zeit. Jetzt geht's im Zeitlupentempo dahin. Eher schleppe ich mich durch die Tage, als dass ich aufrecht gehe. Jede Bewegung muss reichlich überlegt sein.

Und so frage ich mich, was die Leute eigentlich von mir hören wollen? Sorgen und Nöte haben sie selbst genug. Mit Irrtümern und Torheiten kennen sie sich bestens aus. Darum, denke ich mir, wollen meine Sonnenfurter wissen, wie ich das Auf und Ab in unserer Gemeinde einschätze und wie ich mich über die Zeit gerettet habe, ohne das Gleichgewicht zu verlieren. Folglich werde ich mich darauf konzentrieren.

Gewiss, ich habe gewaltige Veränderungen miterlebt. Vom Kuh- und Ochsengespann zu Traktoren und Vollerntern, auch wenn die immer noch keine fertigen Brotlaibe und Brötchen liefern. Vom Bauernhof zum Agrarbetrieb. Vom ersten Radio zum Farbfernsehen und Internet. Von der handgemachten Musik zu den elektronischen Berieselungsapparaten. Von der impressionistischen und expressionistischen Kunst zur bloßen Dekoration. Vom Plüschsofa zum Ikea-Hocker. Von der Kochkunst mit gepflegter Mahlzeit zum Essen aus der Tüte im Stehen und beim Gehen. Von den essigsauren Umschlägen, Baldriantropfen und Klistieren zu vielen tausend Medikamenten. Vom Glauben an Sitte und Moral zur Relativierung aller Werte. Von Kaiser Wilhelms Untertanen- und Militärstaat mit Fortsetzung in der nationalsozialistischen Unrechts- und Gewaltdiktatur zu einer funktionierenden Demokratie. Von einem marktschreierischen Nationalismus zur Idee eines vereinten Europas.

Verändert haben sich meines Erachtens auch die Menschen. Sie sind heute ungeduldiger, zappeliger, geldgieriger und freizeitorientierter als in meiner Kindheit. Und so wachsen junge Leute heran, in den Großstädten wie in den Dörfern, die egoistischer, rappeliger und vielleicht sogar kränker sind als wir es früher waren, trotz aller Fortschritte in der Medizin.

Nicht einmal die Landschaft, die Luft, das Wasser, die Berge sind unverändert geblieben. Bleibt eine Frage: Was hat sich eigentlich nicht verändert? Die Gefühle? Das Denken? Ich weiß es nicht.

Das könnte pessimistisch klingen, ist aber nicht so gemeint. Ich will nur betonen, dass heute alles anders ist. Zugegeben, vieles sogar besser.

Vor etlichen Jahren stand einmal ein Satz von Albert Einstein auf einem Kalenderblatt: »Weisheit ist nicht das Ergebnis von Schulbildung, sondern des lebenslänglichen Versuchs, sie zu erwerben.« Diesen Zettel habe ich an meine Werkstatttür geklebt. Und da hängt er immer noch. Die Welt versteht man nur, so auch meine Meinung, wenn man sie durch vielerlei Erfahrungen hindurch erlebt und ertragen hat. Ein anderes Wort für Leben ist Dasein. Seit Jahren brüte ich über der Frage, ob zum Leben auch das Mitgestalten der Welt gehört, oder ob es genügt, nur da zu sein und die Welt und die Zeit über sich ergehen zu lassen. Eine Antwort habe ich bis heute nicht gefunden.

*

Drei grundlegende Erfahrungen habe ich in meinen hundert Jahren gemacht. Ich nenne sie meine Lebensregeln.

Die erste: *Lebensfreude.* Die Freude am eigenen Leben hat viel mit Lebensbejahung, Lebensmut und heiterer Gelassenheit zu tun. Vor allem aber mit der richtigen Einstellung zu der eigenen Lebenszeit. Zeit ist das Kostbarste, was wir besitzen. Die Zeit eilt! Die Zeit teilt! Die Zeit heilt! Aber manche Wunde ist so tief, dass die Zeit sie nicht heilen kann. Dann bricht die Wunde manchmal bei Tag, meistens jedoch in der Nacht auf, von Woche zu Woche, von Jahr zu Jahr, immer wieder. Hartnäckig, störrisch, unerbittlich. Dann muss man sich jedes Mal zur Ordnung rufen, muss sich daran erinnern, dass das Leben schön war, bevor die Wunde geschlagen wurde, und dass es wieder schön werden kann. Die Hoffnung und die Zuversicht darf man niemals aufgeben.

Es gibt zwei Irrwege, was die Zeit betrifft. Der eine heißt Hast und kennzeichnet den Getriebenen, den Unfreien, den Ruhelosen. Kann man bei sich sein, wenn man im Schweinsgalopp durch die Tage wetzt? Kann man klare Gedanken fassen, wenn man durch die Sätze hetzt, als sei man auf der Flucht und wolle verhindern, dass der Zuhörer einem auf die Schliche kommt? Kann man seine knapp bemessene Lebenszeit genießen, wenn man nur in der Vergangenheit herumstochert? Oder vor lauter Pläneschmieden die Gegenwart vergisst? Zeit ist Geld, sagen die Hastigen. Gibt es einen noch dümmeren Spruch auf dieser Welt? Es ist ein Satz von Idioten für Idioten. Zeit ist etwas ganz Kostbares, viel kostbarer als Geld und Gold. Zeit ist Leben!

Der andere Irrweg ist die Zeitvergeudung. Man kann, man darf, ja man muss Fehler machen. Aber immer dieselben? Man kann, ja man muss unter die Leute, aber sich dabei volllaufen lassen, dass man zum Gespött wird? Einladungen von Verwandten und Bekannten muss man annehmen, aber dann bis nach Mitternacht hocken bleiben? Das ist doppelte Zeitverschwendung. Denn ich vergeude nicht nur meine Zeit, sondern auch die meiner Zeitgenossen. Sitze ich dagegen unter einem Baum oder spaziere an der Neide entlang oder lasse mich ein Stündchen auf der Bank in meinem Hof nieder, schaue mich um oder vor mich hin und denke nach, dann vergeude ich keine Zeit, weder meine eigene, noch die meiner Zeitgenossen. Denn dann bin ich ganz bei mir und höre mir beim Denken zu. Dann gönne ich mich mir selbst und bin ganz in der Zeit.

Meidet man beide Irrwege, so meine Erfahrung, dann bleibt genug Zeit, sich seines Lebens zu erfreuen. Es sind vor allem die kleinen Dinge im Alltag, die diese Freude ausmachen. Ein wunderbarer Morgenhimmel, wenn man aus dem Bett steigt und zum Fenster hinaussieht. Die Amseln, die sich von Baum zu Baum etwas zurufen, und man überlegt, worüber sie sich wohl unterhalten. Die Katze, die über den Hof schreitet, mich kurz anstarrt, majestätisch weitergeht und übers Mäuerchen in den Nachbargarten springt. Was denkt sie über mich? Der Kaffee, den meine Frau zubereitet. Woher kommt er, und wie geht es den Bauern, die ihn pflanzen und ernten? Oder die Wertschätzung, die ich aus einer beiläufigen Bemerkung meines Nachbarn herauslesen kann. Das alles empfinde ich als Aufmunterung für den ganzen Tag.

Meine zweite Grundregel: *Hoffnung und Optimismus.* Hoffnung entspringt der Zuversicht, dass das Gewünschte in Erfüllung gehen kann. Sie ist die Schwester der Lebensfreude. Sie nährt Erwartungen, wenn etwas zu scheitern droht. Sie ist ein Anker in schwierigen Zeiten. Optimismus ist gesteigerte, geballte Hoffnung, die in der Überzeugung wurzelt, man habe zwar nicht alles unter Kontrolle, aber könne dennoch auf das Einfluss nehmen, was der eigenen Überwachung entzogen zu sein scheint.

Wenn wir jung sind, überwiegen Träume und Hoffnungen. Optimistisch blicken wir in die Zukunft. Doch je älter wir werden, umso realistischer und missmutiger werden wir, wenn wir uns gehen lassen. Die Erfahrung lehrt, dass wir uns abstrampeln müssen, wollen wir unser Leben meistern. Passt man nicht höllisch auf, dann geht dabei das Interesse am Leben verloren und weicht einer trostlosen Gleichgültigkeit, Passivität und Trägheit. Träume und Hoffnungen verdampfen mit der Zeit, und Optimismus schlägt zuweilen in Pessimismus um. Aber beim Einschlafen kann es uns passieren, dass zerbrochene Träume sich wieder zu einem glücklichen Puzzle zusammenfügen.

Ich habe oft von dem verunglückten Kirmesbesuch in Öschelhain geträumt. Und jedes Mal war mir im Traum, als bestünde doch noch die Hoffnung, ich könnte mit Paula erneut über die Festwiese schlendern und sie im Arm halten. Fünfzig Jahre später wurde aus meinem Traum endlich Wirklichkeit.

Ohne die Hoffnung, unsere Mission könnte glücken, hätte ich im April 1945 niemals zusammen mit Pfarrer

Krüger, die weiße Fahne in der Hand, die Amerikaner um Schonung unseres Dorfes bitten können. Ohne den Optimismus, wir würden die vielen Flüchtlinge in unseren Ort integrieren, auch wenn Probleme auftreten, hätte ich damals mein Amt als Bürgermeister nicht ausüben können und es niederlegen müssen.

Gewiss, manchmal geht man zu Boden, erleidet einen Rückschlag. Das bleibt im Leben nicht aus. Entscheidend ist jedoch, dass man nicht liegen bleibt, sondern immer wieder aufsteht und weitergeht. Niemals den Glauben an das Licht am Ende des Tunnels aufgeben! Die Hoffnung stirbt zuletzt, sagt man. Genau so habe ich es in meinem Leben oft erfahren. Und sollten Hoffnung und Optimismus irgendwann doch versiegen, dann kommen die Wunder.

Meine dritte Grundregel: *Harmonie.* Im Einklang mit sich, der Zeit und der Natur leben! Man darf sich nicht gegen das Leben sträuben. Man muss die Dinge nehmen, wie sie kommen. Dann ist man mit sich und seiner Umwelt im Reinen.

Gelingt das nicht, dann bleibt einem nur, sich selbst etwas vorzumachen, will man nicht am Leben verzweifeln. Man wird selbstgerecht und ist in der Überzeugung gefangen, man hätte alles getan, was in der eigenen Macht steht. Welch eine Fehleinschätzung!

Ganz bei mir und frei im Denken bin ich nur in der Natur. Da wird mir nie langweilig. Ich gehe dann in der äußeren Welt so für mich hin, bin aber in Wahrheit in meiner inneren Welt unterwegs. Ich gehe übers Feld und staune, was in einer Woche gewachsen ist. Ich sitze vor meinem Haus und bewundere den kleinen Garten, den meine Paula noch hegen und pflegen kann. Jedes Jahr auf neue sprießen aus braunen, kleinen Körnern und winzigen Samen vielerlei Getreide- und Blumensorten, die in allen Farben blühen. Manche Rottöne sind prächtiger als sie ein Künstler jemals malen könnte.

Wann immer etwas zu entscheiden war, habe ich die genannten drei Regeln beachtet. Alle drei sind an zwei Bedingungen geknüpft: Kann ich es finanziell verantworten? Kann ich es ethisch verantworten? Die ethische Bedingung wiederum wirft zwei Fragen auf: Bin ich selbstgenügsam genug bei dem, was ich zu erreichen versuche? Und ist mein Handeln statthaft im Blick auf die gerechte Verteilung der Güter und Gaben? Danach habe ich in meinem Leben und in meiner Amtszeit zu handeln versucht.

Typisch, werden manche sagen, solche abgeklärten Sprüche können nur von einem alten Knacker stammen. Zugegeben, ich bin ein alter Knacker, denn junge Knacker gibt es nicht. Aber sind meine Regeln falsch, bloß weil ich alt bin? Dabei knackt bei mir gar nichts. Nein, fast nichts. Nein, nur hier und da ein bisschen. Meine Zähne habe ich noch, außer den Weisheitszähnen. Meine Gelenke sind durch viel Bewegung einigermaßen geschmiert. Gewiss, das Aufstehen fällt mir manchmal schwer und das linke Bein zittert bisweilen. Und die Augen lassen mich allmählich im Stich, obwohl ich schon eine Operation am Grauen Star hinter mir habe. Wenn ich lange genug in den Spiegel schaue, sieht mich ein alter Mann mit großen Augen an. Ich kann es zunächst nicht fassen, dass ich das sein soll. Dann lächle ich ihm aufmunternd zu.

Schmerzen und Krankheiten, die in mir herumwandern und sich irgendwo dauerhaft einnisten, befielen mich selten. Ich war nie ernsthaft krank, weil ich im Einklang mit der Natur und mit mir selbst gelebt habe. Und wenn ich doch einmal kränkelte, spürte ich eine heilende Kraft in mir und wusste sie zu deuten und zu nutzen. Ich bin ein Sonntagskind, sage ich mir, mein Leben passt in kein Formular.

Alt werden ist wie auf einen Berg steigen. Je höher man kommt, desto mehr Kräfte sind verbraucht, aber umso weiter sieht man. Darum ängstigt mich das Alter nicht. Es weckt in mir die Freude auf neue Einsichten und Aussichten.

*

Wenn ich überlege, was wir als Kinder früher gemacht haben, dann fällt mir zweierlei ein. Das eine: helfen, helfen, helfen! Wir hatten viele Pflichten und Aufgaben. Das andere: Wir waren eigentlich immer draußen, immer unterwegs, sommers wie winters.

Als ich noch zur Schule ging, mussten die Kinder das ganze Jahr über in der Küche, im Stall und auf dem Feld helfen. Ich zum Beispiel hatte die Aufgabe, neben anderen Pflichten, samstagabends alle Schuhe zu putzen. Zum Glück besaß jeder in unserer Familie nur zwei Paar Schuhe. Eines für den Werktag, das waren genagelte Stiefel. Und eines für den Sonntag, das waren feinere Schnürschuhe.

Kinder hüteten das Vieh auf der Weide, halfen beim Rübenverziehen, stachen Disteln aus, rechten Heu zusammen. Sie passten auf ihre jüngeren Geschwister auf, wenn die Eltern außer Haus waren. Im Herbst mussten sie, wie die Erwachsenen, in aller Herrgottsfrühe aufstehen, gebückt hinter der Kartoffelhexe hergehen und die Erdäpfel einsammeln, die man in Sonnenfurt Äbira nennt, Erdbirnen. Ochsen zogen den Schleuderroder, der mit der waagrechten Pflugschar den Kartoffelstock unterschnitt und anhob, während die stählernen Zinken darüber fegten und die Kartoffeln zur Seite schleuderten.

War der Acker gegen Abend abgeerntet, wurde das Kartoffelkraut aufgeschichtet und angezündet. Wir Kinder steckten Kartoffeln auf einen angespitzten Stecken und hielten ihn ins Feuer. Oder wir legten die Knollen an und auf die Glut. Begannen die Kartoffeln zu knistern und aufzuplatzen, dann schälte und aß man sie unter heftigem Blasen.

Die Obsternte war bei uns Kindern unbeliebt. Stundenlang mussten wir Fallobst auflesen. Ganze Heerscharen von Wespen hatten sich jedoch schon über die Äpfel, Birnen und Zwetschgen hergemacht. Die Insekten wehrten sich, wenn wir in ihr Futter griffen, und stachen unbarmherzig zu. Bei jedem Stich schrien wir auf, aber die Eltern duldeten keine Pause. In der Schule zählten wir die juckenden Quaddeln an Händen und Armen. Wer die meisten hatte, galt als besonders abgehärtet.

Mussten wir mal nicht helfen, dann stürmten wir hinaus in die Natur! An die Neide, in die Wälder, auf die Wiesen. Stubenhocker gab es in unserem Dorf nicht. Wir spielten und tobten immer im Rudel, die Nachbarschaft war unsere erweiterte Familie. Wir bauten

Baumhäuser, Höhlen und Lägerle. Wir jagten Tieren hinterher, besonders den Katzen, denn jede Familie hatte mindestens eine, schon wegen der Mäuse auf dem Hof und in der Scheune. Wir schlichen mit selbstgebautem Pfeil und Bogen durch die Auen. Oder wir klickerten mit Murmeln.

Schon auf dem Heimweg von der Schule zogen wir das Hemd aus, vom Frühjahr bis in den Herbst. Und wo's ging, liefen wir barfuß. Winters schlitterten wir auf der zugefrorenen Neide. In einem eisigen Januar war der Fluss voller Treibeis. Da konnten wir tiefgekühlte Fische aus Eisblöcken herausschlagen.

Auf dem Jahrmarkt durften wir für fünf Pfennig auf dem Kettenkarussell fahren. Und als wir älter wurden, war die Schiffschaukel mit Überschlag das Höchste für uns. Einmal habe ich, da war ich etwa elf oder zwölf, für meinen Vater Bier in der *Linde* holen sollen. Weil aber Jahrmarkt war, habe ich sein Geld für Lakritzstangen ausgegeben. Jetzt war die Not groß. Ich bin heulend heim und habe gesagt, ich hätte das Geld verloren. Mein Vater hat bloß gelacht, hat mir erneut Geld gegeben, und ich habe das Bier geholt.

Mein ganzes Leben habe ich in Sonnenfurt verbracht. Verreist bin ich so gut wie nie. Nur ab und zu ein Fährtle in die Kreisstadt, weil ich da Dienstliches erledigen musste. Dafür liebte und liebe ich es umso mehr, mich mit dem zu beschäftigen, was in mir ist. Ich nenne das meine Ausflüge in mein Innerstes. Das ist für mich viel spannender als jede noch so schöne Lustfahrt. Und darum liebe ich die Werke des alten Christian Wagner aus Warmbronn, der wie kein anderer in sich hineinhören konnte und wunderschöne Gedichte über die Natur und das Leben auf dem Land geschrieben hat.

Verpflichtungen über Tage im Voraus habe ich noch nie leiden können. Ich möchte nicht irgendwo festsitzen, wenn draußen die Sonne lockt. Ich kann es schwer ertragen, wenn irgendetwas oder irgendwer meine spontane Entscheidungsfreiheit einschränkt. Als Dorfmensch ist man von klein auf an Freiheit gewöhnt.

*

Die letzten Jahrzehnte waren geprägt von einer Plan- und Machbarkeitseuphorie ohnegleichen, zumindest habe ich es so empfunden. Der Mensch kann alles und darf alles. Ohne Rücksicht auf Natur, Kultur und Geschichte. Die Folgen: verklärter Turbokapitalismus, grenzenlose Gier, rücksichtsloser Ellbogeneinsatz und hemmungslose Gigantomanie. In der Wirtschaft, in der Finanzwelt, in der Baubranche, in der Nahrungsmittelindustrie, in der Arbeitswelt, in der Technik, in der Kultur, im Sport und letztlich auch in der Landwirtschaft.

Jeder Stadt ihren Autobahnanschluss und ihren Regionalflughafen. Unbeschränkte, ungezügelte Mobilität war eines der Ziele.

Jedem Dorf seine geteerten Feldwege, damit die Bäuerin sonntags mit sauberen Stöckelschuhen zur Kirche gehen kann. Gewissenlose, rücksichtslose Unterjochung der Natur war ein anderes Ziel.

Eine jährliche Rendite von fünfundzwanzig Prozent vor Steuern, wie ein Bankchef einmal forderte, galt als Maßstab für Erfolg. Die Herrschaft des Geldes und der

Banken über den gesunden Menschenverstand, das war ein drittes Ziel.

Skrupellose Privatisierung der gemeinsam erwirtschafteten Güter ein viertes: Gaswerke, Elektrizitätswerke, Wasserwerke, Wohnungen, Grundstücke, Wälder, Felder aus dem Besitz der Kommunen, der Länder, des Bundes, also letztlich der Bürger, wurden verscherbelt. Konzerne könnten besser wirtschaften als öffentliche Institutionen, verkündeten Wirtschaftsbosse, Finanzjongleure und Politiker vollmundig. Ich begreife bis heute nicht, wie Abgeordnete, gewählte Vertreter des Volkes, sich dazu hergeben konnten, Volksvermögen zu verschleudern.

Vor bald vierzig Jahren sind ein paar Oberschlaue zu mir aufs Rathaus gekommen. Feinen Zwirn und bedeutsame Gesichter trugen sie und führten eigene Dummheit und Aufgeblasenheit wie Dackel spazieren. Sie hatten sich etwas Perfides ausgedacht: unser Dorf ins einundzwanzigste Jahrhundert katapultieren, zu ihrem eigenen Wohl natürlich.

Ich habe bloß gelacht, aber in der nächsten Gemeinderatssitzung habe ich gestaunt. Sie waren wieder da. Die Lackaffen hatten ein paar Gemeinderäte rumgekriegt, vor allem jene, die sich eine Gewinnmaximierung erhofften. Eigentlich widersprach das der Gemeindeordnung, doch ich habe um des lieben Friedens willen zunächst geschwiegen.

Die flinkzüngigen Planer aus der sündhaft teuren Beratungsfirma warfen bunte Bildchen an die Wand im Sitzungssaal, gefielen sich in ihrem Gesülze und schwadronierten, dass sogar der Teufel Angst um seine eigenen Ohren gekriegt hätte. Unter dem Kirchplatz wollten sie eine Tiefgarage bauen und auf dem Kirchplatz ein neues Rathaus samt öffentlicher Toilette mit vollautomatischer Beleuchtung, Belüftung und Spülung. Auch eine neue Kläranlage sollte her, so groß, dass man gut und gern eine Stadt mit zwanzigtausend Einwohnern hätte entwässern können. Und noch mehr solcher Hirngespinste hatten sie für Sonnenfurt parat: Tagungshotel, Naherholungszentrum, Europatransversale durch den Ort, Industrieansiedlung entlang der Neide und anderes mehr. Lauter verlockende Versprechungen, die das Wirtschaftswachstum im Dorf ankurbeln und Städter zu uns aufs Land locken würden. Ich habe kurzen Prozess gemacht, die verlogenen Hohepriester des Turbofortschritts eigenhändig zur Tür hinauskomplimentiert und meinen Gemeinderäten mit sofortigem Rücktritt gedroht. Da erst kamen manche Neunmalklugen zur Vernunft.

Ich weiß sehr wohl, dass unser Württemberg zu Anfang des 19. Jahrhunderts eines der ärmsten Länder in ganz Europa war. Doch dann haben Tüftler, Erfinder und mutige Pioniere aus unserem notleidenden Land eines der reichsten in ganz Europa gemacht. Aber das waren keine blasierten, aufgeblasenen Blender, die andere über den Tisch ziehen wollten. Nein, sie stammten selbst aus dem Volk, kamen in der Mehrzahl selbst vom Land und hatten meist die Volksschule, wenige die Realschule, kaum einer die höhere Schule besucht. Sie sahen es als ihre Pflicht an, auch ihre Mitarbeiter und ihre Gemeinde an ihrem Wohlstand teilhaben zu lassen.

*

Seit meinem Amtsverzicht lese ich viel und fühle mich in meiner Kritik an der Kommunalreform bestätigt, die viele Dörfer entmündigte. Selten lese ich Krimis, meist historische Romane und vielerlei Fachbücher. Darum weiß ich, dass sich die Welt ständig verändert. Ich mache mir da keine Illusionen. Veränderung ist das Grundmuster unserer Geschichte. Wer sich über Veränderungen ärgert, der zeigt bloß, dass er nicht bereit ist zu lernen. Aber müssen Veränderungen in der Forderung nach ungezügeltem Wachstum münden, zulasten der Menschen, der Natur und der Kultur? »Grenzen des Wachstums« forderte der Club of Rome. »Small ist beautiful« verkündete Ernst Friedrich Schumacher, der britische Ökonom deutscher Herkunft. Er hat recht. Das Prinzip des Größer, Schneller, Mehr ist am Ende. Rückkehr zum menschlichen Maß heißt die Lösung für die Gegenwart. Versteht und durchschaut man, was einem am nächsten ist, dann ist der erste Schritt getan zum Verständnis aller Dinge.

In jedem Bereich menschlichen Lebens gibt es eine kritische Größe. Wird sie überschritten, wachsen die Probleme schneller als unsere Fähigkeit, mit ihnen fertig zu werden. Dabei wissen wir doch aus jahrhundertelanger Erfahrung: Nur was man verantworten kann, lässt sich vernünftig handhaben. Verantworten kann man aber nur die Handlungen und Entwicklungen, die man überschauen kann. Darum sind Vernunft, Überschaubarkeit und Verantwortung unverzichtbare Maßstäbe menschlichen Handelns.

Es muss wohl Ende 1945 gewesen sein, als Leutnant Brown entspannt in meinem Amtszimmer im Rathaus saß und sich eingehender umschaute als bisher. Er bewunderte ein paar alte Ansichten und eine handgezeichnete Flurkarte von Sonnenfurt. Dann entdeckte er einen Sinnspruch hinter Glas: »Wisse, woher du kommst. Wisse, wohin du gehst. Wisse, dass du einst Rechenschaft ablegen musst.«

»Woher haben Sie das?«, fragte er.

»Der alte jüdische Tierarzt aus dem Nachbarort hat mir das vor langer Zeit gesagt. Ich habe den Mann wegen seiner Menschlichkeit und seiner Fachkenntnisse bewundert«, antwortete ich.

»Sie wissen, dass das aus dem Talmud stammt?«

»Nein, weiß ich nicht. Aber die klugen Worte haben mich mein ganzes Leben geleitet.«

Er sah mich lange an. Seine Augen wurden wässrig. Schließlich sagte er: »Der alte Tierarzt war mein Großvater. Sein Bruder war Viehhändler.« Jetzt tat er so, als betrachte er den Sinnspruch. »Damals hieß meine Familie noch Braun. Als wir 1937 bei Nacht und Nebel aus Deutschland fliehen mussten, war ich zwölf.« Er schluckte trocken und schwieg.

Und nach einem Weilchen: »Ich kenne das Neidetal aus meiner glücklichen Kindheit.« Wieder eine kleine Pause. »Ich liebe es immer noch.«

Er sah mich an und lächelte. Ich war wie versteinert.

»Behalten Sie's bitte zunächst mal für sich«, bat er. Von dem Tag an hatte ich bei Brown einen Stein im Brett. Im August 1946 hat er sich von mir verabschiedet. Er wolle zurück in die Staaten und studieren. Ich solle ihn in guter Erinnerung behalten. Das tue ich bis heute, obwohl er sich nie mehr gemeldet hat.

*

Sonnenfurt, das war nach dem Krieg kein Dorf wie jedes andere. Es war eine Welt für sich. Jeder kannte jeden. Keiner litt Hunger, auch wenn es zuweilen an etlichem mangelte. Jeder, egal ob Einheimischer oder Zugezogener, half beim Säen, Ernten und Feiern. Wir achteten darauf, ob jemand im Sterben lag. Ob jemand am Leben verzagte. Ob jemandem das Wasser bis zum Hals stand. Ob jemand im Chaos versank. So, wie die großen Steine in der Neide die kleinen festhalten, so sorgte sich einer um den anderen. Und ich fühlte mich verantwortlich für das Ganze.

Ja, unsere kleine Welt in Sonnenfurt war nicht nur nach dem Krieg anders als in den zerbombten Städten. Sie blieb es auch in den kommenden Jahren, als in den Ballungszentren die letzten Reste der Vergangenheit getilgt und die autogerechte Stadt zum Vorbild für die Stadtplaner wurden. So spiegeln sich in unserem Dorf die vielfältigsten Schicksale wie in einem Kaleidoskop. Wer hätte gedacht, dass sich der ehemalige Ortsgruppenleiter Diesche feige in Francos Spanien versteckt und seine Familie im Stich gelassen hat. Wer hätte geglaubt, dass sich Frau Merker gegen ihren Mann durchsetzen und in der Schweiz ein neues Leben beginnen könnte. Wer hätte geahnt, dass in unserem winzigen Kosmos auch Vorbilder, Originale und Sonderlinge zuhause waren.

Bei uns in Sonnnenfurt schätzte man das Leben als höchstes Gut, denn zu viele meiner Generation hatten es in zwei Weltkriegen verloren. Man hielt zusammen, manchmal gewiss auch zähneknirschend, aber man wusste um den Wert des Daseins und gönnte es jedem.

Aus dem Wenigen, das wir hatten, haben wir das Beste gemacht.

Voraussetzung dafür war die vertrauensvolle Zusammenarbeit im Ort. Gerade in der Zeit der Plan- und Machbarkeitseuphorie mit schwindender Durchschaubarkeit der Verhältnisse und zunehmender Anonymisierung der Entscheidungsprozesse kam es unweigerlich zum Vertrauensschwund. Nicht so bei uns, zumindest bis unser Dorf seine Selbstständigkeit verlor und eine Zeitlang sogar zur Feriensiedlung für Städter verkam. Jahrelang ging es bergab: Selbstverwaltung weg, Schule weg, Bäckerei weg, Laden weg, Gasthäuser weg, Pfarrer weg. Und keine regelmäßige Busverbindung irgendwohin. Aus unserem Dorf wurde vorübergehend eine Einöde.

Die rasche Technisierung der Landwirtschaft hatte den Niedergang beschleunigt. Die Traktoren und Landmaschinen wurden von Jahrzehnt zu Jahrzehnt leistungsstärker, aber die überkommene Kleinparzellierung der Felder behinderte den Einsatz der Technik. Größere Felder propagierte der Bauernverband und förderte die Flurbereinigung, die bei uns 1954 begann. Die ersten Kleinbauern im Ort gaben auf, verpachteten ihre Äcker und Wiesen und zogen in die Stadt. Dort hatten sie eine geregelte Arbeitszeit, pflegten sonntags ihre Hobbys und genossen bezahlten Urlaub und ein höheres Einkommen. Wir konnten dem nichts entgegensetzen.

Und so wandelten sich unsere bewährten Arbeits- und Lebensordnungen und mit ihnen die Atmosphäre im Ort. Sogar unsere Sprache veränderte sich, wurde städtischer, radiodeutcher. Bisher hatte sie einen eigenen,

bäuerlichen Klang gehabt, war eigentümlich lebens-
wach gewesen, hatte die jahrzehntelangen Erfahrungen
in Sprichwörtern gespeichert und sich in regelmäßig
wiederkehrenden Satzmustern ausgedrückt. Es war die
Sprache der buchlos Gebildeten, geprägt vom Leben und
Arbeiten, orientiert am bäuerlichen Jahreslauf. Unsere
Sprache war bildhaft, kraftvoll, zugegebenermaßen auch
mit kräftigen Wörtern durchsetzt, aber immer frisch und
lebendig. Jetzt bemühten sich viele, wie im Fernsehen zu
sprechen. In der Schule galt ein neuer Lehrplan, er legte
auf Hochsprache wert. Mundart war im Unterricht un-
erwünscht, bisweilen sogar verpönt.

Heute stehen die Dörfer vor einem neuen Aufschwung.
Moderne Betriebe lassen sich problemlos auf dem Land
ansiedeln. Mein Sohn und mein Schwiegersohn haben es
bewiesen. Ihre Geschäfte florieren. Drei weitere Firmen
sind mittlerweile in Sonnenfurt hinzugekommen: eine
Möbelschreinerei, eine Forellenzucht und ein Blumen-
großhandel. Ein hoffnungsvoller Anfang für eine gute
Zukunft. »Mit weiter voranschreitender Digitalisierung
wachsen die Chancen, Gewerbe und Handel auf dem
Land anzusiedeln«, prophezeit mein Sohn.

*

Was sich die jungen Leute heutzutage mühsam lesend
aneignen, das haben wir erlebt, haben es mit unseren
Händen und unserer Geschicklichkeit ausprobiert. Wir
haben gelebt nach der Einsicht: Lieber Unrecht erlei-
den als Unrecht tun. Bis die Nazis kamen. Nach dem
Krieg haben wir uns zunächst wieder auf die alten Werte

besonnen. Darum ist es uns auch gelungen, die vielen Flüchtlinge in unsere Gemeinschaft zu integrieren. Heute, fürchte ich, wäre das nicht mehr so leicht möglich.

Wir waren früher keine Idioten, nur weil wir die Volksschule besucht haben. Ohne Wissen keine Bildung! Das galt früher, und das gilt heute noch. In meinem Fach, der Landwirtschaft, nehme ich es, was das Fachwissen betrifft, noch heute mit jedem Landwirtschaftsabsolventen von der Universität Hohenheim auf. Nicht nur, weil ich mein ganzes Leben im Stall und auf den Feldern verbrachte, sondern auch deshalb, weil ich, vor allem winters, viel Fachliteratur lese. Und weil ich siebenundzwanzig Jahre lang ein Bauerndorf als Bürgermeister verwaltet und lange den Fleckviehzuchtverband der Region geleitet habe. Darum kann ich Fachwissen, das mir zu Ohren kommt oder das ich lese, mühelos einordnen, verknüpfen und bewerten.

Ich behaupte also ohne Dünkel, dass ich mindestens so viel Lebenstüchtigkeit erworben habe wie ein Akademiker. Und ich habe auch die moralische Kompetenz erworben, unterscheiden zu können, was gut, was weniger gut oder schlecht ist für mich, für meine Gemeinde und für Mensch, Tier und Natur. Wenn man Haltung bewahrt, Rückgrat zeigt, auch und gerade in schwierigen Situationen, dann gibt das Halt. Ohne moralische Kompetenz ist man, davon bin ich felsenfest überzeugt, niemals gebildet, auch wenn man Abitur und Doktortitel hat. Man besitzt dann allenfalls ein Wissen, allerdings ein fehlgeleitetes.

Ich habe viel über die moderne Landwirtschaft gelesen.

Und viel über unsere Gesellschaft, die sich in den letzten zwanzig Jahren schneller verändert hat als in den hundert Jahren davor. Helmut Schmidt hat als Kanzler in Interviews öfter den jüngst verstorbenen Philosophen Karl Popper zitiert. Ich habe meinen Sohn gebeten, mir Poppers Buch »Offene Gesellschaft« zu besorgen. Es liest sich gut, der Mann schreibt nicht abgehoben. Und man spürt, dass er viel über das Regieren im Großen und Kleinen nachgedacht hat. Von ihm habe ich gelernt, dass Demokratie nicht Volksherrschaft oder Herrschaft der Mehrheit der Wähler bedeutet. Denn nach Auszählung der Stimmen seien die Möglichkeiten der Wähler, auf die Regierung Einfluss zu nehmen, sehr begrenzt. Wahre Volksherrschaft zeige sich vielmehr dann, wenn das Volk das verfassungsmäßig verbriefte Recht und die realistische Möglichkeit hat, seine Regierung jederzeit gewaltfrei abzuwählen.

Mich treibt die Sorge um, dass sich unsere Politiker dem Wahlvolk entfremden, den Wirtschafts- und Finanzbossen nach dem Mund reden und den Krieg als Mittel der Politik wieder salonfähig machen könnten. Damit meine ich nicht das kriegslüsterne Säbelrasseln, die widerlichen Kreuzzüge und die ekelhaften Rachefeldzüge, die von selbstzerfressenen Diktatoren vom Zaun gebrochen werden. Die modernen Kriege kommen auf leisen Sohlen daher, werden schnell, technokratisch und fast schon heimlich geführt. Und verlogen, dass sich die Balken biegen müssten. Tun sie aber nicht, weil die Öffentlichkeitsarbeit heutzutage alles beherrscht. Die Gesellschaft, die Wirtschaft, die Politik, die Religion, das Bewusstsein jedes einzelnen. Und so macht sie aus einem Krieg ein naturnotwendiges Ereignis.

Darum wird es meines Erachtens in Zukunft darauf ankommen, das friedliche Miteinander zu fördern und Drohgebärden, Machtdemonstrationen und Gewaltanwendungen, gleich welcher Art, zu ächten. Nicht mehr die Ballungszentren weiter ausbauen, sondern zum menschlichen Maß zurückkehren und in überschaubare, menschliche Verhältnisse investieren. Und noch etwas wird in Zukunft wichtiger werden: die Bewahrung der Schöpfung. Wir können uns nicht auf Dauer gegen das menschliche Empfinden und gegen die Natur behaupten. Wir müssen wieder im Einklang mit uns und unserer Umwelt leben. Beides ist möglich, wenn wir die Dörfer neu beseelen und zum Ausgangspunkt eines gesunden und wirtschaftlich erfolgreichen Lebens machen.

Aber das sollen die Jüngeren ausfechten, denn ich bin ein Wanderer im Aufbruch. Mir steht ein weiter Weg bevor. Ich werde bald Abschied nehmen müssen.